处处尘埃

孙振华 著

艺 文 杂 谈

社 会 观 察

生 活 百 态

山西出版传媒集团

北岳文艺出版社

·太原

图书在版编目(CIP)数据

处处尘埃 / 孙振华著.—太原:北岳文艺出版社,2018.1
ISBN 978-7-5378-5489-4

Ⅰ.①处… Ⅱ.①孙… Ⅲ.①中国文学—当代文学—
作品综合集 Ⅳ.①I217.2

中国版本图书馆CIP数据核字(2017)第315466号

书名:处处尘埃	出 版:续小强 刘 淳	书籍设计:张永文
著者:孙振华	责任编辑:贾江涛	印装监制:巩 璠

出版发行:山西出版传媒集团·北岳文艺出版社

地址:山西省太原市并州南路57号

邮编:030012

电话:0351-5628696(发行部) 0351-5628688(总编室)

传真:0351-5628680

网址:http://www.bywy.com E-mail:bywycbs@163.com

经销商:新华书店 印刷装订:山西人民印刷有限责任公司

开本:890mm×1240mm 1/32 字数:230千字

印张:10.25 版次:2018年1月第1版 印次:2018年1月山西第1次印刷

书号:ISBN 978-7-5378-5489-4

定价:39.80元

本著作为四川美术学院当代视觉艺术研究中心学术研究项目成果 sjzx2017005

目 录 · Contents

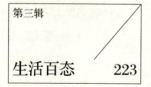

第一辑

社 会 观 察

守护文明

1980年代,范景中在中国美院(当时叫浙江美院)学报编辑部工作。他的办公室在一楼,紧靠路边。当时让人印象深刻的是,透过窗帘缝,看到他办公室的灯总是亮到很晚。很多时候,早锻炼的人出来活动了,揉着眼睛的范景中这才从办公室出来,望着天色渐明的天空。

他几乎没有什么世俗生活,不喝酒、不吃肉、不跳舞……这些当时美院师生喜欢的项目他统统不沾边,只是一味沉浸在读书生活里,翻译"贡布里希"。

1988年,在杭州一个美术理论研讨会上,一位北京来的大学者在会上讲,《圣经·创世纪》说,要有光,就有了光,这就是崇高嘛!范景中不客气地反驳,崇高这个概念来自古罗马朗吉努斯的《论崇高》,怎么是《圣经》呢?这让大学者很下不了台。

范景中是想以此为例来说明知识的重要性,因为会上有人讥讽读书多的人如果不会用,也只不过是四角书橱。当时的学术风气,以反叛为潮流,而范景中反唇相讥:就是做一个四角书橱有什么不好呢?比不读书要强。

随着他和一帮朋友的翻译系列问世,他的名气越来越大,火气反而小了,到后来,基本上不参加研讨会,也不参加圈里的各种应酬,有时候即使迫于无奈到场,也几乎不与人争辩。他变得越来越宽厚、包容。他最热衷的是关心和扶持年轻人。

事情就这么怪,范景中越是低调,威信反而越高。尽管对所谓"当代艺术"的问题,他几乎不发表意见,也从不写评论,可是大家都很在意他，并且尊敬他。这或许从另一个方面证明，尽管当今学术界乱象丛生，知识本身还是令人景仰的。

1990年代中期，范景中有一次到深圳参加台湾画家刘国松的研讨会，他发言的题目是"重新回到传统"，这让与会的当代批评家们多少有点不理解。1980年代，范景中也参与过推动"85美术新潮"的工作，怎么这么快又要回到传统了呢？

在范景中"重新回到传统"的命题背后，是他对学术上激进主义和浮躁学风的不认同，他所表明的是对人类知识、文明坚定守护的态度。他所说的传统并不是时人夸夸其谈的老庄、天人合一、中西对比之类的玄学，而是尊重、学习并拥有大量文化知识的基础上，对具体学术问题进行深入研究。

对于个人的研究写作，他是极其谨慎的，多次表明自己不敢写书。尽管在学界，他以学兼中西而闻名，不仅对于西方文化史、美术史有很深的造诣，对于中国传统文化，例如古籍版本也有相当深入的研究。他说他最想写的一本书就是《中国书籍的历史》。

在范景中这个年龄段，像他那样，能写一手漂亮文言文的学者不多，可是他仍然谦逊地说，我们这一代所谓学术带头人中间连够资格给陈寅恪当书童的都屈指可数。

范景中在复旦大学做了一个名为"附庸风雅和艺术欣赏"的演讲，《文汇报》做了摘录刊载出来。王元化先生看了说："附庸风雅总是不太好吧。"这让范景中很遗憾，没有坚持让报纸全文刊载。他引用了歌德的一则轶事：当一批愤怒的德国居民袭击法国降军时，歌德阻止众人，让降军逃脱。他对此举的回答是：我宁愿作不义之举，也不让斯文扫地。范景中想以此向王元化解释：宁要附庸风雅，也不让斯文扫地。

不让斯文扫地，就是守护文明。

孔森的梦

孔森那天喝了点酒,乘兴讲了他的一个梦。

他在梦里见到了孔子。那时,他正在冥思苦想,设计欹器。睡梦中,孔子对面走过来了,他的身材非常高大,山一样地站在面前。孔森终于把心里疑惑很久的问题说出来了:"我姓孔,山西的孔,是您的后人吗?"

天下姓孔的人,基本都可视作孔子后裔,可是姓孔的太多了,两千五百多年来,世代相传、苗裔广布,分支余脉几乎遍及全球。孔森告诉我们,山西的孔姓应该是血缘较近的一支。

孔子听到问话,笑笑说:"只要是信孔的,都是。"意思是,只要是信奉孔子的,都是我的后人。孔森还是不太明白,急着追问了一句:"为什么呢?"孔子此时已经转身要走了,回过头来,仍然笑着说:"因为他们信孔嘛!"说着,孔子走远了。

尽管在梦中,孔子说出来话仍然是意味深长。孔森问的是遗传基因的问题,孔子回答的则是文化基因的问题。就今天而言,强调孔子的文化基因可能更在点子上。

根据遗传学基本原理,如果从某个先辈出发估算他与后代在遗传方面的数量关系的话,基因减半的过程每传一代都会发生一次,所以每传一代就会按几何级数迅速递减。比如,孔子的第6代后裔就只继承了1/64的"孔子基因",其余63/64都来自外姓祖先。到了第80代的时候,正宗孔子后裔只继承了约1亿亿亿分之一的"孔子基因",这个数字与0的区别都不大了。

中国的传统习俗是"同姓不婚"的,如果孔姓之间不通婚,那孔姓女性也是同样携带孔子基因的,她们的后裔之间出现通婚现象则不可避免,那么孔姓子女后代所繁衍出来的后辈,其基因重合的概率要远远高于孔姓的男性。因此,这些孔姓女子的后代,虽然不姓孔,但携带孔子的基因却可能更多,而正宗的"孔子后裔"在生物学意义上,所携带的孔子的基因反而是最少的。

孔森的梦无意中涉及孔子遗产的继承问题。对于孔子的思想,我们不能简单从民族主义、国粹主义、人种学的意义上来看待它,而是应该更强调他在人类思想史和学术史上的价值。孔子的思想不只是齐鲁人的思想、汉族人的思想、中国人的思想,也是他在当时的历史条件下,对人类思想史所做的有价值的贡献。应该把孔子放在学术、文化的角度来进行研究,而任何将孔子仪式化、国粹化、民族主义化的做法,反而可能是对孔子的矮化和不敬。

中国远古有一种"欹器",早在六千前的仰韶文化中就出现了,它是原始先民的一种从井中取水的用具,没水的时候是倾斜的,水装到一半,它正了,再装又倾覆了。

山东曲阜有一件《观欹论道》的石刻:孔子带着学生,指着殿堂中间的盛水器,解说它"虚而欹,中而正,满而覆"的道理。孔子借它告诫世人,"戒盈持满""过犹不及"。就是这样一种平常的生活器具,孔子却从中发现了它的道德警示意义。这种警示在今天远远没有过时。

孔森有感于此,重新设计出青铜欹器,送给了孔子基金会,并提交了国家专利申请。无独有偶,雕塑家夏和兴也利用欹器原理,创作了流水的欹器装置艺术。这种不约而同对"欹器"的挖掘和运用,是对孔子所表达的更有当代价值的敬意。

城市是个多面体

　　对很多城市的上班族而言,他们在城市活动的半径实在是非常有限的,他们的对城市的了解主要可能来自电视、报纸、网络。

　　我就是如此,我对深圳的了解只是局限于因为工作关系所亲身经历的那些事情;身边的朋友,就那么几个圈子,生活遭遇大同小异。除此之外,就是媒体里的深圳,媒体覆盖了多少我们就知道多少。每当我们向外地的朋友介绍自己城市的时候,基本上是在转述媒体的话。

　　事实上,我所知道的这个深圳非常狭小,在这座城市,还生活着其他许许多多有意思的人,发生着许许多多有意思的事。这些人、这些事往往隐匿在城市的另一面,偶然被我们碰到,觉得非常有意思,原来我们的城市并不如我们想象的那么单调,只是城市的这些侧面没有被我们知晓而已。

　　前不久,遇到了一个艺术家朋友,他在大学当老师,好些年没有见了,这次见了发现变化很大。首先是瘦多了,于是马上祝贺他减肥成功,然后问减肥方式。他轻描淡写地说,喝茶喝的,你要按我说的方式喝茶,连续喝三个月,起码要瘦十斤。说着,他详细地讲了他的日常生活,讲他的喝茶经。

　　经他一说,我才发现,对这位老兄当刮目相看,他不仅喝茶,还研究茶,几乎把古代和今人所有关于茶的重要书籍都看过了,目前正在撰写一本谈茶的书。"自己写着玩的,既不申报科研成果,也不为评职称,就是给自己一帮朋友看的。不过说回来,我发现古代谈茶的书流传得下来的,都是很轻松地在不经意中写出来的。"除了研究茶,他还研究、收藏茶壶，主要是紫砂。每年他都要去宜兴好多次。他有一个朋友圈子，散布在全国各地，经常聚在一起，以壶会友。"我们在一起只谈壶，如果有人说买房、买车的事，下次就不会有人跟他玩了"。

喝茶、玩壶，不仅改变了他的心态，也改变了他的艺术方式，过去画画总是有很多画外的期待，想着参展、获奖、卖钱。现在变得很单纯，很从容，看淡了功名，反而让画品有了很大提高。

正感叹这位朋友不求闻达、自成一体的生活态度，没过几天，我又在一个饭局上结识了几位让我钦佩的朋友。

这是一个小群体，有企业家、教师等不同行业的人。他们原本不相识，但缘于一件共同关心的事情，他们走到了一起，办了一个网站，这个网站叫"关爱抗战老兵网"。

这个网站的目的是帮助二战时为保卫国家做出了贡献现在仍然被埋没，甚至连基本生活都有困难的老兵。通过网站，他们串联了全国各地的关注者和志愿者，调查老兵的情况，拍摄、记录他们的故事，了解他们的生活状态，解决他们的生活问题。

就是这样一帮民间的志愿者，以他们微薄的力量，帮国家和社会尽着义务。网站负责人姓李，以前应该算是做企业的，现在则几乎放弃了，一心扑在老兵的事情上，光是他个人，资助老兵生活就花了几十万，连自己目前的生活都成了问题。不过，令他骄傲的是，他拍摄的老兵纪录片在圈内有不错的口碑。

他们年龄并不大，不过就是60后、70后，可他们丝毫不求名利，无私地帮助那些沉默的老兵，为什么我们以前竟然不知道深圳还有这么一群人呢？

豪车开进校园

最近连续参加了两所美术学院的毕业论文答辩会,每次都遇到了与校园豪车相关的话题,这大概不是一种巧合。

在南方的一所美院,有位毕业生的论文是《消费中国·艺术品与奢侈品的联姻》,他在引言中写到他到学校报到时的第一印象:"正当我抬头仰望一直都让我心驰神往的艺术殿堂时,突然一声轰鸣从身旁传来,'哇,法拉利!'初来大都市的我惊呆了,一直都是在杂志和电视里看到的豪车竟然就近在咫尺。更让我吃惊的是,法拉利和保时捷的专卖店就开在了美院中……"

不知道有意还是无意,有了这样的引言,不管论文最后如何慷慨激昂,发誓要坚守艺术的人文价值,都让人觉得苍白无力,甚至有某种反讽的意味。既然学校因为资金缺口,在教学用房十分紧张的情况下,还是将最好的临街屋面出租给豪车专卖店,那又怎么能理直气壮地要求学生安贫乐道,坚守艺术的理想呢?

中间休息的时候与这位同学闲聊,问他是不是真的可以抗拒市场的诱惑? 这时,旁边马上有同学揭他的底,说他有两辆车,都是宝马级别的名车,上学的时候换着开。我很惊讶地问他是不是这样。他点头默认了,有点不好意思地说:"真不是为了炫耀,这不算什么。"

据说这位同学并不是富二代,他的钱主要是办高考培训班挣来的。这些年由于美院扩招,每年招生人数大幅上升,考前培训于是成了一个挣快钱产业。少数头脑灵活懂得经营管理的学生成了老板,一般同学则成为按课时取酬的教师。

美院学生好多都有在考前班授课的经历。我问他们:"都是同学,有的实际是在当老板,赚了很多钱,你们相当于在为他打工,心理上会不会不平衡呢?"他们的回答倒是心平气和:"毕竟也给了同学机会,两相情愿,没有什么不平衡的。"

几天之后,我又到了北方的一所美院,一位教师开车来接我,我问这边学生买车的多不多。他说,也不少,他们主要也是依靠学校的名气,办考前培训班赚钱。他指给我看,在校门外的马路上,一溜停着各种汽车,以面包车居多,大约有二十多辆。无一例外的是,车上都醒目地张贴着ⅩⅩ美术培训班、ⅩⅩ艺术学校的字样,有的干脆写出了数字:本班开办以来,考上中央美院有多少,考上清华美院有多少……

由于办培训班,学校周边一房难求。这些汽车停在这里,就是一个流动的招生站,条件一旦谈好,马上就被汽车拉走了。

这位老师平日开的是一辆奔驰吉普,一百八十多万,我问是不是学校教师中最好的,他说应该差不多,买了这辆车,有段时间不太想开,主要担心太张扬了。过了不久,这个"豪车"纪录居然被本系一位本科二年级的学生给打破了,这个学生买的是配置更高的奔驰E55,车价二百二十万。

这个学生怎么会这么有钱呢?答案是,又是一个办考前培训班的。

在停车场,果然看到了这辆豪车,但没见到车主。不久前,这个学生居然提出退学,因为"生意"做大了,根本无心来学校上课。在他看来,就这么办班已经很不错了,就算读到毕业,拿到了学位又能怎样呢?

我想,这位经过系领导苦苦相劝,现在暂时没有退学的车主,在这幢教学楼里还能待多久呢?

乘飞机的文化差异

文化的差异常常在一些平日不起眼的事情中体现出来,譬如乘搭飞机。

国内机场安检,安检员总是拿着探测仪在人的身上戳来戳去,听到响声,则用手去捏,至少,皮带扣是要用手摸一下的。

这种动手型的检查方式决定了女乘客由女安检员检查,男乘客则可以由男女检查员通检。这虽然在一定程度上照顾了女性的感受,可男乘客是否都愿意接受女检查员的身体接触呢? 每次乘机过安检,当检测仪紧贴着人的身体滑过的时候,都会产生这样的联想:人好像只是一个物件。

不知道有没有人对国内的这种检查方法提出过异议。

国外的机场,特别是欧洲国家的机场一般不是这样的,比较而言,他们的安检人员不会触碰乘客的身体,他们采取的安检策略与国内大相迥异。两相比较,如果国内安检是折腾乘客,国外安检则是让乘客自己折腾。

他们不通过手工去检查乘客身体,更愿意使用机器。他们并不反复提示你,要从身上掏出钱包、钥匙、硬币;而是依靠安检门的灵敏性能。过安检门的时候,机器响了,他们不会替你找原因,而是让你退回去,把引起响声的东西掏出来;再过一次,又响了,回去接着掏;直到把自己的皮带也卸了。一般而言,金属皮带扣都是会响的,所以,在大多数欧洲国家过安检,男乘客几乎都要卸皮带,男女都要脱鞋子。

事实上,男乘客们提着裤子,光着脚过安检门也是非常狼狈的,这种折腾一点不比在国内机场更感觉轻松，只是国内安检是被动地接受检查，由检查员辛苦地进行人工操作；国外安检则是由你"自己想办法"让机器不出声，安检员只是站在一旁监督。这两种不同的检查方式，显示出的是文化上的差异。

有一次在美国乘机，办乘机手续的时候，工作人员都要例行公事地问一句：行李中有没有带违禁物品？然后乘客必须答"是"，或者"否"。导游交代，你不管工作人员说什么，只答"NO"就可以了。

中国乘客议论纷纷，大多数人觉得无聊，明明知道大家都要答"NO"，为什么还要问呢？如果有人成心要带违禁物品，他会告诉你吗？既然答案只有一个，这种形式主义的问话意义何在呢？

这种不同的看法也显示出文化差异。工作人员例行公事询问，强调的是每位乘客的个人责任，等于做了公开声明，表明了个人承诺和个人准备承担的责任。它意味着：我知道哪些东西是违禁物品，我知道它的有害性，我也知道如果违禁可能带来的后果。

从某种意义上讲，每一次看似无意义的重复问话，都是一次公民责任的提示和教育。反观国内机场，不许带打火机和液体的警示比比皆是，可是每次在安检口，总是可以看到大量被查出来的打火机和饮品等。有的人可能的确是不知道，有的人则是抱侥幸心理，万一查不出，不就混过来了？如果在查验证件时问一句，情况是不是会好些呢？

差别最大的是在飞机落地之后。有一次在国外乘搭内陆航班，飞机落地之后，机舱里突然响起了一片热烈的掌声，这是鼓励机组人员和感恩生命的掌声。我们的同胞们呢，每当飞机落地，还没有停稳，一定会有人急不可耐地站起来取行李，在我的经验里，还从来没有出现过例外。

遥远的镜泊湖

黑龙江省牡丹江市正在镜泊湖边的台地上,建有一个二十五平方公里的旅游小镇"镜泊小镇"。小镇的建设者邀请中国美术学院策划一个国际雕塑艺术节。趁此机会,到镜泊湖参观考察了两天。

汽车路过镜泊湖景区,路边有一块石质纪念碑,上面写有"镜泊湖战役"的字样。问同车的人,几乎没人能说清楚镜泊湖战役是怎么回事。这让我很好奇。

关于战争,在镜泊湖附近所发生的"八女投江"的故事、侦察英雄杨子荣的故事在全国家喻户晓,为什么镜泊湖战役不太为人们所熟悉呢?难道遥远的镜泊湖藏匿着什么有待挖掘的战争秘密吗?

网上搜一搜,果真如此。

关于镜泊湖战役,网上有不同的说法,甚至有针锋相对的激辩。

1932年3月中旬,共产党员李延禄指挥一支抗日队伍在镜泊湖伏击了一支日军部队,史称"镜泊湖连环战役"的"墙缝战斗"。所谓"墙缝",形容该地巉岩陡立,在石岩之间形成裂隙,这一特殊的地形正好成为日本侵略军的坟墓。

关于此战的争议在于,它究竟消灭了多少日本鬼子?

竖立在岩岸下江滩上的墙缝战斗纪念碑文与当地老百姓的说法大相径庭。当地老百姓的回忆一般认为,墙缝一仗,日军被打死上千人,而碑文却说只打死七八十人。江滩上的碑文,源于《中共黑龙江党史大事记》,该大事记写的是:1932年3月18日,李延禄率救国军补充团在镜泊湖墙缝一带伏击日军上田支队及伪军六百余人,打死小川松木大尉以下日伪军七八十人。救国军补充团朴重根等六人牺牲。

《中共牡丹江市党的历史活动大事记》则是这样记录的：3月19日，抗日救国军参谋长中共党员李延禄率领补充团，负责阻击东侧上田支队主力，于镜泊湖西南墙缝、小龙湾与敌人接触开火，一举歼灭七八十人。补充团朴重根连长、左征连长和陈文起等六名指战员牺牲……

省市两级党史大事记为什么与老百姓的回忆差别这么大呢？另外，战役的当事人又是怎么说的呢？

1960年由作家骆宾基整理记录、李延禄口述的这部抗联四军回忆录《过去的年代》其中有对镜泊湖连环战役的回忆。在此书的1979年版中，作者的记录是：1932年3月13日拂晓，日军天野八千人部队由猎户陈文起带入进墙缝，而被在这一带设伏了两天，由李延禄指挥的抗日救国军补充团七百壮士包围。战斗由拂晓一直持续到午后二时。回忆录称："据此，敌寇伤亡将近四千，最少也在三千六百人以上。"敌酋天野少将也在战斗中被击毙。日军该部虽其号称万人大军，实际是八千人左右，其主要力量在镜泊湖战役中"消灭几尽，前后为期不过十四天"。

回忆录还说，3月13日至我军包括关家小铺一仗失利，牺牲了一百一十六人，其中墙缝一仗仅牺牲了共产党员朴重根为首的八名烈士。如此以少胜多的歼敌战绩，虽由于当时特殊原因没有对外公布，但在整个中国抗日战争史上都堪称大捷。

如李延禄的回忆基本属实，那中国的抗日战争史似应重写。长期以来，1937年的平型关大捷消灭日军一千人左右，被称为"中国对日本的首次胜利"。为什么不说镜泊湖战役呢？此战为什么现在仍有种种争议呢？

看来，镜泊湖战役的真相有待进一步揭示。

死者的尊严

人活着不容易，死也不容易。

最近在网上看到一些网友在讨论"死不起"的问题。表面看来，"死不起"并不是死者死不起，而是生者送葬的成本问题，最多只能算死者的遗留问题。但是，说到底，"死不起"仍然和死者关系重大。因为每个死者都曾经是生者，他们在生前是如何看待死亡的？他们是带着怎样的态度和心情去死的？这非常重要。

比方说，一个老人，知道了"死不起"的情况，然后带着对后人的愧疚，忧心忡忡地去死，这是多么难受的一件事情。

最近在国外的一次经历让我感触很深。6月份参加巴塞尔艺术博览会，住在苏黎世，一天清早没什么事，离出门还早，就在旅馆门前把公共汽车线路坐到底，来到了一个山上。这里原来是一个动物园，四周环境非常好，附近有一个公园一样的门，大树参天，信步进去，到了里面才发现是一个墓园。

整洁、宁静，以树木鲜花为主，坟墓和墓碑只是间杂其中，看不出有任何墓园的痕迹：例如，进行一些提示性装饰和布置，卖各种祭奠物品和纪念品，或者很夸张、很刻意地营造肃穆、沉重的氛围……

园子里是细砂石的道路，路边有供人们休息的木质长椅。紧挨着墓园，是一个森林公园，隐约传来孩子们早起登山时的喧闹。坐在椅子上，我仔细端详这些墓碑，它们和我看过的其他欧洲的墓园不太一样，例如莫斯科的新圣母公墓、巴黎的拉雪兹公墓，那些公墓由于名气大，里面不仅坟墓密集，而且体量大，雕塑个个醒目、突出……所以，它们成了景点。

苏黎世的这个"无名"墓园完全是森林公园式的，低容积率，坟墓体量小，有的只露出一个不大的墓碑，少数人留有雕像，也是小体量，不张扬。在这里，你感到死者静静地和鲜花、绿草、树木躺在一起，在大自然的怀抱，继续享受着清新的空气和美丽的风景。

蓦然涌出一个念头，假如一个人知道他死后的归宿是在这样一个地方，他大概会减轻许多对于死亡的恐惧，当生命走到终点的时候，甚至会欣然地"视死如归"。

曾经看过一个关于生命意义的调查问卷，有人回答"为什么要活着"这个问题，答案是，"因为对死亡的恐惧"。

是的，有些人可能一辈子都不想去思考"生命意义"的问题，但是，即使不思考为什么活着，也一定不愿意去死，对死亡的恐惧是生命的本能。

一个人如何战胜对于死亡的恐惧，这是一生的功课。有希腊哲学家说过，一个哲学家的工作就是训练如何死亡。可见，人死后的处置、仪式、归宿，其实都是一种暗示，是一个人死亡训练的一部分。

我比较欣赏苏黎世这个墓园对待死亡的态度，它让死者有尊严。在生和死之间，它并不刻意去阻断它们的界限。墓园可以随意参观，甚至当作公园来游览。它越是环境优美、宜人观赏，越是能收到"回归自然"的效果。它有助于让人们战胜对于死亡的恐惧，在大自然的生生不息的环境中，给后人以巨大的安慰。

中国人在对待死亡问题上存在着矛盾：对自己的亲人讲究"厚葬久丧"，对于其他凡涉及死亡的人或事都认为晦气，避之唯恐不及。像苏黎世这种把墓园和公园结合在一起，恐怕一时还难以接受吧！

送人玫瑰

"送人玫瑰,手有余香"是深圳十大观念的一种,它是其中最富有诗意,最富于人情味的一个说法。

德国古典哲学家黑格尔曾经说,一个小男孩往池塘里扔了一块石头,池塘荡起涟漪,小男孩会产生惊异的感觉,因为他的活动,使对象发生了变化,由于这种变化是自己带来的,所以,通过对象,小男孩看到了自己的作用。

这就是对象化的思想。马克思在这个基础上,提出了"人的本质力量对象化"的思想。他认为,审美创造就是人通过自己的构思、创意、制作,使对象发生了符合自己的目的和要求的变化,通过对象,肯定了人的想象力和创造性,使人的本质力量呈现出来;否则,如果没有对象,人也无法肯定自己,证明自己。

赠人玫瑰看起来是一种施予的行为,但是正是这种施予,它不仅惠及对方,也惠及自己。帮助了别人,也是在帮助自己,利他应该也是人的天性。

有位美国作家在他的政治学著作《硬球》中曾经说,交一个朋友最好的方式,是求他替你办件事。这个说法乍一听不合常理,仔细琢磨非常有意思,它从反面证明了"赠人玫瑰,手有余香"的哲理。

当你有需要请求别人帮助的时候,出手相助的人往往也会感到满足;因为,你的请求让他肯定了自己的价值和作用。一个人当他能够帮助别人的时候,也是证明自己能力和价值的时候。一个人当他觉得被需要,为了别人而付出,常常也会得到快乐,这种快乐甚至会超过简单的得到。

这也从一个方面说明，利他也是人的天性。有一个时期，伦理学讨论自私基因的问题，认为自私是人的天性，趋利避害，是所有生物共同的本能。但是从另一个方面看，人类社会如果只以绝对的自私为基础，没有同时辅以利他的行为，那是很难成立的。

换一个角度看，就是为了利己，也必须利他。动物界有不少观察表明，许多动物为了种群和族类的生存需要，往往会自我牺牲，来换取种群的更好生存。这也就是说，一味地自私是不可行的。

释放善意，赠人玫瑰，不能仅仅只理解为对有能力的人、对有钱人的要求，它应该是对每个人的要求。曾经听说过北大教授、著名美学家宗白华的一个故事。宗白华老人非常朴素，常常在校园里走来走去，就像一个农夫。他还经常笑眯眯地，隔着篱笆墙，向过往的学生递出一朵小花。可以想象，接受了这朵花的学生，心情该是多么愉悦和舒畅。这种非常简单的行为，它传达出来的善良的信息却非常强大。宗先生也正是在这种细小的善良行为中，成就了自己高尚的人格。

"赠人玫瑰，手有余香"，在一个传统的熟人社会相对比较容易实现，在深圳这样一个移民的城市，相互陌生的城市，这种观念的倡导和实现具有更加重要的意义，因为它的基础不是血亲、故旧，而是"人人为我，我为人人"的公民意识。从这一点而言，它的作用是不可估量的。

鄂尔多斯的中秋

今年中秋，我在鄂尔多斯。

有个朋友负责该市一个区的雕塑规划，邀我过来看看。中秋前一天从鄂尔多斯机场出来，直奔康巴什新区吃蒙古晚餐：奶茶、酸奶、羊头肉、馓子……还有一些不知名的蒙古点心，连负责接待的小伙子也不知道用汉语该怎么说。

蒙古小伙名叫哈斯。他说："不知道该怎么向你们解释我的姓名，只好说我叫哈斯。其实，应该先说我部落，才能把家世说清楚，我的部落有几百年文字记载的历史，我是这个部落的哈斯。"

朋友告诉我，哈斯可是名人，有一天看央视三套，以家庭为单位表演节目，一看，嗨，这不是哈斯吗？

我问哈斯，你一定唱歌、跳舞都很棒吧！哈斯很低调："没什么，我们上电视也没有特意准备，只是动员父母花上了一点时间。他们并不想到电视台表演，但这是领导交给我的任务，要代表康巴什新区，后来就去了。"

哈斯的电话响了，朋友问是谁打的，哈斯说一帮单身同事，平时忙，聚不到一起，现在放假了，闹着要在一起喝酒。

"你们也过中秋节吗？""一样的，也过中秋节。"

想着中秋假期，哈斯还在上班，不好意思耽误他太多时间，吃完饭，来不及听他唱歌，就去酒店休息了。

中秋节这天的安排是，先跟区领导见个面，下午到市区现场转转。负责接待的小陈是个女孩，开着她挂着公仔的私车来接我们去见领导。车子启动，音乐响起，她说，放点自己录制的蒙古音乐不介意吧？——我们当然不会介意。

车上闲聊，问起她是哪里人，她说是四川人，外语专业毕业，到这里两年了。我很好奇，为什么会到鄂尔多斯呢？她说是跟老公来的，老公是同班同学，蒙古族，家就在这里。

我马上猜出了她的故事："你老公一定非常会唱歌、跳舞，然后你愿意为他舍弃一切，来到内蒙古？""是的。"她笑得很甜。我甚至认为她车上的蒙古歌就是她老公唱的，只是还没来得及问，就到了目的地。

午饭后，朋友问她，老公今天在干什么？她说和他家人一起吃饭。又问，那你不能和他在一起会不会感到遗憾？她说，工作嘛，没关系。正好这时候，电话来了。通完话，朋友问，跟孩子通话吗？她说：还没有孩子呢，是我老公。朋友惊讶：跟老公说话怎么这口气，跟哄孩子似的？她笑笑：一直这样，对他就像哄孩子。

下午，一位姓费的司机拉着我们在市区转，费师傅长得黑黑壮壮的。我问：是不是蒙古族人？他说不是，山东人，前年才到这里。"为什么来鄂尔多斯呢？""我媳妇家在这里。我过去在内蒙古当过兵，一个战友帮助大学军训，我媳妇当时是大一的新生，训练很刻苦，就是不爱说话，战友看她很特别，就介绍我认识了，后来我们俩就好上了。""那你孩子一定很聪明吧？""别人都这么说，我看也是，儿子现在才五岁，街上招牌上的字全都认识。"

哈斯、小陈还有费师傅，有一句共同的口头语，每当我们说影响他们放假休息时，他们回答都是："可不能这么说！"

中秋之夜，乘飞机返回。空中赏月，在我还是第一次。坐在紧急出口通道的靠窗位置，不时向窗外张望，突然想起，此时此刻，在鄂尔多斯的月夜，哈斯、小陈、费师傅，也在赏月吗？

路过灾区

国庆黄金周，结束了成都的一个会议，坐上了几个朋友从佛山开来的本田吉普，开始了川西自驾游行程。

318国道上，爬满了各种小车，密如昆虫，在公路上蠕动。其中尤以"川A""渝A"居多，车上拖儿带女，有点全民总动员的架势。

特意到2008年汶川大地震的震源地映秀镇吃了一个午餐，看着镇上优美的环境和整齐的房屋，很难和那场旷世大灾难联系在一起。灾后重建带来了一种新的文明，镇上街道整洁，垃圾分类，溪水从家门口流过。我们吃饭的那家餐馆的门前，甚至有个养着金鱼的小池塘，这种高水准的山区小镇，在中国堪称一流，就是放到发达国家也不逊色。只是，新建的映秀镇仍然紧贴着大山，吃饭的时候，仰望着头顶上方笼罩着的巨大山峰，感到一种莫名的不安。

从映秀到汶川，看到了一座更大的新城，对我们这些从城市群出来的人来说，一个新城有什么可看的呢？我们更愿意凭吊地震废墟。2008年的大灾难以汶川命名，想必汶川对地震遗址会有充分的考虑吧？

汶川城内，连问了六七个路人，打听地震遗址博物馆在哪里，大多数人都知道博物馆，但是都不知道在哪里能够看到地震遗址。一个卖苹果的妇女甚至反问我："什么是遗址？"终于有个中年男人回答了这个问题，他说离这里七八公里有个腰子寨，留有地震遗址，"不过要上山"。这时已经日近黄昏，我们望望县城周边的大山，放弃了上山的打算。

虽然已经闭馆，路过汶川博物馆还是停了一下。博物馆外立面为红色,类似上海世博会中国馆的那种红,在这座以浅黄为基调的新城中十分扎眼。作为博物馆的一部分,西面还有一座高大褐色的碉楼,与红馆并置,可谓混搭。设计者是广东的一位建筑大师,他想告诉人们一些什么呢?

如果不是堵车,我们起先的雄心是要赶到阿坝州首府马尔康过夜,可是才到理县,天已经完全黑了,还下起了小雨。为了安全,我们决定在理县过夜。

可是,10月2号的晚上,在理县的旅馆求得一个房间谈何容易!理县也是灾区,县城中的某些局部,在朦胧的雨夜里看起来,灯火辉煌,流光溢彩,它们指引我们向灯光密集处奔去,那里总该有一些不错的宾馆吧!

到了才发现,所有的宾馆客满,如果愿意住到乡下的农家,服务员倒是愿意带我们去。这个时候,还有越来越多疲惫的"川A"陆续涌进县城,绝望地在大街上游弋。我们决定不和大部队在城里争住宿。

在城边的一家"永胜餐馆",吃了一顿"败兵"似的晚餐。服务员忙得无暇收拾桌子,我们把桌子清理出来,请服务员上茶的时候,服务员说:抱歉,开水用完了,你们要不点个汤吧!

在离县城七公里的地方,终于住进了一个农家。这家人的生活已达到沿海中产家庭水平:家用汽车、直角平面电视、不锈钢整体厨房用具,还有一个电暖器……这家人不吝惜用电,早早就用上了电暖气,我们不解。主人说,为照顾灾区,国家每天只象征性地收每户一元电费。

在灾区,对于没有什么人员和财产损失的家庭来说,堪称因祸得福。只是,对于那些长眠于大地里的死难者而言,这么说有些残酷。

想象马尔康

对一些观光客来说,所谓旅游,就是拍几张照片:双脚交叉,头偏向一边,手作"V"字状,对着镜头喊一声"耶"。

另外一些游客,除了拍照,还强调身体的参与和体验。然而,对于马尔康这样的地方,还需要发挥个人的想象力,否则,不能真正感受它的魅力。

10月3日,我自告奋勇担任司机,从红原奔向马尔康。这条路上,开车绝对是一种享受,等于让自己的眼睛吃大餐。由于分流,车辆少了,路边山上的秋意却更浓了,绿的、黄的、红的各种色彩交映在一起,扑入眼帘。公路沿着滔滔不息的磨梭河蜿蜒延伸,此时此景,真不知人在何处。

不知不觉就到了卓克基土司官寨和西索村,这是马尔康最重要的景点。

在这里,最能触发人们想象的,一是神秘的土司,二是长征中的红军。尽管早已人事全非,这些历史的记忆仍让人兴致益然。相距遥远,似乎不相关联的土司与红军竟然曾经在这里相遇!不由得,平添了人们几分怀古的想象。

西索村是一个典型的藏族村庄,它和土司官寨仅仅隔着一条奔涌的河流。村子依山而建,鳞次栉比,错落有致。房屋的建筑材料以石块为主。漫步在村里,最让人感叹的是藏民们对房屋的美化方式:一种是对大门、门楣、门窗和墙壁、天花板的用彩色图案、画像的方式进行装饰;另一种是很粗犷地用石灰水对窗户和大门的外框进行大块面地处理,而且依据窗户的形状不同、白色外框也随之不同。远远望去,褐色的墙壁,鲜艳的图案装饰,醒目的白色外框,加上不远处山头上猎猎招展的五彩经幡……应该是藏区独特的自然风貌,才给了藏民如此丰富的色彩灵感吧!

西索村上方山上,是土司的城堡。在嘉绒藏区,有十八土司之说,土司制度是封建中央统治者对少数民族地区所采用的一种统治方式,从元代开始,由皇帝册封,代代相袭,土司们占据不同领地,每年向皇帝朝贡。卓克基土司官寨借助山势,造型雄伟,易守难攻。美国著名作家索尔兹伯里为写长征到过这里,他盛赞卓克基土司官寨,"那是世上少有的建筑奇观"。

1935年6月,中央红军翻越梦笔雪山,来到了卓克基。可以想象,当时的索观瀛土司和手下的土司兵面对这么一大群衣衫褴褛,但是意志坚定的不速之客,是多么的惊慌失措。无论如何,他们都理解不了,更接受不了这支"打土豪、分田地"的红色军队,于是他们以精准的枪法,以官寨为依托,顽强抵抗,以致红军久攻不下。

后面的故事说法不一,一种说法是,因为大雨,红军放枪时发出火光,令土司兵以为红军会"法术",于是一哄而散,临走前放火烧掉了这座建于乾隆年间的官寨;另外一种说法是,红军以火攻最终奏效。

1936年,红军离开马尔康,索观瀛的儿子于1937年开始主持重修官寨。这就是我们今天看到的卓克基官寨。

康定溜溜的城

国庆自驾游从马尔康到康定都要路过丹巴,路线有两个选择:走西线经金川到丹巴,走东线经小金到丹巴。问当地人,都指西线好走。临行前,一个自驾的成都女孩改变了我们的想法,她说东线的风景好。

从马尔康到小金是我驾车,走了一半,居然碰上了雪景。前一天我们在理县遇雨,雨落小金,想必就变成了今年的第一场雪。满山的树木大多数还是绿色的,少数淡黄色,突然就罩上了一层白袍,加上一路气候变化不定,一会儿阳光灿烂,碧空如洗,一会儿浓云翻滚,从山谷间呼啸而过。这种变幻无穷的奇景是平日无论如何也看不到的。

最后,当车碾过积雪,穿过浓雾,终于登上山顶的时候,才从标牌上发现,原来这就是大名鼎鼎的梦笔山垭口,海拔四千一百一十四米。当年,中国工农红军第六军团就是翻过这座雪山,进军马尔康的。

在梦笔山垭口兴奋了一会,走到小金两河乡又兴奋了好一会,这就是长征历史上著名的两河口会议的所在地。在小金县城心满意足地吃完了鲢鱼火锅,再上路,麻烦就来了。从小金到丹巴,碰上了本次行程最难走的泥泞路,直到走上318国道。

到康定,天完全黑了。这里住宿会不会困难呢?来过这里的老李安慰我们,完全不必担心,这里酒店太多了。果然,酒店都有房间,只是全城联盟,统一提价。平日一两百的房间,这天晚上都提到了六百、七百。

转了好半天，最后终于让我们捡了一个漏。在一个相对偏僻的酒店，每个房间标价六百，讨价还价，降到四百八十。最后办手续时，见一个事先预订了房间的重庆客人只付了三百。看到我们知道了底价，服务员也按三百给了我们房间。第二天早上，住客纷纷比较价格，才知道真有付六百的。

尽管酒店联合涨价的做法让我们不爽，那天晚上的藏餐还是蛮不错的，至于吃了些什么，名字记不清了，但都是过去没有吃过的。不知道菜价有没有涨。就我们这些从高物价地区来的人看，算得是价廉物美。

一首《康定情歌》，把康定唱得家喻户晓，其实康定城内没什么好玩的。一条大河穿城而过，紧挨老城，是著名的跑马山，山不高，比较陡峭，山上有草坪，是每年开赛马会的地方，现在辟为公园。

康定在三国蜀汉时期是诸葛亮七擒孟获的地方，史称"打箭炉"，唐时则属于吐蕃，是个充满了传奇故事的城市。1937年，一位叫邢肃芝的南京人决心赴藏，将西藏秘法取回汉地，这就是著名的汉人喇嘛洛桑珍珠。他晚年的口述回忆录《雪域求法记》是这么描述康定的："初到康定，看到人们的各种打扮感到很奇特，这里的人形形色色，很多人通汉藏两种语言文字，多数信仰喇嘛教，把康定点缀得多彩多姿。"

遗憾的是，那个"男人的装束就像中古时代的骑士""女人的装束也很特别"的康定古城现在并没有留下多少历史痕迹，只好把《康定情歌》用够用足，在不大的康定老城，满街都是"张家大姐餐馆""李家大哥旅店"。

我们去了离康定二十多公里的木格措，汉名叫野人海的高山湖。这里海拔三千多米，碧绿的湖水四周，山势陡峭，环绕着墨绿色的森林，更远处是皑皑雪山倒影在湖中。同行中见多识广的贾医生说，这里的风景有点像瑞士。

走出书斋

今年,已有十多年历史的台北、香港、上海、深圳四城市文化交流会议在深圳召开,本次年会的主题是"公共治理和文化参与"。在理论探讨环节,台北、香港与大陆城市形成了鲜明的对比。

上海、深圳的发言是同一模式:一定会引用当前比较热门的某些西方理论家的观点学说,然后对应中国当前的文化现实,提出问题,然后得出结论。

港台学者的发言迥然不同,他们很少谈纯理论,基本上都是结合个人的实践,分析案例。

香港发言者是"海归"博士,在高校任职,她的发言是谈知识分子的社会参与。她以香港湾仔"蓝屋建筑群"为例,谈在香港"活化历史建筑"过程中,蓝屋由最早被政府规划,要求搬迁全部居民,到后来变成"留屋又留人"的"活保育"的过程。在这个过程中,参与其间的文化人与蓝屋并无利害关系,但他们并没有站在局外人的立场,"价值中立"地去观察整个活化保育过程,而是和蓝屋社区的居民一起,针对政府的规划,维护居民的利益,提出新的方案,帮助社区居民与政府进行沟通。

社区居民面对搬迁这样的问题,常常并不清楚政府的政策,也不知道如何维权,知识分子参与的结果,使政府的"保育"计划和居民的利益以及社会文化诉求达成了一致。

台湾的发言者则是一批台湾文化人。他们在1999年"9·21"地震后,帮助受灾的桃米社区进行灾后社区整体营造。通过利用该地的生态资源,通过跨领域合作,桃米社区形成了社区公共治理模式,成为闻名生态村的案例。

面对地震灾害，大陆文化人通常的做法是献爱心，一是捐赠钱物，到现场慰问；另一种是智力支持，例如支教、帮助重新规划、设计等等。台湾的做法则是引导灾民规划新的生产、生活模式。在他们看来，援助灾区与其赠人以鱼，不如授人以网，帮助社区改变过去的产业结构，在当代生态文明的基础上，重建自己的生活。

比较大陆输血式的灾后重建，台湾文化人的这种资助并没有直接给灾民带去多少物质财富，而是通过他们社区居民的努力，产生文化观念的转化，提升自主的承载能力。这应该是更有建设性的做法。这当然需要一批文化人充当志愿者，深入到灾区，长期和灾民生活在一起。

在港台学人的身上，我们更感受到他们更多沿袭了20世纪二三十年代以来，中国知识分子如梁漱溟、晏阳初等人在农村所尝试的乡村建设的传统。这种传统和中国古人所倡导的"知行合一"的传统是一致的。

1980年代以后，学界有"思想家淡出，学问家凸显"的说法，知识分子钻进故纸堆，待在象牙塔，发表的论文越来越多，学术"成果"越来越丰厚，但是对社会的影响却越来越小。

在大陆学界，对许多热门的社会问题，也不断有知识分子出来发表意见，但是他们的作用往往停留在舆论上，而真正深入到基层，参与到民众中间，具体指导和帮助他们行动的，却非常罕见。在这一点上，大陆学界应该向港台知识分子学习。

知识分子最大的功能，是要推动人的发展和社会的进步。一个良性的社会应该是一个能有效互动、对话的社会，是一个懂得相互让步和妥协的社会，在这样的社会结构中，知识分子应该充当润滑剂。

武昌城

方方写历史小说《武昌城》，很大程度是因为好奇。

她在《后记》里第一句话就说："武昌以前是有城的。这个概念我竟长久不知。……我坐在公共汽车上看了洪山看蛇山，也骑着自行车穿过鼓楼洞，路过胭脂路，还到花园山参观过老教堂。但我从来没有想过武昌以前是不是有城。"

后来，方方不仅知道了武昌有城，还知道在北伐战争时期，以叶挺"铁军"为先锋的北伐军在武昌城下曾有一场攻城恶战。由于守城的北洋军队刘玉春部顽强抵抗，令北伐军久攻不下，死伤无数。

方方的《武昌城》分了两段写这场战争，先写攻城，再写守城，为的是全景式展现这场战斗中的那些人物。

这场惨烈攻防战结束后，武昌城的命运是，无论哪一方，都不想再看到这座城。或许武昌城竖在那里总是会勾起人们太多痛苦的回忆，于是，战后不久，以扩展市区的名义，在司令邓演达的指挥下，除"起义门"之外，武昌城被拆除。方方在《武昌城》最后感伤地写道："这是1927年的秋天，武昌从此无城。"

站在今天的角度，退远了看当年的武昌城，它的痛苦和血腥逐渐消散了，留下的只是一段历史，关于战争的历史和这座城市的历史。所以，当年拆掉武昌城，不仅仅是拆掉了一座古老的明代古城，还随之拆走了许多关于历史的记忆，关于城市的记忆。拆掉才几十年，像方方这样多年生活在武昌的作家，都不知道武昌曾经有城，遑论其他人呢？

可见，历史是脆弱的，是极容易被忘记的，唯其如此，它反证出保留历史痕迹有多么重要!

读《武昌城》还有一个收获是,一个人关于历史的知识是被给定的,在一个人有限的教育经历和见识中,完全有可能接受到片面的,甚至是有偏见的历史。

以方方小说中涉及的两个人物为例。

北伐时期直系军阀吴佩孚,过去在我们所接受的教育中,他是一个恶贯满盈的军阀。我最早知道吴佩孚,是因为他镇压了京汉铁路工人大罢工,杀害了施洋大律师。就这样一个人,在他在兵败武昌后,流亡到四川。当时国民政府并没有为难他,1931年允许他出川,后接受张学良馈赠,寓居于北平。日本侵华以后,土肥原亲自上门威逼吴佩孚附逆,谁知吴佩孚不惧生死,断然拒绝。在记者会上,当着中外记者的面痛斥日寇,表现出凛然大义。后因牙疾,被化装成牙医的日本特务杀害。他死后被国民政府追认为陆军一级上将。

还有刘玉春,北伐时的武昌城防司令,武昌城破后被活捉。按理说,这个双手沾满北伐将士鲜血的战俘当以死来祭奠烈士,可他并没有被北伐士兵们乱枪打死,而是接受了公正的审判。在军事法庭上,因"守城之罪,不在一人",居然未被定罪。后刘玉春定居天津,1932年病故。可见,历史本身既有激情,也有理性。

从北伐后武昌城被拆,联想到万里之外的利比亚首都的黎波里,9月16日,过渡委武装人员也开始拆除阿齐齐亚兵营围墙和卡扎菲在兵营里的住所,打算在原址上建造一个公园。有负责人强调,卡扎菲政权在地上和地下的所有痕迹都将被清除。

好多年后,利比亚会不会也出一个方方,从好奇开始,写作关于阿齐齐亚兵营的故事呢?

话在说我们

卡扎菲的二儿子被捕,媒体最爱用的一个标题是"赛义夫愿20亿美元换自由"。对读者而言,"20亿美元"的确是够吸引眼球的。

就在报道赛义夫被捕消息的同期报纸上,另一则新闻的标题是,"吴冠中《长江万里图》拍出1.3亿",这又是一个金额上亿有视觉冲击力的标题。

这两个标题传达出来的信息是:"卡扎菲家族真有钱""吴冠中的画真值钱",这两个标题的传达力度之大,很可能造成喧宾夺主,冲淡这两件事情本身的意义。

对利比亚而言,赛义夫被捕这件事,是它对利比亚政局的影响,这应该比20亿美元更重要。对吴冠中先生而言,自从他去世后,对他艺术的评价,一直存在争议,拍出1.3亿,多少有一种"艺术好不好,价钱见分晓"的意味。

感叹之余,同时又想,这两件新闻的标题如果不这么做,那应该怎么做?是不是还有更多的可供选择的可能性呢?公共媒体所做的标题,当然具有引导性;但另一方面,它也要和读者互动,抓住读者的心,找准读者的兴奋点。

就在读这两则新闻之前,我正在为一个展览写前言,其中刚刚写下了这样的句子:"为城市留下了一笔重要的精神财富",看完报纸,回过头再看自己写下的话,不是和刚才这两则新闻的标题在逻辑是一致的吗?如果你认为某种精神很重要,为什么一定要把它说成是"财富"呢?

于是,我把这句话随手改成:"成为城市重要的精神遗产"。刚写完,马上发现不对,"遗产"不是仍然与"财富""金钱"相关吗?

真是无语!除了"财富""金钱",当我们在形容一件事情非常重要的时候,为什么就没有更多的"话"来说呢?

话语分析理论中有一句名言:"你以为你在说话,实际上是话在说你;你以为你在使用符号,实际上是符号在使用你。"表面上,我们每个人在进行语言表达的时候,是非常自由的,是可以非常个人化的;但实际上,我们使用的话语,我们的修辞方法,既不是我们个人主观的发明,也不是客观的从来如此;如果我们把它历史化,分析话语的历史,我们就可以看到"话"的形成轨迹。

在漫漫话语的历史中,话是权力的产物。能说什么,不能说什么;哪些是被禁止的,哪些是被提倡的;哪些是有规格、有身份的,哪些是被抽空、被仪式化了的……都经过了潜在的权力锻造。所以,当我们说话的时候,不知不觉会依赖一个潜在的话语结构,你还没有张口,那句话就在那里等着你。这就是话在说你的意思。

对比古人,他们在形容某件事情重要的时候,也拿"金"来打比方,如"惜墨如金""惜时如金""一诺千金"之类。但是,古人又常常用对"金"的超越,来反衬某件东西的重要:"金钱如粪土""金不换""金银有价,情义无价"等等。同时,古人的选项比较多,说某件事情重要,还会拿重要的自然事物打比方,例如"泰山""日月""天地"……

反观今天,人们只要谈到艺术品、艺术家、文物、收藏的价值的时候,只有一种话语,就是钱。除此,就没有什么别的"话"了。时下流行的所谓电视鉴宝,实际上就是鉴钱。

我们还要被这种话说多久呢?

地方性知识

有位社会学家不久前在奥地利参加了一个国际社会学研讨会，讲中国劳工问题，引起了与会学者的兴趣。对此，他很有感触。他认为，中国学者做研究未必要赶国际的时髦，应该扎扎实实地把当代中国的真问题揭示出来，为国际社会贡献出有价值的地方性知识。

20世纪二三十年代的那一代学者早就给了我们启示。当时，一批从事人文社会科学研究的学者在国外学的都是当时西方前沿的观念和方法，回国之后，相当多的人一头扎进了中国的问题中，在诸如考古学、语言学、法学、社会学、人类学、文艺学等方面进行了大量开拓性的工作。正是因为他们的努力，才让国际学术界知道了一个真实的中国。

"有真问题才有真学问"，拿劳工问题来说，它曾经是西方社会的一个强势问题，但到了当代，它被其他更重要的问题所取代，相对成为一个弱问题。在发达国家，随着工会力量的强大，社会福利保障系统的完善，劳工的权益和保障问题得到了较好的解决。在当代中国，劳工问题则是一个非常紧迫的社会问题。

中国的问题比较特殊。中国的所谓劳工，大多数是在城市化过程中，由农民转化而来的所谓"农民工"。他们在城市工作，在乡下又有一份承包的土地，这种身份的二重性，显然是无法用其他发达国家的经验来解释的；另外，农民工所面临的"户籍"问题，也是一个"中国特色"。这些问题如何破解，都只能从中国的经验出发寻求解决之道，而无法搬用发达国家现成的经验。

中国的劳工问题，本质上是现代性问题在中国的反映，中国如果在这个问题上，能形成一套自己的经验，那么，中国的这种地方性知识本身也将会对全球的现代性做出自己的贡献，它本身也可以成为全球普遍性知识的一个部分。

所谓地方性知识这个说法是从人类学研究那里来的。在人类学研究中，一直面临着普遍性和特殊性的纠缠。一些人类学家热衷于在不同民族、部类和文明类型那里发现共同性，找到共同的结构和规律；而另一些人类学家则坚持寻找差异，他们认为在不同民族、部落和文明那里，存在着自己非常独特的文化差异，这些差异就属于地方性知识。在整个现代化的过程中，地方性知识不应该被同化，被掩盖，它可以发挥自己独特的价值和作用。

中国的城中村，就属于全球城市化过程中的地方性问题。"城中村"这个奇怪的说法，就寓指了它是现代化过程中城乡矛盾的混合体。它既不是真正的农村，也不是真正的城市；在急速的城市化过程中，它并没有被迅速同化而滞留下来；同时，由于被现代化的城市包围，它本身又成为城市的补充，成为功能化的、高密度的农村。

拿深圳的城中村来说，它不同于西方城市经验中的"贫民窟"，它虽然存在着各种问题，但它廉价和便利，充满了生机和活力。很难想象，如果没有城中村，深圳的城市何以能在三十多年里有如此快速的发展。

农民工的问题、城中村的问题、廉政问题、青少年教育问题、养老问题、医疗问题、诚信问题……都是当下最有中国特色的问题，如果中国的人文、社会科学研究想要在国际上获得发言权，首先就要从面对这些问题开始。

居住的政治学

周末,一位建筑学院的教授邀我去西安看豪宅。他说:"你一定要来看看,当作一种现象来研究,我搞了一辈子建筑,看了很震撼。"于是花了一天时间,到西安走了一趟。

这事的缘由是,教授的一位学生,建筑学硕士,毕业后从事建筑装修,继而开发房地产。他的楼盘因为设计有特点,施工重质量而博得了好口碑。目前我们看到的,就是他精心装修完成的豪华会所和样板房。

这个楼盘讲的不是建筑学的文脉,在风格上它是混搭的,什么好用用什么,怎么有效果怎么来。它的目标是穷尽一个人对于豪宅的想象,真材实料,精益求精,走高性价比的路线。在同类豪宅中,它肯定不是最贵的;在相同的价格中,它质量一定是最好的。

如何看待这类豪宅?恐怕首先还是要把它历史化。

如果从政治学的角度看中国古人的居住,可以清晰地看出两条传统:一是集权主义的皇家传统;另一是个人主义的商家传统。

《史记·高帝纪》中记载,汉高祖初定天下,东征在外,丞相萧何主持建造未央宫,待汉高祖回来,看见宫阙的规模如此宏大,便责备萧何治宫室过度。萧何回答:"天子以四海为家,非壮丽无以重威。"刘邦这才转怒为喜。

这个故事告诉我们,其实皇帝不是不懂得节约的道理,但是在皇帝看来,政治威权和统治秩序比经济上的节省更重要。所以,皇帝的宫殿要宏大、庄严、华丽、气派;皇家的建筑美学要强调崇高美、形式上讲究中轴线、两边对称……

有的皇帝刻意通过建筑来夸张和炫耀,也是出自政治的考量。《史记·秦始皇本纪》说,秦始皇每攻下一个国家,便模仿它的宫殿样式,复原建在咸阳的北阪上。于是,从秦都雍门以东一直到泾渭,"殿屋复道、周阁相属",这是一种收藏式的政治炫耀。

中国历史上的皇权过于强大,强大到连宗教也无法与它抗衡。所以,宗教建筑也在很大程度上也向皇家的集权主义建筑靠拢,在美学趣味和空间布局上也大致相仿。

作为世俗的社会力量,能够在空间上小心翼翼地彰显自己的意志,表达自己政治诉求的,是那些成功的商人们。历史文献中记载的建筑我们就不说了,从目前仍有遗存的建筑来看,今天我们能看到的古代有特色的建筑就是所谓"民居"。今天传世最多的明清两大民居系统,黄河流域的山西民居和长江流域的安徽民居,都是以商人的住宅为代表的,它们分别代表晋商和徽商。

比较皇权和神权,商人住宅彰显的是"人权"。它们表达的是个人主义的居住意志。当然,在体量、色调、气势上不可以挑战皇权和神权;于是,它们就另辟蹊径,不过多追求仪式化,而是在可能的条件下注重质量、注重细节、注重舒适度。比较而言,这些"民居"更有人间气息,更有生活品质。

要一个有钱的商人不炫耀、不张扬几乎是不可能的。他们需要深深的院落、玲珑的园林、精美的砖雕、木雕、石雕……淮扬盐商的宅邸,民国"金山伯"的碉楼都可以看作是这种传统的延续。

就居住而言,满足一般功能需求其实非常简单,超出的部分,本质上都是在浪费。这些浪费满足了居住政治学的需求。建筑史上,人们为政治买单比为功能买单要多得多。

好说不好做

看"第三届中国建筑思想论坛"专家们的发言,马上想到了两句话,也许有点刻薄:这是一个眼高手低,会说不会做的时代;这是一个人人都是批评家,人人都不愿意被批评的时代……

对于城市规划和建筑,这个时代并不缺正确答案。譬如,保护过去的建筑遗产;保护生态和环境;节能、低碳、可持续发展;人的活动优先;尊重城市人文等等。而所谓专家,就是能熟练说出正确答案的人。

问题是,答案的清晰、明确,不等于容易实现;于是,就有了建筑思想论坛上对今天城市规划和建筑的批判。总体而言,专家们是从两个参照系来批判当下现实的,一是以古人遗产为参照;二是以发达国家的成功经验为参照。可是,中国问题的复杂,中国经验的特殊,决定了它既不可能回到古代,也不可能照搬国外。

原因很简单,为什么专家们一边在说正确的话,另一边错误还在继续发生,甚至愈演愈烈呢?

把这些问题的责任归结为政府的无知恐怕并不公正。现今的政府中,至少在发达地区的政府中,具有城市规划和建筑专业背景的官员越来越多,其中不乏博士、硕士;以这些人的专业知识以及国内外考察所获得的见识而论,他们对"正确答案"的知晓程度未必在这些专家之下。为什么他们知道而做不到呢?

还有,那些站在讲台上的专家是不是因为敢于批判,就免去了自身的责任呢?

前不久,因为"设计深圳"的展览,请部分建筑界人士推荐心目中优秀的深圳建筑,想来想去,他们竟然举不出几个满意的例子。千万不要说,深圳这么多的建筑都是委托方主观意志的产物;应该说,建筑师自由创造和发挥的机会还是比较多的;也千万不要说,活跃在深圳建筑市场的,只是些二流、三流的建筑师;应该说,它更是中国乃至世界一流建筑师的舞台。为什么建筑大师们作为批评家出现的时候振振有词,一旦他们自己动手的时候很难拿出让人服膺的优秀作品呢?

提出这些问题并不是要追究谁的责任,只是想说,当人们在论坛上为专家们的发言叫好的时候,这些"正确答案"可能遮蔽了背后更深刻的问题;也就是说,人们不满足一次又一次地听这些正确的话,人们更想知道的是,为何说起来都好说,做起来却很难?

拿保障房来说,有建筑师说话了,在21世纪,大规模地建一些质量不高、面积有限的简易住房是建筑学的倒退。那么,是为了社会的公平、稳定而牺牲建筑学呢,还是为了建筑学而牺牲社会的公平和稳定呢? 还有,当一些实验建筑师打着生态的旗号尝试重新启用古代的砖瓦、木头、竹子的时候,它的中看不中用,它对资源的耗费,正好又走向了它的反面,这种做法是当今的中国承受不起的……

中国的规划和建筑常常在两难的状态中相互纠缠;我们知道什么是对的,只是同时有一些同样基于现实的强大理由来抵消这些所谓对的东西。中国规划、建筑的问题不是找不到"正确答案",也不是缺乏好的方法和技术,而是无法解决综合性的社会问题、资源问题、权力关系问题。

就问题的复杂性而论,建筑思想论坛更需要对当下中国现实进行深入分析,而远远不是像说出正确答案这么简单。

当"创意"遇到"产业"

号称"全球创意三巨头"之一的英国学者查尔斯·兰德利曾经到深圳四方沙龙演讲,在提问环节,有听众发问:如果全球城市都以成为创意城市为目标,那实体经济谁来干,人们基本物质生活需求谁来满足?

兰德利并没有给出一个特别明确的回答。由此,我们不妨认为,关于创意产业的话题,恐怕不能囫囵吞枣,得嚼一嚼再咽下去。"创意"是个好东西,但是当"创意"遇到"产业"的时候,应该从长计议。

"创意产业"这个词本身包含着悖论。

创造、人文、艺术本身是审美的,非功利性的;而产业、经济的天性是商业的,逐利的。创意产业是后工业时代出现的,它要通过"创意"来漂白"产业",消弭二者的对立,让过去直截了当的经济行为变得人性化,通过个人的创造性,通过人文、艺术的方式,为产业增添文化的附加值。

对发达国家而言,他们经过了很长的工业化阶段,有着很好的工业基础,在材料、能源、制造和各种技术方面,都有着很强的优势,这些其实是他们发展创意产业的有利条件。过去在工业时代,它的价值观是效率,是标准化,是直接的利益原则。这些随着工业化的逐步实现,暴露出了越来越多的问题。进入后工业时代,创意产业的概念出现了,它的价值观是异质性、差异化和个人性。

现在的问题是,创意产业的概念天下传播,人们似乎一下子找到了捷径。既然创意产业已经成为国际潮流,这么高的附加值,又节能环保,我们多多地拿过来大力推广不就行了吗?

事情当然不可能这么简单。不管人们如何推崇创意产业,到最后,它仍然还是要落脚在产品的"经济价值"上。既然讲经济价值,当然少不了竞争。拿什么竞争? 只能是创造力,想象力,文化实力,审美的鉴赏力,艺术的品位和修养……如果说,过去的商业竞争是血淋淋、赤裸裸的利益之争,那么创意产业让商业竞争变成了文化的竞争。

让文化成为商业竞争的手段,当然不是一朝一夕的事情,它需要长期的积淀。在这个意义上,创意产业与传统产业相比,我们的确看到了它的进步,因为它毕竟改变了方式,它开始照顾人的需求,考虑人的感受。更直白地说,它让产业穿上了漂亮的文化和艺术的衣裳。这也正如西方学者所说的,创意产业潮流的出现,发生了从"工业化制造"向"艺术化创造"的转变。

的确,创意产业的理论家在解读这个概念的时候,充分认识到了它和工业化制造的相互区别。例如:它尊重人的快乐和满意度;它尊重人的"注意力";它尊重人对产品的"体验";它强调产品的品牌效应和传播技巧……

不过,不管创意产业穿了多么漂亮的衣服,它仍然是"产业",仍然是"经济";在本质上,它不过是文化的经济化,经济的文化化。

以目前中国的房地产广告为例——这可是典型的创意产业,它们是最会进行文化包装的。如果光看、光听这些广告,那真是感人肺腑,从来不提"钱"字。不过,无论它们多么有创意、多么有文化,最终,它的目标很单纯,帮着地产商以最好的价钱把房子卖出去。就算你在接受这些广告时得到了极大的快乐和满足,那又能怎么样呢?

精神拆迁

胡适口述自传中的第一句话是："我是安徽徽州人。"

一个人说自己，先从籍贯、出处讲起，这是中国人的传统，胡适就是这么做的。他在介绍徽州的时候，还专门谈到了与徽州有长久历史渊源的婺源。这个婺源，尽管在地理、文化上与徽州一脉，然而在20世纪，经过了两次反复，最后被划到了江西。

这两次反复，居然都是军事上的考虑。

1934年，国民政府因为"剿共"的需要，把建县以来一千多年都从属徽州的婺源县划到了江西第五行政区管辖。可是，当地居民总认为他们是徽州人，经过一场"婺源返皖"运动，1947年，婺源重新回到徽州。

到了1949年，因为解放婺源的是解放军的"二野"，和解放江西的同属一支部队，为了军事管理的方便，这一年又把婺源从徽州划归到江西省赣东北行政区浮梁专区管辖。这一划，就再也没有变过来。现在到婺源，尽管过去了几十年，那里的居民仍然认为他们是徽州人。

我的祖籍是山东临清，属于聊城地区。从小，家人告诉我，你是山东人。直到上小学填表，籍贯都是填山东。后来，以大运河为界，把临清一划两半，河东的还是山东临清，河西的部分则新设了一个县，叫临西，划归河北省。小学没读完，我居然从山东人就变成了河北人。

深圳是个移民城市，大家见面，最爱问的一句话是，你是哪里人？问到我的祖籍，说起来就比较麻烦。在文化认同上，自认为是山东人，因为临清从元代以来，一直就属于山东。可是在行政区划上，目前的确又属于河北。后来，发现了一个同类，报人胡洪侠，籍贯德州，同样因为大运河的原因，和我同一年由山东人变成了河北人。后来，我们戏称自己为"河北山东人"。

还有更加戏剧性的例子。三国的时候，孙权将都城从建业迁到武昌（今天的鄂州），取"以武而昌"的意思。这个迁都不顺利，反复了几次。"宁饮建业水，不食武昌鱼"，这句民谣就反映出朝野之中，反对和抵制的力量是多么强大。三国以后，武昌这个地名就顺着一直叫下去了。到了民国初期，武昌突然改成了鄂城。

有意思的是，今天武汉三镇之一的武昌以前从不叫武昌。更具体地说，在武昌起义的时候，这里都还不叫武昌，而是叫江夏。直到1912年，才把今天鄂州的名字拿过来，改为"武昌"。今天看来，这种移花接木的改法近乎"恶搞"，什么理由？是不是仍然为了取"以武而昌"意思呢？

有了新的武昌地名以后，人们就把历史上曾经发生过的事情用新的地名来命名。例如："太平天国攻占武昌城"，这里说的是现在的武昌，而不是鄂州；"驻武昌新军打响辛亥革命第一枪"，也是如此，它当时并不叫武昌。

从文化上来讲，中国老百姓恐怕都不愿意改动自己的行政区划和熟悉的地名。地名不仅是一个符号，更是一种文化归宿；在它的背后，承载了一个与之相对应的巨大的文化数据库，记录了数不清的记忆、故事、历史因缘……

人们说，城市更新，拆除老房子，等于是拆除历史记忆。更改地名呢，应该相当于精神拆迁，对人的影响不亚于拆老房子。因为一个人要和新地名重建一种文化联系，不知道要多少年，有的人也许一辈子都改不过口来。

高娃和神马

春节还没过完,又去了一次鄂尔多斯,参观了仰慕已久的成吉思汗陵。

导游是个蒙古族姑娘,名字叫高娃。我问"高娃"在蒙语里是什么意思,她说是"美丽"。一直听说蒙古族有一群神秘的守护成吉思汗陵墓的人,叫达尔扈特人,导游高娃与他们有没有什么关系呢?我试探地问,你是达尔扈特人吗?她说是的。当然,她只是达尔扈特人的后代,因为只有男性,而且现在只有达尔扈特人每家的长子才做世袭的守陵人。

听到这些,看高娃的眼光都不同了。那天气温虽在零下十七度,但阳光灿烂,天空碧蓝。高娃身高一米八左右,穿一件并不厚的枣红色镶黄边的蒙古袍,身姿挺拔,有一股凛然之气。她脸型瘦削,肤色黝黑,眼光深邃,说话简练干脆,拿现在时髦的词来形容,怎一个"酷"字了得!我想,她完全可以去做个运动员,或者当个女特警什么的。

终于可以满足我们的好奇心了,大家七嘴八舌,问了很多关于达尔扈特人的事情。

成吉思汗去世后,一个叫兀良合的部落,派出一千人,守护埋葬成吉思汗遗体的伊克霍日克,不让任何人接近。到忽必烈时期,守护和祭祀成吉思汗灵帐"八白宫"的工作规范化了,开始把从事这项工作的人称为达尔扈特人,意思是,"担负神圣使命的人"。

这些达尔扈特人不必耕种和狩猎,不必纳税和服役,他们的男人父子相续,世代相传,永远只做一件事情,即守护和祭祀"八白宫",忠心耿耿,矢志不渝。

以前我知道，蒙古葬俗和汉人不同，蒙古首领去世后，不像汉人那样大兴土木，兴建陵寝，而是运回草原深埋，尤其是成吉思汗，肉身究竟葬在何处，至今仍然是一个谜。过去我不知道的是，所谓成吉思汗陵并不是固定的建筑，而是由马车拉着八个白色帐篷，到处迁徙。直到1950年代，在乌兰夫的建议下，才在伊金霍洛修建了成吉思汗衣冠冢的陵墓建筑，把"八白宫"永久安置在这里。

曾经流动的"陵墓"大大增加了守陵人的难度。据高娃讲，遇到动乱和灾害，达尔扈特人都是靠人施舍救济度日，其中的艰辛可想而知。由于日本人逼近，"八白宫"曾一度转移到了兰州。

蒙古人对领袖的纪念方式可以看出他们更看重的是不朽的灵魂，而不是肉身的保存。"八白宫"可以流动，但"八白宫"里的油灯从未灭过，"八白宫"每日的各种祭祀也从来没有停止过，这意味着成吉思汗的精神永在。

因为这个特点，蒙古人把"象征"推向了极致，"八白宫"里所供奉的物品，如成吉思汗的弓箭、马鞍、圣奶桶……无一不是高度的象征。由于象征，蒙古人将日常的感性世界和理性世界较好地统一在了一起。

高娃还跟我们讲了神马，这是成吉思汗陵又一个神奇的传统。它由成吉思汗供奉过的神马转世而来，根据"八白宫"中的神马画像，从两岁的小马中挑出，自由放养在陵园中，不加任何管束。任何人都不得伤害它。

偌大的园区，怎样才能看到它呢？"它可遇不可求，来无影，去无踪，如果遇到了，千万不要招惹，以免受伤。"高娃这样说。它的飘忽无定，在很大程度上传承了草原民族自由奔放、融入自然、迁徙流动的精神。

这又是一个象征。

无差别优异

三联书店出了一本书,《我不原谅————一个90后对中国教育的批判和反思》,书里谈到了"无差别优异"的问题。

作者举了个例子:中国家长参加美国学校的家长会,总爱问老师,自己家孩子的短板在哪里? 还有什么缺点? 美国老师很奇怪,他们认为每个孩子都有自己优秀的地方,应该发掘他们的特长,发现他们各自的精彩,为什么要总是要和其他的孩子比,总觉得自己的孩子不够优秀呢? 美国老师的这种想法,体现了"无差别优异"的原则。

所谓无差别优异,如果翻译成大白话,就是"各有各的好",或者"各美其美",不要搞成统一的标准。只是,中国家长普遍还接受不了这个观点。中国教育从古代开科取士开始,就是千军万马走独木桥,习惯了。统一尺度当然有好处,比较公平,无论贫富贵贱,是好是坏让分数说话;不好的地方是,严重地扼杀了个性。

其实,最适合无差别优异原则的,应该是艺术教育领域。

艺术院校培养出来的学生,最后脱颖而出的,永远是那些比较异端和另类的学生,而入学考试成绩最好的人,得高分的人,最后往往比较平庸。为什么呢? 因为好学生最大的愿望是满足标准,结果丢掉了自己。

现代艺术教育最可悲的地方在于,在严格的规训中把可能的艺术天才悄无声息地扼杀了。回头看看,古代的文人画家,都是业余的,没进过学校,画得挺好;现在学中国画的学生,天天训练笔墨,临袭古人,如此专业的训练,为什么反而不灵呢?

还是标准化的问题。所谓现代化,在很大程度上就是标准化。

艺术院校从招生开始，就种下了日后的结果，特别有苗头的学生根本就进不来。大家按一个标准考素描、考色彩，你要离经叛道，谁要？不说考进学校，就是考前辅导班的老师，就早早把你灭了。

那些有点灵气、有点小苗头的学生，进来之后，经过漫长四年的训练，按统一教学大纲，学了一些技法，然后那一点点个人化的小苗头也被掐得差不多了。总之，这事特别矛盾，要衡量一个学生的好坏，总是要打分吧，只要一打分，问题就来了。老师只有自己的一双眼睛，他有自己的偏好，纵使他能够容忍多元化的选择，能够理解其他人不同的观察和感受，他总要通过评分分出好坏差异，所以，他又如何能够超越评定优劣、好坏的规则，站在无差别优异的立场来评分呢？

好在当代艺术在价值观上，是颠覆统一标准，强调个人差异的。这一点应该是和学院派艺术相比最大的不同。当代艺术中，好多人并不是正规科班出身；就是科班出身的当代艺术家，他们一般也不是"好学生"。

然而，当代艺术尽管在创作上推崇无差别优异，然而市场又把它标准化了。某个画家出名了，收藏的人多，价格上去了，对其他画家而言，可能产生一种暗示，他不会去想这位出名的画家是如何彰显了个人的个性和智慧的，而是想，是不是也应该走他那样的路子，才能够获得市场的成功。如果大家都这么想，不仅把自己毁了，也把当代艺术毁了。

说到底，当代艺术的消费者、收藏者，也要依循无差别优异的原则，用自己的眼睛去判断，"各得其所"，如果一味跟风炒作，最后谁都好不了。

民治和水湾

前不久接到通知,到龙华参加"规划师走访社区"活动,挂点民治股份有限公司。我虽然并不是规划师,但是能够到深入到股份公司,也就是过去的"村"里,看看深圳原住民的生活,也是很乐意的。

临去之前,有熟悉情况的人对我说,民治挺好的,紧挨着深圳火车北站,正是发展的旺区。到了民治股份公司,听了公司负责人的介绍,发现事情还没这么简单。前些年,深圳提出了一个口号:"感恩改革开放,回报全国人民",这是深圳对外而言的。如果对内部来说,则要感恩深圳这块土地,回报原住民的贡献。

是的,深圳原住民在改革开放中受益了。比较全国其他地方,他们的富裕程度,恐怕能与之相比的地区并不多。即使如此,也不能忘了原住民对深圳发展所做出的牺牲。他们拿出了自己赖以生存的土地,贡献给了城市的发展,尽管从土地上他们得到了较为丰厚的回报,但是比较起来,变成城里人之后,原住民日益边缘化的趋势也非常明显。土地是不可再生的,在获得有限的利益之后,原住民的可持续发展会怎样?需要今天的深圳人给予更多的关心。

民治股份公司的张副董事长说,拿民治来讲,60年代、70年代出生的人今天就比较尴尬,他们没有太多的知识和技能,在这个忙忙碌碌的城市,他们似乎不容易找到自己的位置。

如今,民治可供未来发展的土地几乎没有了,过去政府征地时所承诺的土地返还在今天深圳的土地资源如此紧缺的情况下,恐怕也很难兑现。况且,龙华新区的发展,将过去民治股份公司自己集资所进行的市政建设占用了,如何补偿损失,也是股份公司一直在呼吁的。

　　总的来说，像民治这样的地方，如果将眼光一直盯在物业、收租上，恐怕是很难做大做强的。就规划而言，如果只是关心他们的空间规划，例如道路、交通、建筑、城市设计也是不够的。像这类已经没有多少后续土地来源的地方，最重要的，是如何引入智力资源，如何帮助他们进行业态的重新规划和转型，进行整体质量和品质的提升。

　　到民治走一走，感到很受教育。深圳的原住民原本是最有资格向这个城市表达他们诉求的。遗憾的是，这些年，随着新移民的不断增多，越来越强势，原住民的声音倒是越来越弱了。如果深圳是一座懂得感恩的城市，就应该倾听他们的声音，关心他们的发展。

　　正在为民治的前世今生而心生感慨的时候，恰好，有个正在进行旧村改造的朋友，邀请我们去蛇口，讨论如何在水湾村改造项目中引入公共艺术。

　　水湾与与民治相比，恰好形成对比。水湾是深圳最早发展，也是最先富起来的原农村之一，不像民治，只是在这几年才发展起来。富于戏剧性的是，1979年所谓蛇口第一爆就在这里，从此以后，水湾村就失去了行政隶属关系，它所在的这一片，变成了招商局。

　　这里是蛇口的旺区，三十多年前曾经的亦农亦渔的水湾，早已成为一个遥远的传说。今天的水湾，已是沧海桑田，找不到一丁点过去的痕迹了。

　　据说，让富裕了的水湾村民耿耿于怀的，是失去了的地名。他们常常嘀咕，这里明明是水湾，怎么就变成了招商街道呢？这一点让他们心有不甘。

常识往往有问题

最近在一所美院雕塑系发现，几个雕塑辅助工被辞退了。不是他们不需要这些工人，长期以来，每个雕塑系差不多都会养一些和泥、翻制模型、扎架子的工人，他们是师生教学和创作的好帮手。

随着《劳动法》实施，这些工人的饭碗成了问题。如果要保障这些工人的权益，就要按规定签订劳动合同，要交社保、医保等等。本来系里是没有这笔经费开支的，如果让这些工人成为系里正式的合同制工人，既无编制，也是一个不小的经济压力，只好忍痛割爱。

这是一件挺矛盾的事情。按照"常识"，《劳动法》是保障劳动者权益的；如果因为《劳动法》的实施反而直接导致一批劳动者失业，这肯定不是《劳动法》制定者的初衷，可眼前的事实又的确如此。

刘瑜在《民主的细节》中也谈到了类似的例子。2007年，美国众议院通过了最低工资的法案，把十年没有动的最低工资额涨了上来；这边法案刚通过，那边参议院马上提出来，要在十年内给小企业减税。这是为什么呢？原来经济学家老早就发现了这个规律，最低工资法和失业率之间是成正比的，特别对小企业而言，人工成本一旦提高，老板马上裁员，使一部分劳动者成为提升最低工资的牺牲品。

这个例子很好说明了，在国外，为什么身强力壮的小伙子无所事事晒太阳，另一方面，小餐馆人手紧张，忙不过来。

这种现象就是在挑战我们的常识。

所谓常识是不需要通过特别的学习和论证，大家都会明白的知识。"回到常识"是大家喜欢讲的一句话，可是当真的要"回"的时候，人们往往并不知道什么才是常识，特别在社会领域，常识非常复杂，大家看起来所熟知的那些无须论证的知识，绝非那么简单，常识往往本身就是一个问题。就像黑格尔说的："熟知的东西所以不是真正知道的东西，正因为它是熟知的。"

例如，城市发展了，经常出现堵车现象，常识告诉我们，这是道路不够，如果道路设计合理，路修又多又宽，堵车自然就会减少。的确，许多城市正是依据这种常识来解决交通堵塞问题的。

可是结果呢？恰恰相反，越修越堵，越堵越修，形成城市交通的恶性循环。在道路刚修好的那段时间，堵车现象的确可能有所缓解，然而，宽敞的道路，马上会刺激人们新一轮的购车欲望，于是，刚刚修好的路，马上被更多的新车所补上。对城市而言，多修路从来就不是一种解决交通堵塞问题的根本办法。

再如，瑞典旅店业有一个反"常识"的做法，在旺季，入住率越高，折扣越低；反而在淡季不打折。这其实基于一个双赢的策略。旺季打折，有利于促使房间入住率趋于向满员方向发展，只有在入住满员时，折扣最大。

在他们看来，入住率高，成本就会下降，旅店所赢得的利润就应该让出一部分，回馈和奖励客人。在冬季，入住率本来就低，酒店仍要维持运营，例如暖气，不会因为客人少就不烧了，因此造成了入住成本的提升；对于淡季入住的客人而言，他们的需要是刚性的，由于消耗了更多的资源，所以，淡季入住的客人就不应该打折。这种思路与国际上大多数旅店刚好是相反的。

问题在于，这两种决然相反的做法，究竟哪一种更应该是常识呢？

没有赢家

初夏时节，从武汉乘飞机到北京，登机后，因为航空管制，在机舱里闷了三个半小时。此间看到了两件事。

关舱门一个半小时以后，和我相隔一条走道的小伙子终于发作，冲着空姐喊："这么闷不让出去，不坐了，退票行不行？"此前，他一直在嘟囔。

这种牢骚倒是不足为怪，奇怪的是乘务员的反应。这位空姐不做任何详细询问和解释，只是说："好，我去问一下。"一会儿，空姐从前舱出来，沿通道大声宣布：如果有中止航程的旅客，请与我联系！

经常乘飞机的人都知道，关了舱门之后，有旅客要中止航程是一件多么严重的事。如果下机旅客有行李托运，为安全起见，要求全体乘客重新下机，检查飞机；而下机旅客只有在飞机安全降落目的地后，才能离开机场。

我纳闷，就算这个小伙子不懂其中利害，机组成员为什么不做解释呢？理由其实很充分，当机场出现航空管制，有限放行的时候，乘客如果不登机，关上舱门，就排不上队；如果不排队，永远都走不了。

对航空管制这事，机组成员确实无能为力，很多时候的确给不出准确时间。由于相互之间缺乏信任，乘客永远用阴谋论来揣度航空公司，认为是他们为了准点率，明知晚点，故意骗他们登机，让他们闷在里面受罪，而不是有了准确起飞时间再让他们登机。

据我观察，那个小伙要求退票纯属为发泄，如果解释一下其中利害，他应该不会坚持。可一旦这种不太可能被答应的要求，被机组爽快答应了，反而把他给"架"上去了。那天有三个和他一起吵吵着要退票的乘客下了飞机,所幸的是,他们都没有托运行李,没有造成大麻烦。可是,站在他们的角度想,退回机票岂能弥补损失?从出发地到机场,办票、安检、候机、登机、闷坐;最终还是要重换航班或者回家,那些时间、精神上的损失怎么算?

几个人下机后,机组开始为乘客发饮料。坐在我前排的一位女士上洗手间回来,推车堵住了座位,她示意空姐别动,以便侧身通过;空姐误以为是帮她通过,把车往后倒了一下,结果一进一退,划破了她的线织外衣。坐定之后,检查外衣,女士越想越恼,于是按呼唤铃,把划破的地方指给空姐看。

照我看来,飞机晚点,又划了衣服,这位女士只是情绪不佳,也就是想告知一下,让空姐给个说法,并没要求赔偿。谁知,遇到的是一个情绪同样不佳的空姐,如果她主动道个歉,送个小礼品,这事就完了。谁知空姐表示,我又不是故意的,只是想帮你过去,哪知道车边有块卷起的小铁皮呢?说完,就走了。

于是,这事就变大了。女士不依不饶,叫来乘务长,对解释不满意,问衣服怎么赔。乘务长采用蹲姿,百般道歉;女士皆不接受,咬定要赔。乘务长拿来一张表,说按规定,填表上报,大约可赔两百多元;女士高低不肯,要求赔一样的衣服。其实,我知道这是较上劲了;如果当事人过来道个歉,这事不难化解,可那位空姐也奇怪,来来去去,就是不再理这茬事,直到飞机起飞,还没有一个结果。

这两件事给我的启示是,如果缺乏有效沟通和对话的社会习惯,缺乏必要妥协和让步的民主训练,只能产生令人遗憾的结果:没有赢家。

餐厅可以这样开

上个周末，有好友邀请到华侨城OCT参加一个展览的开幕式，到现场一看，马上意识到深圳又多了一个好玩的地方。

这里的确是有一个综合性的艺术展，参展人有设计师、雕塑家、画家、摄影师，甚至还有诗人；诗人的手书诗歌装框后挂在墙上，如果有兴趣，可以买走。然而，这个展览又很特别，展厅同时又是餐厅，它们共用"艺境味觉"的名字。

这绝对是一个混搭的思路，展厅兼画廊加餐厅的综合体让人觉得很新鲜，口腹之乐和视觉享受合二为一，很符合当下都市的生活美学。据说，这里是有展出任务的，华侨城OCT之所以支持这个展厅加餐厅的项目，在于对它提出了每年要做不少于四个展览的要求。这样，利用几百平方米的地方，既增加了当代艺术的场所，又增设了餐饮服务设施，可谓一举两得。

艺术与美食的并重和嫁接，当然会在一定程度上带来命名的困难：到底是展厅呢，还是餐厅呢？这种困惑恰好是当代社会的许多领域突破原有模式，发生了新变化的表征。例如艺术体操，还有花样游泳、冰上芭蕾，它们到底是艺术表演呢还是体育竞技呢？诸如此类。

在混搭、拼接的背后，是社会观念在悄悄地发生嬗变。

传统餐厅里，有的也相当重视营造氛围，放置艺术品，甚至贵重艺术品，但是，不管怎样，艺术在这里毕竟只是装饰而已，或者说，餐厅的主要功能是餐饮而不是艺术。至于许多中餐厅，特别是海外的中餐厅，里面的艺术品更是标签化的所谓中国符号，无非是迎客松、梅兰竹菊、龟鹤延年之类；加上红灯笼，仿红木家具，还有少不了的

"关公像",烟气缭绕,构成了一种中国想象。

　　至于许多大的美术馆、博物馆,餐饮也是不可或缺的服务设施,但它的功能是服务型的,能满足游客的基本即可,一般而言,"吃货"是不会到这里去寻找美食的。当然,也有少数例外。譬如香港铜锣湾有一家很小的书店,全部加起来只有大约五十平方的一间房,还在楼上,但是它的咖啡却非常香醇,附近时代广场的咖啡没法和它比,我每次到它附近,都要去坐坐,既为了翻翻书,也为了喝杯咖啡。

　　现在,"艺境味觉"的任务显然也是双重的,既追求"好艺术"又追求"好口味"。这两者矛盾吗? 艺术是否一定要在一个正儿八经的场所才能呈现呢? 杯觥交错、酒酣耳热是否就不能和艺术的纯洁和高雅兼容呢?

　　过去学美学的时候,谈到汉字"美"字的起源,一定会说到"羊大为美","羊"字和"大"字加起来就是"美"。古人造这个字,一定与它们最初的味觉体验有关,"好大、好肥呀"! 满足了生理上的口腹之乐,便产生了最初关于美的体验。当然,美的历程有一个从生理到心理,从感性快乐到精神愉悦的演进过程。但是,如果美的发展,越来越趋于精神性,排斥身体体验,又会带来新的问题。事实上,美的生理基础始终都是存在的,当代美学从理性转向经验,是否正是"艺境味觉"这类现象在今天得以出现的理由呢?

　　也真是巧得很,展览开幕那天,也是作为餐厅的"艺境味觉"开业。请参展艺术家和嘉宾品尝的主菜就是羊肉,大厨是从兰州请来的,最擅长烹饪羊肉,那羊肉的味道真是很美。

每个人都不能受委屈

　　20世纪80年代,有个同事到巴黎当了一年访问学者,回国后,我问了一个最感兴趣的问题:法国人是怎么看中国的? 同事摸了摸头,很为难地对我说,法国人很少谈中国,这一年我在电视中看到关于中国的报道,不超过两次。

　　这话对我是个不小的震动,怎么回事呀,这么大的一个国家,正在进行的改革开放,为什么法国人竟然无动于衷呢?

　　后来,我也有了机会出国,次数多了,慢慢地有了平常心。抱怨别人并不是爱国主义,关起门来也培养不出爱国主义;正相反,让国人多接触外面的世界很重要,只有在比较中,才知道血浓于水,自己跟这个国家到底是一种什么关系。

　　爱国不是一个抽象的概念,它既是每一个人的内心感受和体验,也是每一个人理性的自觉。所以,爱国主义不是灌输出来的,也不是强制形成的,要培养爱国主义的情怀,最重要的是要尊重每一个国民,打开他的眼界、放开他的心胸。

　　最近,有人在报纸上撰文,批评眼下中国电视台热播欧洲杯足球赛:"欧洲杯,一项和中国毫无关系的赛事,为何在中国备受欢迎?"还说,"为什么我们一定要去转播国外的比赛呢? 虽然他们贵为世界性运动,可我们为什么不能多多宣传自己的传统项目?"批评者还横向比较了日本,2006年世界篮球锦标赛在日本举行,日本电视台由于日本球队没有参加,于是不转播国际赛事,只播自己的棒球和相扑,中国的电视台呢,则不管自己的国家有没有参与,总是转播与己无关的国际赛事,"这是文化弱势的表现"。

欧洲杯足球赛怎么和中国毫无关系呢？希望看到高水准的足球比赛，是中国老百姓的正当要求，中国老百姓喜欢的东西，怎么会和"中国"没有关系呢？怎么可以想象一个没有老百姓的"中国"呢？

中国老百姓通过电视观看欧洲杯，首先会得到巨大的愉悦和享受；同时，通过观看高水准的比赛，他们的欣赏眼光也提高了，能更好地看到中国足球和世界水平之间的距离，有了懂足球的民众，才可能有中国足球的将来。

如果说，播放中国自己的体育运动项目是爱国，那么，通过电视让中国民众看世界，从中发现中国体育运动中存在的问题，同样也是爱国。爱国不是盲目的，不是一味地歌功颂德，更不是故步自封，鼠目寸光。如果以"爱国"的为借口，实行文化封锁，规定老百姓只能看什么，不能看什么，其结果，老百姓会爱中国体育，会更加"爱国"吗？

还有，中国的电视台大量转播没有中国运动员参与的国际赛事，正是一个泱泱大国的胸怀，这是中国电视需要肯定的地方，因为从中受益的是中国老百姓，我们为什么要放弃自己的长处，和别国相比呢？

前不久，甘肃省教育厅叫停了一位日本人在甘肃农业大学的演讲，理由是"个人的委屈可以忍受，民族的荣誉和自尊一点都不能受玷污，这应该是中国人的底线"。这件事的是非曲直可以另说，但是甘肃教育厅的逻辑是相当有问题的。个人和中国不能割裂，个人的委屈就是中国的委屈，民族的尊严就是个人的尊严，如果抛开每个中国人的现实遭遇和生存感受，所谓"民族的荣誉和自尊""中国人的底线"到底是什么呢？

美在当下

有一家艺术刊物发来问卷:中国已经与美渐行渐远,城市中满眼都是丑陋的没有性格的建筑、拥挤的车道,在城市中行走不仅没有享受可言,更谈不上美的感受,您怎样看待这一问题?

类似这种说法目前比较常见,总的逻辑是,曾经我们有过一个特别美好的过去,现在由于城市的发展,生活的变化,这个美的过去离我们越来越远,如果能回到过去就好了。

有些"美的过去"是我们经历过的,有些则是前人描述的,现在有一种倾向,记住了前人描述的美好,把前人描述的不好则忽略了。这种倾向造成的结果是,过去那么好,反衬出今天格外差。

举一个很有趣的例子,徐志摩1926年8月9日在《晨报副刊》发表的一篇文章,题目是"丑西湖"。作为一个杭州人,徐志摩就像个愤青,把西湖好好批了一顿,当然他也是从"今不如昔"的角度来批评西湖的。

徐志摩写道:"什么西湖这简直是一锅腥臊的热汤!西湖的水本来就浅,又不流通,近来满湖又全养了大鱼,有四五十斤的,把湖里袅袅婷婷的水草全给咬烂了,水浑不用说,还有那鱼腥味儿顶叫人难受。"

插一句,我曾经在杭州生活过多年,从过去到现在,西湖的鱼腥味一直都有。今年5月,去了一次楼外楼,听那里的员工说,西湖的鱼都让楼外楼包了,做西湖醋鱼,一年要买几百吨。大家想,几百吨鱼生活在湖里,能没有气味吗?

说到气候,徐志摩说:"杭州更比上海不堪,西湖那一洼浅水用不到几个钟头的晒就离滚沸不远什么，四面又是山，这热是来得去不得，一天不发大风打阵，这锅热汤，就永远不会凉。"

这里又要加个注，杭州的夏天真是热，堪比火炉，凡是在杭州度过夏天的人大概应该都会有同感。在徐志摩生活的1920年代杭州也这么热，那时可没有今天这么多的楼，所以，天热的恶名加在城市化的热岛效应上，未必公平。

徐志摩接着说到了西湖边的建设："西湖的俗化真是一日千里，我每回去总添一度伤心：雷峰也羞跑了，断桥折成了汽车桥，哈得在湖心里造房子，某家大少爷的汽油船在三尺的柔波里兴风作浪，工厂的烟替代了出岫的霞，大世界以及什么舞台的锣鼓充当了湖上的啼莺，西湖，西湖，还有什么可留恋的！"

"哈得在湖心里造房子"，说的就是犹太富商哈同在西湖孤山造的"哈同花园"，1928年，哈同把这个花园捐给了"国立艺术院"做校舍，就是后来的杭州艺专，今天的中国美术学院。一直用到1955年，现在已成为孤山的著名景点了。

西湖有它的生成史，它是在不同的"过去"慢慢建成的，如果没有唐代的"白堤"、宋代的"苏堤"，民国的"孤山、哈同花园"，2000年以后的"杨公堤"，还有"西溪湿地"，就没有西湖。今天，大多数人认为，西湖还是美的。

很多人羡慕陶渊明，羡慕他"采菊东篱下，悠然见南山"，这是诗人把他的生活升华了，是理想化的表现。如果以为那个时代的人，活得那么滋润、闲适，天天什么都不用干，只是采采菊花就好了，那就错了。为什么陶渊明的诗那么美呢？因为周边的现实太黑。

历史上不存在一个乌托邦的美好时代，每个时代有它的问题，同时也都有它的美。

叩问城市

7月21日，我和北京人民一起见证了那场"六十一年一遇"的大雨。

飞机在中午12点多降落，滑到指定停机坪后，等了半个多小时都不能下机，这在过去是从来没有过的事情。机上广播说，由于天气原因，飞机一下降得太多，机舱舷梯调配不过来，也就是说，我们没有梯子从飞机上下来。这时，机场上空天色晦暗，如同黄昏降临，机场在此时就已经出现了乱象，这是否可以看作是后来出现大面积航班取消、旅客滞留的预兆呢？

我个人有两个庆幸：一是乘坐了早班机，原本22号上午开会，理应乘坐21号下午的航班，如果这样，这次北京之行肯定很惨；二是我的懒惰，原计划21号下午进趟城的，可住进望京的宾馆后，就开始下雨，就懒得冒雨进城。要不然，那天晚上如何回来？没有出租，没有公交，地铁虽还在运营，可我住的地方离地铁还有好几站地呢。

望京的地势比较高，从宾馆的十二层往下看，隔着玻璃，感觉不到雨势有多猛烈，如果不是北京电视台的一个频道连续播放大雨中的城市现场，真感觉不到此时正置身于一场城市的灾难中。

这座超大城市确实因为一场大雨将它的脆弱、它的不堪一击暴露无遗。这场灾难如同在城市大地画上了一个巨大的问号，它在叩问城市，这是为什么？

有个说法，北京一般下水道设计标准是按照两三年一遇的雨水量来设计的，重点地区则是按照五年一遇，言下之意，是说北京所以被水淹，是设计标准过低，雨下大了，雨水一时排不出去，造成了内涝。

那究竟按多少年一遇的标准来设计才算合适呢？而"多少年一遇"又算是个什么标准呢？它本身就是个很不严密的说法。按照三年一遇的标准，从明年开始，接下来的三年，北京城市下水道设计标准是否都应该参照2012年的雨水量呢？尽管它号称"六十一年一遇"，但相对于明年，它在三年之内。

如果要问城市遭水淹的根本原因，应该是城市的生态系统被破坏了，这种破坏不是提高多少年一遇的标准就可以解决的。如果把城市看成是一个有生命的肌体，那它的每一粒尘土都有来处，它的每一颗水珠也都有归宿。如果把大地比作人的皮肤，那它本身就是由无数毛孔、汗腺形成的吐纳循环的生态系统。

现在可好，城市到处是硬质地面，雨水无法回到大地被土地所吸纳，它要流进下水道，被排泄到另外的地方。在过去，天上的每一滴雨水都对应着地下的每一寸土地，而现在硬质地面铺装的办法，等于在人的皮肤外表套上了一层不透气的橡胶。实际上，硬质地面下的土地，按照它的自然属性，也是需要雨水滋润的。现在，一方面几乎所有的城市地下水位都在下降；另一方面，当天上降水的时候，城市又急急忙忙地用下水道将天赐的雨水迅速排走。可见，所谓利用下水道来排泄雨水的技术本身，就是对大地生态系统的一种破坏。

人的行为一旦背离了自然之道，势必受到自然的惩罚，事实不就是这样的吗？

何处寻找地域性

前不久，在一个以陶都闻名的城市，参加了一个研讨会，主题是"全球化背景下城市公共艺术的地域特色"，研讨会所在地是当地著名的"创意产业园"。讨论环节，一个艺术家提出：会议所在的创意产业园曾经是一个大型国有陶瓷厂，为什么由陶瓷厂改建的园区基本上没有留下过去陶瓷工业的遗迹呢？大家感觉不到这里曾经是陶瓷厂。

这是一个好问题。如果在这个典型的工业遗址都感受不到曾经的空间记忆和人活动的痕迹，那么又如何奢望在城市公共艺术中体现城市的地域特点呢？这是一件具有反讽意味的事情。

以创意园为例，目前，中国已经形成了以北京"798"、上海"新天地"为摹本的所谓"创意产业园"和"文化区"的模式，它们在商业上的成功和空间上的别具一格引得许多城市纷纷仿效。然而，为什么要建，究竟如何建？则没有深究，所以，眼下一些所谓创意产业园仅仅只是徒有其表，只是在形式上学了一点皮毛而已。

对中国许多快速发展的城市而言，对那些由于空间转移或者产业转型，已经不再适合继续在城市中心存在的厂房、仓库进行空间改造，建设创意文化园区，可以在高楼城市林立的城市，保留一块能凝结城市记忆的空间，营造一块能够满足公众文化生活需求的区域，提供一种新的城市空间类型。

当一个城市在建创意产业园的时候，"地域特色"的呈现相当重要，它应该保留所在区域的历史、故事，为城市留下记忆和历史肌理，而不应该将它看成为一个时尚的空间八股，否则，所谓创意文化园不过是一种改变了方式的"文化地产"而已。

目前,国内创意文化园已经形成了一个基本套路:将片区整体打包交给某个企业;然后企业按整体规划,将旧的厂房、仓库改建成展览馆、画廊,其中遍布咖啡厅、酒吧、餐馆;然后相当部分空间租给与文化相关的公司作为写字楼或商店;在这些表面低调,实际内部装饰十分奢华的创意园周围,总是伴随着高档的地产项目,它们因为有一件时尚文化和艺术的外衣,所以能屡屡能创出一个城市房地产价格的新高……

这类创意产业园是一个缩影,它们共同忽略了自己的初衷:形成城市公共空间地域特色。

所谓公共空间地域性的营造是一个非常细致的工作,它要反对的,正是那种不动脑筋的全球流行模式。它要求设计师和城市公众充分互动,真正把城市、社区的特征挖掘出来;它首先要求对生活在这里的人的尊重,对他们的历史和生活遭遇的尊重。在空间的营造上,它应该善待这里曾经有过的一切,利用种种可能的因素,营造出生动、丰富的空间细节;它应该注意人的感受和需求,而不仅仅只是关注物质的空间形态;它的目标是让园区和城市重新建立起一种新的关系,让人恢复和城市历史的关系。

提倡城市公共空间的地域特征比较容易造成简单化的理解,例如,简单地将城市的某种历史元素和某种特有物品无限放大,如果是"瓜果之乡",那公共空间里到处都是瓜果造型,如果地名沾了一个"龙"字,到处都是龙的造型,这样的"地域特色"同样也是表面文章,将公共空间变成了地方土特产的展台。

探访奥鲁古雅

奥鲁古雅是鄂温克民族中最神秘的一支,也是唯一使用驯鹿的狩猎部落,现在这个部落一共就只有二百多人,多少年来,这个数字都没见增长。迟子建的小说《额尔古纳河右岸》写的就是他们的历史和生活。这两年,探访奥鲁古雅的人开始多起来了,当地官员说,很大程度就是因为这部小说。

三百多年前,这个部落的祖先从寒冷的西伯利亚赶着驯鹿,一路迁徙到大兴安岭的额尔古纳河一带,在大山深处的茫茫林海之间以狩猎为生。

20世纪90年代中期,因为禁猎,这个擅长狩猎的部落走出了大山,定居在呼伦贝尔根河市的奥鲁古雅民族乡,现在,这个部落还饲养着一千多头驯鹿。我们来到奥乡的时候,当地人指着远处层峦叠嶂的山林说,现在山里还有几个奥鲁古雅人的驯鹿点,几十个奥鲁古雅人仍然愿意按照原始的方式居住在深山里饲养驯鹿。

以我们的体力,很难到深山里一睹奥鲁古雅人的原生态生活,还好,奥乡定居点旁的山林里,有一片原始生态区,一些奥鲁古雅妇女一边饲养驯鹿,一边开办起了家庭旅游,接待外来的游客。

奥鲁古雅人世世代代住的是"撮罗子",它实际是用桦树皮搭起来的一种尖顶帐篷,帐篷并不大,里面一年四季都燃着火,既供暖,又用来烹煮食物。在狩猎时代,男人外出打猎,女人就在家里照顾老人、孩子,用兽皮缝制衣服;他们在一个地方住上几天,然后就会拆掉"撮罗子",用驯鹿驮着他们全部的家当,奔向下一个居住地。

走进一个专门接待游客的特制大"撮罗子",才知道坐在里面是有规矩的,对着入口的正面是神的位置,所以女人不要坐;接着,接待我们的奥鲁古雅妇女端来了一种用山上的草药熬的茶。她说,奥鲁古雅人以肉食为主,酷爱喝酒,却并没有心血管的毛病,就是经常喝这种茶的缘故。奥鲁古雅人的手很巧,"撮罗子"里面,布满了各种各样用兽皮、兽骨、桦树皮、木头做的一些日用品和工艺品。我居然还看到了一幅东正教的耶稣像。这位妇女解释说,他们的祖先是从俄罗斯迁徙过来的,过去也会到俄国境内狩猎,加上长期和俄罗斯的皮毛商打交道,所以,他们保留了许多俄罗斯文化的因素,在宗教上是萨满教和东正教并存。他们每个人都有个俄罗斯的名字,例如热丽娅、玛丽亚等等。

正说着,外面有人送了一盘刚出炉的烤饼让我们品尝,他们也用了俄罗斯叫法,称作"列巴"。但是,我敢保证,俄式列巴绝对不能和这种热乎乎的烤饼相提并论。它又香又软,据说是掺入了鲜鹿奶,哪像又硬又酸的俄式列巴呢?同行几人,吃了都叫好,有的问能不能再来点,也有人问能不能买点带走。结果不行,一个列巴要烤几十分钟,她们也不想扩大生产,只能让游客尝一块,给我们的这只列巴还是插队提前拿来的呢!

吃完列巴,去户外看驯鹿。驯鹿大多呈灰褐色,也有少数纯白色的,脖子上都带着有铃铛,自由自在地在山林间徜徉,如同神话世界。它们的食物是林子里的苔藓,游人只要手里拿着苔藓,它们就会叮叮当当地围上来,争食游人手中的苔藓,一点都不怕人,真是一幅人和动物亲密无间的图画。

诈机

据媒体报道,今年以来,针对国内航班的各种威胁、恐吓的信息和言论而影响航班正常飞行的事件发生了十多起。除6月29日新疆发生了几名歹徒有预谋地劫持飞机,企图制造恐怖事件之外,其他的威胁电话和言论,均属子虚乌有。

这种散布虚假信息,在口头上以有爆炸物等威胁航空安全的情况,我们姑且称之为诈机。

对于诈机,机场和航空安全部门抱着宁可信其有、不可信其无的原则,哪怕是玩笑也绝不姑息,对任何收到威胁信息的起飞后的飞机都采取了迫降、返航的处理,对查到的诈机者,事后也都进行了处罚。但是,诈机的势头还是没有得到有效的遏止,这是为什么?

诈机事件实际可以分为两种,一种是蓄意的,即有预谋的诈机,还有一种是即兴式地情绪发泄和开玩笑。当然,他们这样做并没有预见到这种行为将会带来什么样的严重后果。对于这两类情况,航空部门都是以更加严格的安全检查措施来加强防范,比如,原来可以随身携带的一百毫升以内的液体一律改作托运处理。

问题是,无论怎样提高安检级别,加大检查力度,都不能保证航空安检能做到万无一失,于是,只要接到诈机信息,仍然要投入大量人力物力来进行处理。这在某种程度上使航空安全和诈机事件之间形成了一个怪圈:你越是强调航空安全,诈机者越是觉得有机可乘,安检在明处,诈机者在暗处,他知道你对安全问题不可能有丝毫的姑息,于是他懂得,任何微小的举动都可能让你人仰马翻。于是,二者之间形成了一种蚂蚁撼动大象的游戏。

事情的结果往往是，投入到航空安全的成本越高，航空安全的气氛越是隆重，在某种程度上，越发刺激了诈机者的冒险心理。我想，那些诈机者为什么喜欢把飞机作为安全威胁的对象呢？一个重要的原因，就是因为在所有的交通工具中，飞机的安全检查级别是最高的，它采用的是要把安全隐患降到零的防范机制，所以，诈机者用极小的成本，甚至只是一个玩笑，就可以让整个机场兴师动众，就可以调动武警、消防、安全各个部门忙碌半天。

还有，对于第二种诈机者——就是那种无预谋，即兴的诈机者，他们的数量并不少，甚至有可能超过那些有预谋的诈机者——这些人的情况比较特殊，对他们而言，提高安检级别不仅无济于事，反而会更加刺激和诱发他们诈机的行为。对这些人来说，他们不可理喻的诈机行为恐怕更是一个心理的问题。

这种情况有点类似"文革"中不断出现的"反动标语"，当时叫"反标"。我们读小学的时候，老师经常把全班同学集中起来对笔迹，原因是学校墙上、厕所里或纸屑上发现了"反标"。有的学生在越是害怕写出"反标"，越是容易在纸上下意识地写出"反标"，结果被当场检举、抓获。"文革"结束后，写写画画宽松了，反而听不到学校有"反标"的事情了。

有的诈机者可能也是基于类似的原因。机场安检气氛严肃、隆重。有的人基于逆反心理，为表达对强制检查的抵触，故意采用了威胁的言论；还有的是为了在心理上缓解紧张的气氛，故意开个玩笑。

因为这类原因导致的诈机，应该还是有避免可能的。

假想的民主

最近有媒体联合在网上颁布了一个"中国十大丑陋雕塑",排名第一的是《生命》,它的作者是国内一位知名雕塑家。

这件作品没有放大作为户外雕塑之前,我就在一个展览会上见过它,感到这是一件很不错的作品。它表现的是一个鸟巢,作者用金属杆状材料编织成鸟巢的形状,上面有三个椭圆形不锈钢的鸟蛋。

这是一个久违了的传统意象。在二三十年前,就是在城市的大树上,也能见到许多鸟巢,那是鸟儿口衔树枝,为自己筑造的家。它们在里面下蛋,孵育小鸟。今天,曾经和人们共同生活过的鸟儿们已经难觅踪迹,那些关于鸟巢的故事都成为遥远的回忆,城市空间盖满了无数的高楼,哪里还有容得下让鸟儿们栖息的"高枝"呢?

我相信,没有鸟巢观看经验的人是无法理解像《生命》这样的作品的,他们很难理解,在一个城市的空间,为什么要出现这些枝枝蔓蔓的东西,看起来如此杂乱,而这种造型恰好是鸟类凭着自然天性的创造。这位雕塑家所做的,不过是用金属材料来模拟鸟巢,来唤起人们的童心,唤起城市曾经有过的记忆,呼唤重建人和鸟、人和自然的那种和谐共生的关系。

这样一个挺不错的雕塑,为什么会被评为中国第一丑陋城市雕塑呢?

有人可能会说,这是投票投出来的,艺术民主,没有办法,少数服从多数。这件作品得票数量最多,那就得认。

这种所谓一人一票的网络民主,是否适合于审美判断的领域,这个问题很少有人追问。用所谓投票的方式来决定艺术水准的高低,很有可能将一个复杂的接受美学的问题简单化或者庸俗化，让简单多数的得票变成一种"多数人的暴政"。

我们要追问的是，仅仅靠平面的图片能不能完整再现雕塑的实际效果？就《生命》而言，鸟巢上面的三个鸟蛋被人拿走了两个，而孤零零的一个鸟蛋，是较难呈现出鸟巢意象的。在没有作者创意说明，在没有给作者申辩、解释机会的情况下，凭一张图片，让大家一哄而上，一顿乱拳，不由分说地将一件不错的艺术品打倒在地，如果这个逻辑能够成立，那么"艺术民主"的乱拳有可能会打翻任何优秀的艺术品。

我们假设，如果不加注明，把抽象表现主义大师波洛克的那种满纸"滴洒"的绘画放在网上让网民评判，结果会是什么？在网上，《离骚》的得票完全可能比不过流行歌曲；陈寅恪的认同度也完全有可能低于"小沈阳"……所以，在人文、艺术的领域，票决、少数服从多数不可能成为价值判断的依据。

也得承认，这十件作品中，大多数作品也是我所不喜欢的。即使如此，我也不能认同通过票决在网上"示众"的方式，这是义和团的流风。如果说，有些城市雕塑看了令人不爽，我们更希望通过网络来讨论，这样的雕塑是怎样生产出来的？它的决策机制和遴选过程是怎样的？城市雕塑建设经费的来源是怎样的？它在建成后应该如何加强管理和维护？

迄今为止，我们都没有看到有关《生命》为什么会被评为丑陋第一的文字说明，也没有人出来讲《生命》究竟丑在哪里。它仅仅因为点击率最高就变成了最丑，这种只讲票数不讲道理的方式，只能是一种假想的民主。

假想的民主很可能只是一种简单的泄愤或起哄，它会误导我们，以为这种非理性的票决方式就是公众文化权利的实现，而把公众真正应该参与和思考的问题遮蔽了。

重新认识"会议"

　　《可操作的民主——罗伯特议事规则下乡全记录》是一本可以贴很多标签的书:纪实文学、社会观察笔记、会议规则实用操作手册、民主理论普及读本……不过,最核心的,是它让我们重新认识"会议"。

　　所谓"会议",无非是一些人凑在一起,讨论事情,形成决议,人们俗称为开会。在时下流行的古装剧中,皇帝"上朝",就形象地为我们演示了皇帝的每日例会。会议的主持人当然是皇帝,上朝后通常是大臣们"有本要奏"(提出议题),大臣奏完,皇帝一般要听听其他大臣的意见。于是,形成了朝廷辩论。当然,辩论有风险,持不同意见而又坚持的,可能被砍头。皇帝是朝会的唯一主持人,也是唯一决策人。

　　现代会议用一人一票的表决制,代替了皇帝的一言堂。尽管如此,如果细究,发现不论古今,有关会议的大结构并没有变,仍然沿袭了某种共同模式:会议设有主持(或主席),他常常成为会议中最有权力的人;会议须有议案;议案提出后,与会者讨论;最后,或者由主持人进行总结、拍板,形成决议;或者进行票决。

　　问题是,如果没有一个有效的规则,如何保证现代会议能真正和古代会议划清界限呢? 今天,皇帝是没有了,"一言堂"在理论上也被废止了,但实际上,一个会议是否能真正保证每个与会者都享有充分发表个人意见的权利呢? 会议是否能够程序公平、有效率地进行呢? 会议最后是否能够通过平等地讨论,相互妥协、让步,最大限度地满足大家共同意愿,最终形成一个具有可操作性的决议呢?

　　基于这些问题,罗伯特议事规则(简称"规则")便应运而生了。

这套现代会议规则是由美国人罗伯特在1876年推出的，经不断实践、完善，迄今已经出到了第十版。《可操作的民主——罗伯特议事规则下乡全记录》就是两位《规则》的中国推广人以轻松的叙事笔调，讲述《规则》如何在中国安徽的南塘村对农民进行推行、实施的过程，同时介绍了这个规则的基本内容。

《规则》尽管已经成为一门学科，形成了洋洋数百页纸的一套体系，但在具体运用的时候，它并不要求机械照搬，而是根据不同需要，因地制宜，化繁就简地进行编制，当然，它的基本精神是共同的。

《规则》有一项重要规定，会议主持人只中立地掌握会议规则和程序，不发言，不表态，不总结，其角色如同"杀人游戏"里的那个法官，这和我们过去主持人权力最大的"常识"明显相悖。

《规则》要求发言者必须举手，而且限时；讨论中，主持人要照顾肯定和否定的意见交替表达，以免形成一边倒的局面；发言者之间不应面对面辩论，只能面向主持人阐明个人态度；会议表决只有肯定和否定才是有效的，弃权不计入票数；当票数相同时，视为没有通过……

在我们过去的会议经验中，要么冷场，要么抢话，这些在《规则》看来都是不可想象的。会议冷场时，我们习惯于主持人点名发言，但在《规则》看来，沉默是每个人的权利，无人发言，只能说明会议没有必要召开。

了解了《规则》，有一种豁然开朗的感觉，过去以为开会是最简单的事情，而实际上，需要重新学习如何开会。

蛇口再出发

"蛇口再出发"是2013深港城市建筑双城双年展的第一个工作坊的主题,今年双年展的主展场就设置在蛇口工业区目前闲置的浮华玻璃厂以及客运码头旧仓库里。双年展遭遇旧厂区,自然生发出一个蛇口再出发的问题。

作为深圳乃至中国改革开放的空间证明,蛇口的这些老厂房目前已经结束了它们原有的使命,现在的问题是,借助双年展,将会给这片老工业区带来什么?随着双年展的介入,这些目前已经闲置的厂区如何以此为契机进行空间更新,如何重新上路,焕发生机?

当然,蛇口的这些厂房已经具有了文物价值,成为工业遗产,但是,如果是让它维持现状,静态地保留显然是不可能的。如果真要保存它,就必须给它注入新的价值和意义,必须让它承载起今天的希望,从过去走向明天。

"蛇口再出发"首先涉及的是对蛇口作为改革开放最早实验地的再认识。一般看来,蛇口工业区的建设无非是基于一种利益的冲动、经济的冲动。因为利益最大化的需求,因为有对效率、金钱的需求,才有了所谓蛇口模式。

然而,如果把当年的蛇口放在时代的大背景下考察,蛇口当年的崛起绝不只是"经济的蛇口"那么简单,从某种意义上说,它更是"观念的蛇口","价值创新的蛇口"。当年的"蛇口风波"或许能说明,在这块土地上,那个时候积聚的是多么不一样的一群人,他们思想新锐,观念超前,他们最先投入新的生活,他们得改革开放的风气之先。

"观念蛇口"的结果,是他们创造了蛇口模式,也创造了一个迷人的蛇口城市空间。这么多年过去了，蛇口的魅力依然不减。我认识一个建筑学教授，他说，如果在珠三角选择一个让他愿意终老的城市，他会选澳门；如果在深圳选一个让他愿意终老的地方，他会选蛇口。蛇口的异国情调，它的绿化环境，它宜人的空间尺度，显然是超前的，直到现在仍未过时。

面对这样一个蛇口，它一旦"再出发"，将会走向何方？是挥手向过去告别，还是重新认识自己，重返自身？

我们所期待的蛇口是一个与中心城区不一样的，有着自己个性和差异的地方。我们不希望它是一个新的CBD，成为又一个高楼林立、灯红酒绿的闹市。深圳已经不缺这些，深圳所缺的，是一个相对宁静的半岛，是一个绿树环绕，绿草茵茵的山海小镇。

在这个意义上，双年展带给旧厂房的，未必一定是所谓的创意产业园区，成为文化产业的标本和摆设；它应该是一个真正与人的生活融为一体的地方，是以聚集创意人群为主的新的城市生活区。这里应该有博物馆、画廊、酒吧，有无数的名小吃、有小剧场、有小影院，有设计酒店、有青年旅馆、有大量创意人士公寓，它为外来深圳的年轻人准备，只租不卖。这个地方杜绝奢华，崇尚创意，它一定要让有志在深圳发展的年轻人可以低成本地在这里生活……

当然，这幅理想画面的背后，是眼前的利益和长远发展的选择，是今天和未来的选择，而只有开启新的"蛇口模式"，才是蛇口再出发的应有之义。如果这样一个蛇口能出现在南中国的海边，那么，它将和老蛇口交相辉映，永远在中国城市的光荣榜上闪闪发光。

专家的作用

现在我越来越怀疑所谓的"专家论证"到底有多大的作用？

这些年，由于工作关系，参加过许许多多的所谓"专家论证会""评审会""头脑风暴会"……内容涉及大型文化活动、城市的规划建设、城市公共艺术项目等等方面。

慢慢地，我发现了这些所谓专家的出场动机，无非有两种：其一，他们真诚地被"问计于民"的诚意所感动，掏心掏肺地发言，不厌其详地献计，认真、较劲，不惜脸红脖子粗地争论；其二，有可能是出于虚荣心的驱使，为了证明自己不是浪得虚名，为了证明自己有价值、有能耐，在发言时尽量要引起语惊四座的效果，特别是在强手如林的时候，就越能看出他们的战斗意志个个不同凡响，没有最强，只有更强。

慢慢地，我也发现了，在专家们口水四溅的背后，隐藏的是一个程式化、仪式化的过场。反正，专家们说了也就说了，基本上没有出现这样的情况：专家论证会之后，主办方对参会专家有一个反馈，你们的哪些建议我们采用了，哪些建议我们没有采用，为什么。

走专家路线，遇重大决策听取专家意见，这的确是近三十年来行政决策上的一大进步，但是，由于缺乏相应专家论证制度的规范，其中还存在不少问题：没有事先的充分调研，没有专家产生程序的论证，没有对专家责任的追究机制，没有论证结束后的反馈和跟踪，所以，专家论证会完全也可能成为不负责任的信口开河或者说了白说。

仔细想一想，现今公众对城市空间的大型建筑、雕塑感到满意的比较少，提出异议或引起争议的倒是很多，但是，这些不满意、有争议的作品都是认认真真地通过了专家论证的。由于专家论证机制的不健全,哪些是专家同意了的,哪些是专家不同意的？哪些又是长官意志强加给专家的？公众基本不知情,所以,当这些公共建筑、雕塑一旦落成,大家会连同专家一起骂。有时候,的确是专家走眼,有时候是专家替长官背黑锅。

再者,专家的作用也是有限的。他们在专业上、技术上、细节上的确是专家,他们精通此行;但是有些论证课题涉及利益的博弈、资源的分配,在这时候,所谓专家也就只代表一种声音。比方,某社区有一块空地,发展商希望建第二期、第三期;居民希望变成休闲绿地;专家可能建议建成设计公园、雕塑公园;政府呢,又要考虑GDP,又要考虑居民意见和专家意见。碰到这种问题,几种答案事先都已经有了,无非是这些。好比学生高考,考生绞尽脑汁,其实标准答案已经在那里了,就看对不对得上。面对这种情况,所谓专家意见也只是一种态度和选择,在这里并不占优,他们的答案常常不是后来被选择的答案。

专家的强项是他们的知识,今天,在城市和社会发展方面,最缺乏的并不只是知识。现在政府官员的知识化程度也越来越高了,许多专家也进入到政府官员的行列,博士、硕士比比皆是。从专业的角度看,他们的知识够用,眼界也足够宽阔,他们完全知道什么是好的、对的。

既然如此,专家论证还有什么意义呢？如果还有,那就是在面对社会利益的各种博弈时,需要一些更有理性、良知和正义感的人。

课题经济

有个女大学生跟我讲了这么一件事,她有两个室友,一个室友的妈妈是名牌大学教授兼科研处负责人,虽不算很有钱,但总是能拿到各种国家、省级课题,她在班上经常向同学们索要各种交通票据、购书发票、文具发票等等,同学问有什么用,她说拿给妈妈报课题费,同学只要有,就给她了。另一个室友家里是做生意的,从娃娃抓起,她很早就养成了生意头脑,问她要票据时,第一反应是,怎么分成呢?于是,两个就"二八开""三七开"争得不亦乐乎。

大家一听这事,应该就知道所谓"课题"是怎么回事了。课题是学术,也是经济,课题多的人,除了得名,还有隐匿的利益空间。

根据我个人的经验,倒是不主张站在道德主义的立场,谴责这位教授妈妈。找发票冲抵课题费,并不是她贪心,而是课题制度有严重的缺陷。

十多年前,一个在国内著名高校任教的朋友有望争取到一个艺术类的校级研究课题,他盛情邀请我合作完成。能申请多少经费呢?五万块。当然,这不光是钱的问题,要知道,一个课题有多少双眼睛在盯着它。这位朋友是个忙人,希望我来应付有关课题的各种常规"程序"。

先是申报,经过一系列填表、论证,课题批准了;一旦通过,又是大量表格;这些表格拖拖拉拉终于完成之后,第一阶段进展的汇报检查又开始了,还是一堆表格。这时候,课题实际还没有启动,如果想继续,就得编一些假话来应付。其实,这个课题很简单,计划对古代佛教艺术遗迹考察一圈,实地面对古代作品从不同角度进行解读、分析,留下现场对话录音,回来整理成为一本书。说白了就是只要肯花两个月的时间出去跑一趟,然后回来做案头整理工作就行了。可是课题批准后,分阶段检查的程序是统一制式的,不分文科理科,而我们最大的问题是,两人都忙,抽出两个月谈何容易?

"课题"就这么搁着,时间一天天过去,其间好像还被警告过几次。由于课题没有正式启动,我们也不好意思报销课题费,所谓课题费其实就是购置设备、书籍,差旅和出版的费用。最后,两年过去了,到结题时间,课题仍未启动,这个课题结束于起点,而那张五万元的大饼终于没能咬上一口。

从此以后,我对课题的心就淡了。没有课题费,照样能写书、出书,虽然稿费甚低,但出书所得本来就不能与付出的劳动成正比,做一个自由战士,免去了繁文缛节,倒也清净自在,不用像只惊恐的兔子,吃了口草,还要被课题的狗撵得满地乱跑。

去年底,又有课题来叩门。某研究机构申请下来国家课题,出一套当代艺术丛书,每门类一本作为子课题。机构负责人说,这个课题没有那么多复杂的条条框框,只需要填几张表,按协议交稿就行了,每人课题费十五万,争取将课题费直接拨给个人。这当然是个好消息啊。长期以来,课题费只是工作成本费,课题承担者付出的劳动在理论上是零报酬,这种制度设计逼得课题申请人只能拿任何可以沾边的鸡零狗碎的发票去报销。

今年,又有消息传来,课题费恐怕只能拨到单位,个人拿发票去报销。天哪,上哪去凑这么多的书费、复印费、车马费呢?

纽约再创意

2009年，纽约出现了一个让世人赞叹的好创意——"高线公园"。

这是一条废弃了的高架铁路，它曾经穿过市区，轰鸣的火车不分日夜从桥上驶过。当它的运输使命结束之后，按照常规，等待它的将是被拆掉的命运。然而，一个好的创意改变了一切。

在纽约一群创意人士的策动下，废弃的高架铁路线居然变身成为一个有着大片野生植被的绿地公园，铁轨还在，路基还在，但它们只是作为城市的记忆而保留。除了花草，公园里还有艺术小品、步行道。很快，它就成了纽约游览人数最多、被最多提到的一个公园。人们热爱它，因为它给了人们一种不同的居住体验。高线公园的沿线，过去这条嘈杂喧闹不被看好的地段，如今成了最具人气的创意文化区。

如今，一个新的更具技术难度的创意又在纽约酝酿。

一位叫拉姆齐的建筑师和一位叫巴拉什的高科技人士正在联手，准备建一座"低线公园"，这个名字恰好与"高线公园"相对应。如果高线公园改造的是地上，他们瞄准的则是地下。纽约威廉斯堡大桥下面有一个地下交通中转站，里面有电车车站、封锁和废弃的地铁站，加起来有5.3万平方米。不可思议的是，它居然已经被闲置了60年。这里面的空间巨大无比，如洞穴般的空旷，里面有散落的天花板、贴着瓷砖的地面、漆黑的隧道……令人想不到的是，这个巨大的地下空间居然与人们生活的街区相比邻，近在咫尺。

这两位创意人士的方案是要把这片13英亩的幽暗地下变成一个绿色空间，成为一个城市公园。当然这个创意需要高科技的支持。他们的创意构想是，由遥控天窗和反射器获取自然光，把自然光引入到阳光达不到的地下；同时，利用光学技术，让地下的植物能产生光合作用。

这个低线公园一旦建成，人们可以在纽约的地下步行三个街区，沿途的目光所及，是草地、树木、苔藓和阳光。目前，他们已经争取到了纽约州议会的支持，吸纳到了世界上一流的技术团队与他们合作，还初步筹集到了一笔建设经费。他们征集到的模型也已经面向社会展出了一个月……现在，他们面临的最后一个问题是需要大都会运输署把这块地方拨给他们。

现在还很难预测，实现这个创意需要多少年，或许五年，或许十年？但是从创意的前瞻性和创新性来看，建设虽未起步，创意所闪射的火花已经感染了人们。

不知道纽约是不是经常把创意城市的口号经常挂在嘴边。从这个城市的实际表现来看，它接二连三的精彩创意早已是当之无愧的创意城市。他们通过一个个具体的城市项目，不断追求"最纽约"，通过城市的实践不断书写着"纽约独一无二"的创意篇章。

纽约再创意带给我们很多启示：首先，一个创意城市需要一大批看起来不切实际的梦想家，应该鼓励他们进行各种各样的奇思妙想，哪怕有些想法看起来是那么异想天开，不合常规。其次，一个创意城市应该尽可能包容，给人们提供交往、分享、讨论的公共领域。还有，一个创意城市是综合的，它不光会畅想，还要有实现畅想的各种机制和有效的科技条件和手段，对于中国城市而言，这或许是最难的。

赢者通吃

文化在过去,常常是一种遏制资本的批判性力量,到了21世纪,这种情况改变了,文化和资本结成了战略同盟。过去相互制约的双方已经握手言欢,喝起了交杯酒。

我每个月都会收到一个"国"字头文化机构寄来的刊物,它有两种刊物,一本侧重学术,一本侧重市场。在我收到的刊物中,它们开本最大、页码最厚、纸质最好,一看就知道它不差钱。而且,每次总是很慷慨地每种寄来两本。

这种情况在十多年前是少有的,那个时候,政府一般都是悲苦兮兮地没钱办文化。现在不同了,政府成了文化的主要推手,到处都在讲文化,推动文化。可是政府自己并不是文化操盘手,它只负责出钱。于是,很可能就当上了冤大头。政府的确是加大了文化方面的投入,站在政府的角度,把钱拨给自己的下属文化机构,相对比较保险;而一些文化机构也需要用"成绩"来证明自己机构开办的合理性,于是巧立名目,没事找事,弄出了一片虚假的文化小繁荣。

还能有什么高招呢?无非是搞活动、办展览、开讲座、做论坛、编刊物……这些都和印刷有关,所以,在网络时代,纸质文化印刷品价格不降反升,奇怪吧!理论上,大家都在谈纸质媒体的危机,事实上,纸质刊物和出版物越来越多,越来越豪华和精美。

如今具有强大资本的,除了政府,就是企业。

比较而言,企业当冤大头的可能性相对小些,它毕竟是要讲成本核算的,在它认为不该花钱的时候,无论多么有钱的企业,都会严格控制成本,能省就省。有一次,一个著名的地产上市公司想用我们的一组雕塑照片做户外广告,这涉及著作权和肖像权。这家公司派来干练的职员、律师一遍遍地洽谈,甚至还请相关媒体人士当说客,为什么? 就只为了再次降低本来就很少的一点点著作权使用费而已。

企业最懂得如何利用文化来进行商业营销:哪个艺术家有名,就用他做代言人;哪件作品影响大,就拿它当广告;力争用最少的文化成本,实现最大的商业价值。

一些经济实力强大的企业,例如银行、金融机构、房地产公司,纷纷办起了文化机构,如博物馆、画廊、拍卖行。过去好多省份,几十年都没有一家美术馆,可是现在,各地盖美术馆成风。据统计,在过去一年,全国有两百多家新美术馆落成。当然,一个城市多一些公益性美术馆没什么不好,只是,企业办美术馆大多并非只是回报社会,它有圈地、公共资源的置换作为条件;它的艺术收藏,也并非全民共有的终极收藏。

资本当道的结果,是文化的资本化,现在我们所能想到的文化领域,都被资本深度套牢。很难想象,在今天如果没有资本的介入,文化能走多远。

最吊诡的事情是,文化的批判功能也被资本一并收入囊中,例如大型楼盘的开盘、大型商业项目挂牌,都少不了当代艺术。许多商家都嫌一般的装饰性艺术、传统艺术太俗,唯有粗野、劲爆、批判消费文化的当代艺术才比较合乎他们的口味。

当代艺术本来打着利用资本的小算盘,花它的钱,办自己的事。结果,他们发现当代艺术所批判的对象就是他们的东家。他们这才明白,什么叫赢者通吃,什么是独孤求败。

读城

今年,台北、香港、上海、深圳四城市文化交流会在"城市阅读"的主题之下,有一个"泛阅读"板块。

深圳学者、自由撰稿人南兆旭的演讲是"在地关怀,在地阅读——从时间和空间上知道自己的城市",香港《字花》杂志洪永起的演讲题目是"以创作作为阅读城市的方式"。他们谈的都是阅读城市,这是个泛阅读的问题。

过去,人们对阅读的理解是,一个人依据已有的知识,主动地从视觉材料中(包括文字、图像等)获取信息的过程。作为泛阅读的"读城"是对这种传统阅读概念的突破。

南兆旭在这些年,自发地带人走遍了深圳的每一个角落,发现了这座城市里很多意想不到东西:被遗忘的古老村落、珍稀的花卉草木、奇异的飞禽走兽……他曾经在一个山谷发现了约五十万只蝴蝶聚集的奇观。闻讯赶来的生物学家说,这在整个华南地区,都是前所未见的。在现场,南兆旭听到了这些细小的蝴蝶振翅飞翔的声音。

南兆旭"读城"之后,出版了一系列关于深圳的书:《深圳记忆》《解密深圳档案》《深圳自然笔记》《南寻深圳》。他以个人的力量,建立了一套关于深圳的知识系统。

香港以《字花》杂志所代表的读城,则是以"文学散步""文学行脚"的方式进行的。他们带领一批批参观者,在城市搜寻文学与建筑、与街区的关系,寻找鲁迅、萧红、张爱玲、许地山在这个城市留下的印记。另外,他们带领读者,体验作家笔下的香港,例如几十年来,作家们描写的新浦岗和周边地区,龙应台、钟玲玲笔下的调景岭。他们还开展了有轨电车阅读,让读者在行驶的电车上阅读城市,感受城市的过去和现在……

深港两地的读城改变了阅读对象,它把城市(包括郊野、山川)作为阅读对象,所以,阅读者所接受的信息不再像传统阅读那样,面对的只是知识生产的结果,而是直接面对第一手现实。这种新的阅读赋予了读者更大的自主性,给予了读者更大的想象空间和创造空间。

读城还扩大了人们阅读的感知方式。如果说,过去的阅读是以视觉为主的,那么泛阅读则扩充到听觉、嗅觉,甚至触觉。当南兆旭行进在寂静的山谷,他的感受应当是全息的;当香港读者在叮叮哐哐的电车上,除了视觉的观看,还能听到市井嘈杂的声音,嗅到不同街区的气息,感受到城市的润泽和温度。

古人讲,行万里路,读万卷书,在那个时候,行路和读书是相互分离的两件事。读城最大的特点是,它把这两件事统一起来,变成了一件事。行路是动态的读书,行路的过程也是知识生产的过程。

这是当代社会的一种转变,阅读者由过去被动地接受,变为主动地创造,最根本的原因,是人们观看、阅读、体验方式的改变。而未来的趋势是,在自媒体时代,每个人既是阅读者也是写作者,既是体验者也是创造活动的参与者,南兆旭的实践就是一个非常有力的例证。

当然,从提交的个案看,深、港两地读城的差异也是明显的:深圳是以历史、自然为路径,田野考察式的阅读;香港是以文学为路径,文化怀旧式的阅读。深圳是发现式的阅读;香港是印证式的阅读。它们背后,不难看出他们当下的特点和自身的需求。

学田

在华人世界里,总是有一些人非常善于从自己的文化传统中,不断发掘出有价值的精华,然后转化为当代社会的思想资源,带给人们意想不到的惊喜:哦,原来传统还可以这样!

在今年的"四城市文化交流会"上,台湾水牛书店的老板罗文嘉介绍了他的乡村实践。当他发现城乡在读书上存在巨大差别后,尝试借用"学田"的方式,努力于改变这种状态。

中国古代的学田制度从文风蔚然的北宋就开始推广了,这些用于兴办教育的田地或来自皇帝的赐予,或官田的拨给,或私人的捐助,它们是教育的经济支柱。作为一种行之有效的方法,学田制度一直延续到清朝。

学田的经营方式大多采用租佃制,招徕佃农,确定了租额后,以佃租的方式收入资金。学田的资金收入用来祭祀、作为教师薪俸、补助读书人等等。

过去官府对学田有严格的管理制度,并且还有政策上的扶持,例如,学田享有免除国家赋税的特权,同时,学田不得出卖。

水牛书店的老板罗文嘉,在经历了都市生活的风风雨雨后,受到童年生活记忆的召唤,毅然举家迁返乡村老家,过上了"看天吃饭"的农民生活。

目睹农村孩子的读书之难和书籍、教育的匮乏,罗文嘉联合乡村农友,开始了"我爱你学田"的计划。当然,这些田地不再是古代的"公田",而是农民自己的土地。他把愿意种植有机米和有机蔬菜的农友组织起来,开创了生态、环保农产品的新路,而购买这些农产品的人，以购买"学田米"的方式，来替代捐助，这样，农产品卖出后的盈余，可以作为周边乡村农家子弟的教育经费，例如在偏远乡村开办书店、开设英文教育、开设艺术教育课程等等。

罗文嘉的办法，是对"学田制度"的活用，它一举多得，为城镇提供了健康、有机的食品；为农家开辟了新的农村产业路径；改善了乡村求学孩子的教育条件。在新的时代背景中，"我爱学田"的方式，重新激活了古代农家的"耕读传统"。

随着有机农作物规模的扩大，罗文嘉认为好的农产品需要更进一步开拓市场。正好，受人之托，他接下了台北水牛出版社社长的职务，他在水牛书店隔壁开设了一家售卖有机蔬果、食材的超市"我爱你学田市集"。这里倡导有机种植和健康消费的理念，为市民提供绿色农产品，还代客料理，提供认识食材的相关课程。这些直接来自乡村田头的农产品常常供不应求，当天直运而来的农产品，常常一上架就销售一空。

罗文嘉在他的家乡开设了第一家非营利的"水牛书店"。他将水牛出版社上万册的藏书搬回老家，并邀集友人捐书到乡下。如果乡下孩子在水牛书店看完了二十本书，就能得到一本新书作为奖励。

在乡下开不营利的书店当然是难以维持的，那为什么还要开呢？罗文嘉说，他只是为了圆童年的一个梦。在他小的时候，家乡只有文具店，没有书店。

就这样，学田和农产品和书店发生了关系，学田和读书和乡村教育发生了关系，学田和城市和健康生活发生了关系。学田的经营有营利的成分，更有社会公益的成分。总体上，它促进了教育资源的流动和平衡，弱势的农村孩子通过学田获得帮助，这无疑有利于整体性推动社会发展。

四方沙龙

前几天,关山月美术馆通知开会,讨论"四方沙龙"的年度选题。去了才知道,到11月,四方沙龙已经办了100期;从2005年初到现在,四方沙龙已经十年了。

看来,真的要感叹时间的锋利了!翻出我2005年主持第一期四方沙龙的照片,不由得暗自心惊。十年之前,自己不是今天这副样子。在会上,每个四方沙龙的参与者,自然都是一片光阴之叹,感怀唏嘘。

不要再说我们生活的这座城市是一个年轻的城市了,至少,我们正在和它一起慢慢变老。二十年前,人们说这座城市年轻,没有文化,深圳人不服气,说我们也有文化,比如科技文化、歌舞厅文化,还有大家乐舞台;十年之前,人们又说,深圳没有学术文化,特别在人文领域,乏善可陈。

到2005年,深圳文化开始转变,一方面它强调产业化,例如文博会的举办;另一方面它强调学术性。由关山月美术馆、深圳雕塑院、深圳商报文化广场、深圳电视台纪实频道率先主办的"四方沙龙",就是为回应学术文化应运而生的。除此,深圳城市建筑双年展也在这一年开展,深圳市民文化大讲堂也于2005年6月紧随其后……

四方沙龙的"四方"有着多重含义:首先主办单位是由四个机构组成的;同时,它还寓意着沙龙的宾客来自四面八方;还有,它还指沙龙所涉及的内容是多样的,丰富的,包容四面八方。四方沙龙有这么几句广告语,它出现在每一期四方沙龙的背板上:"以平民的语言,讲述专家的观点;以生动的直观,传达学术的主张;以沙龙的方式,营造对话的空间；以公众的参与，塑造深圳的品牌"，这几句话是四方沙龙的定位和价值诉求。

最初的四方沙龙，没有经费，没有经验，最先在四方沙龙登场的刘申宁、但昭义、詹晓南、侯军等本土专家，以自己的学识和知名度，给了沙龙最大的支持。

在这十年里，如果将四方沙龙的讲题汇集起来，就是一部城市的文化热点和学术重点历史。从2008年开始，四方沙龙的讲题开始成为专题性的，改变了初期那种因人设题的情况。例如，2009年，是创意城市和设计专题；2010年的主题是：视觉证明——深圳特区三十年；2011年，则是辛亥革命一百年来中国文化和艺术的回望……

2011年的第一期是我主持的，深圳音协姚峰主席以《百年歌曲》作为这一年演讲的开头。姚老师多才多艺，不仅是作曲家，也是歌唱家。原来本想准备音响让姚老师放音乐资料，谁知他爽朗地说，音响设备就不需要了，我来唱。

这期沙龙，姚老师连讲带唱两个多小时，这是我参加过的四方沙龙中气氛最为热烈的一次。他从20世纪初最早的创作歌曲开始唱起，唱了早期电影插曲、都市歌曲、乡村歌曲、抗战歌曲、新中国建设歌曲、军旅歌曲、"文革"歌曲，直到改革开放后的流行歌曲；百年来不同时期、不同类型的代表歌曲都唱了一段。年长的听众热泪盈眶，歌声唤起了他们潜藏在心中对于历史的记忆。

四方沙龙，就这样在不知不觉间居然就走过了十年。十年之后，四方沙龙如何继续？十年前，网络和自媒体远远无法和今天相比；十年后，演讲的实体空间如何跟虚拟空间互动，如何跟更多的传播方式互动？这或许是四方沙龙未来所面临的问题。

吾城吾乡90后

2014年第九届深圳"吾城吾乡"摄影年展共有八人参展,其中,有四位参展作者居然是90后,占了展览的半壁江山。在展览的三个大奖中,一位90后获得最高奖年度大奖,另一位获得年度新锐奖。

"吾城吾乡"是一个以深圳本土作者为主,以深圳作为拍摄对象的纪实摄影展。持续九年的展览,构成了深圳视觉文化史的一部分;同时,这些摄影作品也是城市生活史的图像见证。特别是今年的展览,通过展览和评奖我们还看到了"吾城吾乡"所出现的一些新的文化苗头,90后的整体表现,让我们对深圳的新一代和未来有了新的认识。

获得年度大奖的蒋津津,是深圳大学四年级学生,学习新闻专业,她获奖作品是《我的爸爸妈妈》。这组照片以她朴实、真挚的情感,以坦然、真实的态度,为我们讲述了一个平凡家庭日常生活的故事。

作者的父母,是1990年代初来深圳"闯天下"的移民,现在他们在华强北赛格电子城租了一个小档位卖电子产品。就像作品解说的那样:"赛格电子市场里,每家商店都是小方格,摆满了货物,只容得下两三个人。"作者的父母"全年无休,给店铺打工",这是一种很少被人认真关注、仔细端详的生活状态。尽管他们身处有可能是世界上最热闹的电子市场,但是熙熙攘攘、川流不息的人群,可能从未注意过这样一对夫妇的日常生活与他们的内心世界。

幸好他们有个充满爱心的女儿,用镜头在关注他们。从电子市场到家庭,女儿详细地记录了自己父母生活的点点滴滴:生意惨淡时的愁眉不展,生意紧张时的废寝忘食,还有亲人间的相濡以沫、相互照顾的温馨时刻,那些充满了温情和暖意的细节。

难得的是,这个忙碌却并不富裕的家庭,培养出了一个心理健康、充满自信、阳光向上的女儿。在作品的座谈会上,蒋津津说,别看她的作品获得了大奖,她没有属于自己的相机。这些照片都是借同学的相机拍的。周围一切可能借给她相机的同学,基本上都借遍了,有时实在借不到相机了,就用手机拍。她没有向父母要钱买相机,看到父母日夜辛勤忙碌,不忍心增加他们的负担。

她认为摄影的技术、设备固然重要,但不是最重要的,最重要的是摄影者的态度和情感。她的话思路清晰,条理分明,不回避家庭经济的拮据,也不刻意要显露生活的悲情,而是落落大方,坦然面对现实,用照片传达亲情、爱情,传达日常生活中所蕴藏的人性之美。

另一个获得大奖的是梁泳珊,同样来自深大,是一名大三的学生。她的作品题目是"然后,我们长大了"。这组照片记录了90后的一代人。作为移民的后代,他们开始对自己生活的城市有了强烈的认同感和归属感,他们开始把个人的成长和城市的历史联系在一起。这组作品似乎在宣示,这就是我的城市,我的故乡。

这组作品作者采用新老照片并置对比的展出方式,讲述一代人的成长故事,讲城市的变化。作者以同学小时候在城市某个地方拍下的照片作为线索,在今天重新让他们回到当年的拍摄地点进行拍照。

城市的历史不是抽象的,它就在这一群90后所捕捉到的个人照片中。

沃夫冈在芜湖

沃夫冈是位德国策展人,在汉堡附近的一个小镇主持着一个艺术机构。这几年,他和中国雕塑学会有多次合作:他邀请中国雕塑家到德国展出,雕塑学会也请他来中国参加一些活动。

沃夫冈将近六十了吧,身高一米九多,典型的德国人性格,不苟言笑,做事认真,具有极强的执行力。中国雕塑作品在他那里展出的时候,他亲自指挥铲车工人作业,留意每一个细节。他有风湿病,站久了,走路一拐一瘸。布展期间,他在现场连续盯了好几天。中国雕塑家都说,德国策展人太敬业了。

2014年11月,沃夫冈来到芜湖,参加神山雕塑公园的作品评审,翻译是他的邻居,一位在德国学习艺术史的中国人。据翻译说,沃夫冈曾经是德国联邦国防军的一位团长。从军的经历使他和一般的西方人不同,他不喜欢无边际地民主讨论,而更愿意果断决策,然后高效率地执行。他开玩笑地对翻译说,他喜欢"专制"。

沃夫冈在评审中不太发言,然而,他会独立表达自己的看法。例如,中国评委比较照顾外国艺术家,他就表示了异议,认为进入候选名单的两位外国雕塑家的水准远不如几位评掉下来的中国雕塑家。

沃夫冈的认真看来我们是学不了了。每轮提交评选结果,他几乎都是最后一个,在现场,他拖着老寒腿,反复比较。问他对雕塑公园有什么意见,他说,公园应该有坐下来休息的地方,能买到饮料和小食,此刻,他最希望的,就能喝到啤酒。

那两天最有意思的,还是和他一起出去找吃的,宾馆的自助餐总是重复那几样,而芜湖又是个出美食的地方。经当地朋友指引,在翻译陪同下，我们几个人到"美食一条街"找百年老店"耿福兴"，在那里的虾籽面上过"舌尖上的中国"。

步行街上，有乞丐缠住了沃夫冈，久久跟随不弃，这让沃夫冈很无奈，翻译示意不要给钱，但乞丐从沃夫冈为难的表情中看到了希望，反而缠得更紧了。这时候，几位过路的芜湖市民不干了，站出来大声谴责这位乞丐："你怎么能这么做呢？""你这不是丢我们中国人的脸吗？"更感动的是，一位市民看到沃夫冈开始掏钱了，马上拿出自己的钱给了乞丐，让他快点离开。

这下为沃夫冈解了围。不知道沃夫冈怎么看待这件事，不知道他能不能理解中国人的这种集体观。为了"中国人"的颜面，一个路人主动干预一个乞丐和一个外国人之间的事情。就是我们自己，对我们的同胞也闹不太清楚，有时候，他们似乎比较计较小利，比较缺乏公德心；但在特定时候，例如面对大灾大难，面对民族矛盾，他们又可以重义轻利，挺身而出。一般情况下，中国人遇到外国人，好奇、善良、热情也溢于言表。他们不愿意看到一个外国客人在自己的国土上受委屈。

当我们找到"耿福兴"之后，门口排着长队，经理看到沃夫冈那么大个，窝在屋檐下排队，赶紧请他坐下，然后在楼上临时为我们加了一张台。看来，我们都沾了沃夫冈的光。

沃夫冈照例先要了一瓶啤酒，待虾籽面上来，可沃夫冈不会用筷子。这个店没有刀叉，经理赶紧打发人到旁边店里借。到刀叉拿来的时候，沃夫冈像握刀一样拿着筷子，往嘴里扒拉面条，吃得挺香。

第二辑

艺 文 杂 谈

百年歌曲

今年是辛亥革命一百周年，由关山月美术馆、深圳雕塑院、深圳商报文化广场、深大设计学院四家共同主办的"四方沙龙"设定的年度主题是"1911年以来的中国艺术和文化"。本年度邀请深圳著名作曲家姚峰教授第一个出马。

原定的题目是"百年音乐"，征求姚老师意见时，他说这个题目太大，能否改为"百年中国歌曲"，他是研究流行歌曲的，讲歌曲，范围更集中，便于把握；当问及需要准备一些什么音响设备时，姚老师朗声回答："不用音响，我来唱，这一百年流行的重要歌曲大部分我都能唱。"

这让人很兴奋。在我们的经验中，作曲兼演唱的并不多，而姚老师原本学声乐出身，作曲是他的第二专业。可以想象：讲者一边介绍百年中国歌曲的流变，一边引吭高歌为听众示例，那会是怎样的效果！

果然不出所料，本期四方沙龙听众反响之热烈是近年来罕见的。当一些耳熟能详的旋律在演讲中响起的时候，许多观众也情不自禁跟着唱了起来。姚老师不失时机，现场组织了几首观众合唱，大家的情绪马上调动起来了。当演讲时间超过半小时后，观众还在台下喊：别管时间，接着讲！

感触最深的是那些上了年纪的观众，一位观众在互动的时候说，他是含着眼泪听姚老师唱那些老歌的，歌声让他又回到了过去的岁月；另一位退休教师则对姚老师所讲的毛主席语录歌特别有兴趣，他提到，曾听过一首语录歌不断重复"要斗私批修"几个字，比"祝你生日快乐"这首歌还要少一个字,问可不可以认为这是歌词最少的一首歌。说着,他现场演唱了一遍,博得了大家的笑声和掌声;还有观众现场献诗给姚老师,并当场朗诵起来……

一些年轻听众虽然对有些老歌过去从来没有听过,但同样也充满了兴趣。一位80后听众说,想不到过去的老歌这么有激情,这么纯净。

姚老师认为,从1904年中国出现的第一首现代歌曲开始,百年来的中国歌曲大致有十大类,其中,应该把流行歌曲和流行的歌曲区分开来。"流行歌曲"是商业歌曲,是从娱乐业的营利动机出发的;而"流行的歌曲"则不同,这些是经受了时代考验,久唱不衰的歌曲,当然,它既包含了流行歌曲,也包含了非商业的歌曲。

一首歌为什么能在普通民众中流行,除了内容之外,还有形式上的原因。其中歌词通俗明白、一字一音就是一个非常重要的形式特征。所谓一字一音就是歌词中一个字对应一个音符,"日落西山红霞飞,战士打靶把营归"就是典型的一字一音。

对三四十年代上海流行歌曲,《夜来香》《何日君再来》等一批歌,姚老师称赞有加。他认为今天流行歌曲的写手们应该放低身姿,向它们致敬,因为在今天,他们并没能超过它们的水平。这些歌曲过去之所以受到批判,主要问题是不合时宜,中华民族国难当头,上海孤岛上的歌女们却醉生梦死,当然遭人痛扁。

值得一提的是,姚老师对"文革"中的语录歌、"红太阳"颂歌在艺术上也是肯定的,"当时的人们是真正带着感情在写歌,从心底出来的东西,怎么可能不好呢?"

昔日孔夫子论"诗",有"兴""观""群""怨"之说。如今听姚老师讲百年歌曲,似乎也可作如是观。

两座雕塑

有的城市雕塑很多，但让人感觉不出来；有的城市的雕塑并不起眼，看了以后却忘不掉。

《垂死的狮子》这件雕塑位于瑞士著名的卢塞恩（琉森）湖附近，位置较为偏僻，在山脚下一个僻静的街头小公园里，来卢塞恩的游客如果没人指点，未必能顺利找到它。

它却是世界上著名的纪念碑雕塑之一。建造这座雕塑是为了纪念在1792年保卫法国的杜伊勒利王宫的战斗中光荣牺牲的瑞士雇佣兵。在瑞士还没有成为一个发达国家之前，瑞士人的职业之一，是外出当雇佣兵。骁勇善战的瑞士雇佣兵直到现在，仍然担任着梵蒂冈的守卫工作。

美国著名作家马克·吐温一生游历了无数的地方，唯独对这座纪念碑雕塑赞赏有加。他称其为："世界上最令人难过，最让人动情的石头。"

这是一只中箭后躺卧的狮子，它的身体已经无力地松弛。死亡即将来临，但它仍强睁着眼睛露出哀伤的神情，它的头依然紧靠着军团的徽章，捍卫着战士的荣誉。

我们更感兴趣的是这座纪念碑雕塑的建造方式。据说，岩壁上的这个洞是早年为了建教堂，在取石头的时候留下的。而纪念碑雕塑的建造者巧妙地利用这个残破的洞穴，将其重新雕凿成为一座纪念碑雕塑，这也是用艺术的方式对破坏了的崖壁所进行的修复。

有趣的是，这种方式无意中与中国古代摩崖雕塑的方式十分相似。在中国古代的佛教造像中，摩崖龛像是在山崖壁上选一个地方，开凿出一个龛，然后雕造佛像。这是很东方的雕塑方式，在西方国家很少看到。

《卢塞恩垂死的狮子》与中国的摩崖龛像相似极了，尽管狮子的造型是西方式的写实语言，但在巧妙地利用遗存龛洞进行雕凿和因势象形的环境处理方面，东西方艺术家在无意间有了一次神奇的相遇。所以，猛一看这尊雕塑顿时有"他乡遇知音"的感觉。

《美人鱼》是华沙的标志，在古城广场的中心。顺着华沙王宫广场进入古城的腹地，可以看到一个被古建筑环抱的广场，中央有个喷泉，美人鱼雕塑就竖立在那里。雕塑的高度仅一米多，只有走到它面前，才猛然意识到，原来这就是大名鼎鼎的《美人鱼》啊！

美人鱼雕塑源自一个古老的传说：横穿华沙的维普希河因水妖作怪，致使河水泛滥，祸害民生，有一对青年男女，合二为一，变成一条美人鱼，终于战胜了水怪。人们为了纪念他们，将城名改取他们两人名字的合称"华沙"同时，把美人鱼形象作为华沙的城徽。

把华沙美人鱼与哥本哈根的美人鱼相比较可以看出，华沙的美人鱼雕塑一手拿剑一手拿盾，哥本哈根的美人鱼则形象温顺，二者完全不同。

马克思曾盛赞波兰民族是"欧洲不死的勇士"。这个民族虽然在历史上屡遭外来侵略，但他们不屈的斗志和反抗精神让全世界都为之钦佩。

波兰人对侵略者抵抗不以平民百姓做挡箭牌，而是精英们率先出击。二战中，波兰神职人员死亡1/3，知识分子死亡38%，超过了一般平民的死亡率。著名的雅盖沃大学的全体教师都被杀害。二战中，波兰一直都是由纳粹德国控制，而没有出现过伪政府、没有出现伪军，甚至纳粹德国设在华沙的总督府都不敢雇用波兰籍的雇员。

这些就是对波兰美人鱼雕塑最好的注释。

雕塑的牢骚

雕塑界在很长一段时间,属于"牢骚一族",雕塑家们在一起,有太多可以抱怨的事情,例如:雕塑这个行当不被重视、城雕建设中的长官意志和老板意志、一般雕塑家在城雕建设中缺乏足够的参与机会、城雕方案的征集和评审缺乏透明公正的机制、雕塑市场远远落后于书画市场、雕塑缺乏足够的理论阵地和批评的气氛……

牢骚所及,都是事实,直到现在,许多问题仍然没有得到解决。不过,回望这些年雕塑的发展,平心而论,这些问题比起过去已经有了很大的改观;而且还呈现出逐渐改变、不断好转的趋势。

牢骚不是没有作用,作为一种意见的表达,它有助于引起人们的注意,也有助于唤起人们改变的愿望;另一方面,"牢骚太盛防肠断",由于牢骚总是对外部因素的埋怨,久而久之,爱发牢骚的雕塑家总是将雕塑不如人意完全推卸给外部,以至于放弃了对自身的反省。

从现在的情况看,中国雕塑到了一个全面提升的时候。除了继续推动外部环境的改善,对雕塑家自己而言,更需要解决的问题是如何致力于每个个人的提升,譬如观念和视野的提升、能力和水平的提升。也就是说,适度的"牢骚"作为发泄,未尝不可,但是,它毕竟不是解决问题的办法;要真正解决雕塑界存在的问题,练好内功,"反求诸己",现在成为关键。

随着中国经济的高速发展,城市化进程的加快,中国雕塑家参与公共雕塑的机会越来越多,这一点让国外的同行们羡慕不已。在国外,一个雕塑家一辈子能在户外公共空间立一件个人的作品,并不是一件容易的事情。可是在中国,一个稍有名气的雕塑家不是一生竖几件雕塑的问题，而是一年要竖好多件的问题。在这个时候，再说雕塑不被重视，显然已经不合适了。

现在的问题是，当社会有了较多公共雕塑需求的时候，雕塑家不能拿出像样的作品，这才是更迫切的问题。

在中国城市化的热潮中，有相当多的雕塑家事实上成了改革开放的受益者，成了中国城市化的受益者；现在的问题是，除了不断地通过雕塑获得经济收益，我们自身提升了多少？还可以提升多少？这是需要认真反思的。对一些雕塑家而言，在大量雕塑委托应接不暇的时候，需要扪心自问的是，我们是不是敬业？是不是有足够的知识准备？

现在许多城市都出现了这样的问题，有很多雕塑的机会，就是找不到好的方案，寻谋不到创意；不管是普遍征集，还是重点邀请，还是指定创作，方法用尽，其结果，令人满意的少之又少。

除了公共雕塑，对当代雕塑而言，目前虽然市场化的状况还不能尽如人意，但是近年来，雕塑市场有了相当明显的改善，出现了一批可以凭自己的个人创作通过艺术市场谋生存的雕塑家。在这种状态下，从事当代创作的雕塑家们对市场准备好了没有？他们是否急功近利？他们的心态是否浮躁？他们是否很容易被市场牵着鼻子而失去了自己的艺术追求？

雕塑与公众的关系特殊，竖立在公共空间，人们绕不过，所以，公众的议论也比较多。随着国门开启，这些年出国观光的人，看得多了，是会比较的。纳税人在雕塑上花了钱，如果觉得花得不值，他们也是有牢骚的。

随意性批评

为庆祝深圳经济特区成立三十周年,深圳雕塑家以深圳三首原创歌曲《春天的故事》《走进新时代》《走向复兴》为题,在莲花山下创作了三组石质铸铜浮雕墙。这三首原创歌曲的五线乐谱和歌词,则作为浮雕的组成部分,镌刻于浮雕墙背面,使之成为这座城市具有特殊意义的纪念符号。

浮雕墙建成以后,受到了市民的欢迎,前来参观的人络绎不绝。这三块浮雕墙很快成为莲花山一个新的人文景点。

不过,雕塑落成后,人们对浮雕墙背后的歌词和五线谱不时传出批评的意见。这些意见都是批评五线谱和歌词中的明显错误。

大部分的批评是因为不懂五线谱所造成的。这几首歌原本用简谱作曲,浮雕墙上的五线谱是请专业作曲家从简谱翻译过来的。如同中文翻译成外文一样,简谱和五线谱之间不能做到百分之百的对应,加上有的歌有几段歌词,上面的五线谱只有一条。按照专业的做法,每段歌词如果有局部的变化,将标注出来,将歌词转移到对应的五线谱下面。所以,如果不仔细辨析,会发现有的歌词排列有点颠三倒四,容易让人产生错误很多的印象。

对公共艺术作品有批评甚至有误解都没有关系,可是有篇批评文章,却夸大其词,说仅仅《走向复兴》这首歌就出现了七处错误,其他两首歌的错误还不算在内。作者还捕风捉影地说,深圳许多学琴的孩子,让家长领到这里,进行指错比赛,看谁发现的错误多。说完这些,又开始大加引申,说如此重要的作品,出现了如此严重的错误将严重损害深圳的形象云云。

经作者这么一渲染,好像这三首歌的雕刻简直就不能看了,事实却不是这样。

有关部门找作者核实情况,作者坦白,他也不懂音乐,只是听人说的。后来,他自己请来专业人员仔细辨认,在三首歌中发现了两处错误,这两处错误经五线谱翻译者证实,是有问题,不过问题不大,上下挪动一下就可以改正过来。

这篇批评文章当然不是一无是处,它对浮雕墙纠错的确起了作用;另一方面也出了洋相,既不懂专业,又没有认真核对,这种荒腔走板的批评,显得太过随意了。

昆德拉说:当社会实现三个基本条件以后,写作癖将不可避免地发展成流行病的规模:一、福利水平普遍提高,使人们有闲暇从事无用的活动;二、社会生活高度原子化以及随之而来的个人与个人之间的普遍疏离;三、民族内部生活中大的社会变化极端缺乏。

在计算机和网络时代,批评写作越来越多成为毋庸置疑的事实,与此同时,如何保证批评的质量也成为一个大问题。为什么?因为在这个时代,批评写作变得很随意。事实上,有相当多的批评者是以一种有选择性的从众态度在从事批评写作。对可以批的,怎么批也出不了事的对象,铆足了劲来批,拿过去的一句话说,叫"欲置于死地而后快";而对于真正需要勇气,需要敏锐的思想才能把握的对象,则三缄其口。

现在,这种随意性的批评到处可见,自说自话,不负责任,批评者沉浸在个人的想象里,随心所欲地编造事实,添油加醋造成耸人听闻的效果⋯⋯一句话,批评私权的扩大,批评权利的滥用是产生这种随意性批评的原因。

"混搭"能够走多远

2011年7月2日,鲁虹和我共同策划的"混搭的图像——中国当代油画展"在石家庄当代美术馆开幕,这已经是继深圳首展、西安巡展之后的第三站了;目前,至少还有北京、贵阳两个地方在等着这个展览呢。

"混搭的图像"出现这种四处巡展的局面,是事先没有料想到的。在石家庄的开幕式上,大家开玩笑地说,不妨做个实验,把"混搭的图像"展看作是一次艺术的行为,看它到底能够走多远,看这些作品到什么时候才能结束它漫长的巡展行程,最终回到艺术家的手中。

"混搭的图像"能够到各地巡回展出,与其说是大家对这些人、这些画感兴趣,还不如说,更因为"混搭"敏锐地触碰到了当代社会中"混搭"的现实,提出了一个引人关注的问题。

"混搭"这个说法最初来自时尚界,指的是故意将不相关的东西搭配在一起。在当代艺术中,混搭这种创作方式更多地为青年艺术家所运用。他们将各种元素、各种风格、各种材料、各种表现手段的东西混合、搭配在一起。他们的艺术给人一种矛盾、丰富、错综、杂多的感觉。

混搭是纯粹、单一的对立面,混搭也是当代社会的常态:现代化摩天大楼前,放着一对石狮子;豪华酒店的大堂,燃香供奉着关公;西装革履的绅士,坐在麻将桌前通宵达旦;身背LV的时尚女士,在大排档前吃着"麻辣烫"……

在艺术中直接标榜混搭,问题直指当代生活的矛盾:生活越"混搭",艺术越"混搭",人们在口头却越是爱说"纯粹"——强调生活的

"纯粹"、艺术的"纯粹"。而现实的情形总是这样,人们越是要什么,越是没什么;人们想象中的纯粹,在当代社会中似乎越来越稀少,越来越遥不可及。

于是,当一些艺术家还沉浸在古典的追求纯粹的情怀中时,一批年轻的艺术家以他们敏锐的现实感受,抛弃了对于纯粹的追求,而直面混搭的现实。在"混搭的图像"这个展览中,可以发现太多的"不搭"。在这批年轻画家的笔下,既有西方式冷峻的抽象,又杂有东方情调的水晕墨章;既有现代都市的斑驳日常,又伴有边陲西南的异族情调;既有世俗社会的流行风尚,又带有奇诡灵异的傩面巫风……

面对这些混搭的作品,困难的是如何将它们归类。

20世纪以来,一种非此即彼、二元对立的思维模式直到现在,仍然还占据着许多人的头脑:要么白,要么黑;要么光明,要么黑暗;要么正确,要么错误;要么好人,要么坏人;要么正统,要么边缘;要么传统,要么现代;要么东方,要么西方;不是东风压倒西风,就是西风压倒东风……人们总是吃力地在众多的事物中希望能够找到一条清晰的界限,希望总是在混沌复杂的现象中,能够找到一个唯一的,让人坚信不疑的正确答案。

"混搭"有助于这种传统思维模式的消解,它是一种新的美学。"混搭的图像"展览之所以能游走四方,这也说明,混搭的事物常常是有生命力的。据说熊猫之所以难以存活,其中一个重要原因,是它的食物过于单一。而单一、纯粹的东西显得脆弱。

"混搭"到底能够走多远?我们不妨抱一种实验的态度。对那些复杂的,一时难以理解的混搭的艺术,不要急于判断,让它走走看。

能工巧匠

　　"文革"的时候,知识青年傅中望参加了湖北黄陂农民泥塑培训班,进去的第一天,县文化馆的培训教师让每个培训学员照他手里拿着的样子用竹子做一把雕塑刀,这实际上是一个测试,测试学员的观察能力和动手能力,结果,傅中望第二天拿出一把,让培训教师大吃一惊。这个教师叫项金国,后来成为傅中望几十年的雕塑搭档。他后来说:"比我还做得好些。"

　　这个故事说明了什么呢? 说明傅中望天生是一个动手能力很强的人,抛开雕塑家的身份不讲,他首先是一个能工巧匠。所谓"能",就是有能力和办法;所谓"巧",就是不光会做,而且很会用心思,可以把自己的想法、趣味很好地体现在他的手艺里,因此与众不同。"能"和"巧"结合起来不得了,这是一种很高的境界,不要因为有"工""匠"两个字就轻视它。

　　近几十年来,中国雕塑界一直在谈论一个话题,即中国雕塑的中国化问题。"五四"以后,西方雕塑传入中国,占据了主导地位;而中国传统雕塑则变得极其微弱,仅仅作为一种民间工艺在自生自灭。

　　傅中望雕塑的代表作品榫卯系列来自民间,来自中国传统的木质建筑和木工工艺,看上去非常中国。

　　想想中国古代那些优秀的雕塑作品,应该承认那些作者比起今天的雕塑家来不会差吧! 但那些木雕,泥塑,金属雕塑,青铜器等等,都是工匠创作出来的。那时候的工匠画不画素描? 不画;有没有雕塑系? 没有。可那些东西你能说它不好吗? 古代的雕塑家可能只是一个木工,在做木工的过程中,会形成他的观察能力,对形体的把握能力,对结构,对空间,对体量的把握能力。对于雕塑,这是最重要的能力,但这些能工巧匠不是按今天的训练方式培养出来的。

现在全世界所谓正规的雕塑训练都是从画素描开始的,然后泥塑、头像、胸像、等大人体,然后创作。这几乎成了一种放之四海的雕塑模式,全世界都这样。我们在讨论中国化的时候,能不能质疑这种模式,不这么干行不行? 比如雕塑系一年级学生进来,不画素描,去做木工行不行? 去做铁匠行不行? 按过去能工巧匠的方式进行训练,让他慢慢做,加上艺术史、艺术理论的学习,或许也可以做出优秀的作品,为什么一定要从画素描开始呢?

傅中望也受了西式训练,比较而言,他骨子里影响最大的,是中国能工巧匠的传统。这个传统是来自于民间,来自传统。傅中望的祖父是一个非常优秀的木工,是一个当地俗话叫"掌作"的大师傅,祖父对他影响很大。他五岁的时候就为邻居打家具,他还自己做了一把小提琴,音虽然不准,但是很漂亮。这说明,他如果不上美院,也具备了做一个好雕塑家的能力。傅中望的榫卯系列作品是受纯学院教育的人不容易做出来的,因为他们接触不到这个传统。相反,一个优秀的木工,如果有当代文化的训练,有很好的艺术参照系统,却可以做出这类作品。

如果中国的雕塑要中国化,就要从根子上开始,就要思考这种可能:除了现在的主流方式,即西式的雕塑训练方式之外,是否可以通过中国传统能工巧匠的途径,直接进入到雕塑里呢? 这方面,傅中望的雕塑或许是一个启示。

"穿越"的公共艺术

最近北戴河出现了一件大型公共艺术的作品,它应该是继20世纪90年代末《深圳人的一天》之后,又一件探索性比较强的作品,它的最大特点是在公共艺术中引入了"穿越"的概念。

早在20世纪二三十年代,北戴河就是世界闻名的旅游避暑胜地,它在中国近现代旅游发展史上有着重要的地位。北戴河火车站的历史就更早了,它曾经是清政府确认的第一个旅游车站,这件名为"对接·启程"的公共艺术作品就立于新建的北戴河火车站。

与传统的城市雕塑不同,这件公共艺术作品最主要的部分是用铸铁锻造制作了一列1917年的老爷列车,放置在现代化的站前广场。这列有数节车厢的老式火车横亘于此,具有一种超越时空的感觉,使作品与周边的环境形成了巨大的反差。

围绕这列"老火车",这个公共艺术展开了一个妙趣横生的关于北戴河旅游胜地的历史文化故事。

最初在设计这个环节的时候,创作者是有争论的。比较省事的办法,是选择一列20世纪八九十年代退役的旧蒸汽机车,作为"现成品"放置在广场上。最后,经过反复讨论,他们还是决定用铸铁锻造的方式,做一辆老火车。他们根据现存历史资料,到中国铁路博物馆调研,制作模型、图纸,然后等比例放大,使之成为一个特殊的能够连接历史和当代的时空列车。

创作者认为,公共艺术要体现地域特点,就是要有历史和文化的专属性,如果将1980年代的现成品火车用在作品中,会消解地域文化的针对性,因为它放在任何城市的火车站都有理由,而把列车样式提前到1917年,对于北戴河而言,则有专属意义。

有了老火车,等于有了一个舞台,那选择一些什么样的人来到列车上呢? 于是,这件作品开始了历史和现实人物之间的"穿越"。

机车内,"詹天佑"坐在司机的位置上;而一个老外,蒸汽机的发明者"瓦特"则成了司炉,身旁旧水壶的壶盖被蒸汽冲开;曾到北戴河一带求长生仙丹的"秦始皇"在车内眺望大海;曾东临碣石写下《观沧海》诗篇的"曹操"则在车内奋笔疾书……与老外、古人同时,现实人物出现了,北戴河实验小学三年级的三好生"吴依佳"在车上兴致勃勃地用数码相机拍摄着历史人物。

车厢内,与北戴河有关的历史名人荟萃一起:"朱启钤""徐志摩""金达""康有为""梁启超"等人或围坐交流,或凭窗沉思;车厢外"张学良""赵一荻"送别"梅兰芳",园艺师"辛柏森"背着工具袋,以创作团队成员吴玕杰为原型的"列车员"正在引导众人上车。恋人"海伦·福斯特""詹姆斯·贝特兰"正牵手奔向列车,"郁达夫"与"爱妻"乘着骡子(彼时的交通工具)匆匆赶向列车……

最后一节车厢空空如也,一些空座为参观的公众预留着,观众可以进到车厢,可以进到古今穿越的艺术现场。任何一个观众的进入,都将成为作品的一个部分。这列特殊的火车,形成了一种中外交融、古今交融的混搭奇观。

该作品还用数字技术,将历史人物故事以动漫片的方式在各车厢同步播放。人物卡通化处理,以人物故乡土语配音,南腔北调在此聚集,配合了整个作品那种穿越于不同时空的气氛。

观看的权利

《晶报》为创刊十周年，在深圳书城做了一个优秀新闻摄影作品展，从其中精选出了十幅，作为"十年十图"在纪念号刊出。

这十幅图片都是可圈可点的作品，有的还获过各种奖项。但是，如果对这十幅图进行视觉分析，发现它们存在观看立场和观看方式的微妙差别。差别的背后，隐含着观看的权利关系。

《断指人》《吸毒女阿丽》《半截人彭水林》可视为当代艺术作品。在这类作品里，作者的人文情怀非常鲜明。作品表现的是处在社会边缘的人群，他们是残疾的或非常态的，他们常常会被这个社会忽视和遗忘。其中，《断指人》尤其让人惊心动魄：一群打工者表情平静，高高举着他们在劳动中轧断手指后残存的手掌。图片的背后，是巨大的痛楚和悲悯的力量。

这是谁的观点？当然是摄影者；可是这仅仅是他个人的视点吗？又不是。摄影者既是用个人的眼睛在观看这些不幸的人们，同时又希望在图片中超越个人，希望能站在社会正义和公平立场，让个人的观看转换为社会的观看；它希望唤起人们的注意，让所有不了解这种现实状况的人们，能够知晓我们的社会中还有这些需要关心和帮助的群体。

所以，这类图片的主题非常突出，思想性也很强，它们是有精神负载和寄托的。拍摄这些图片是否只有记者才具有可能性呢？当然不是。所以，它们是人文的，艺术的，是属于关注社会和干预现实的。

《总理在玉树》《为深圳地铁建设者存像》《京基新高度》这几张图片，隐含了某种只有记者才可能有的视觉权利。在现实生活中的某些特定的现场,例如有重要领导人出席的现场,或者有重大事件发生的现场,记者显然具有不可置疑的优先观看权和拍摄权,当然,这种观看不能看作是记者个人的观看,记者的视觉优先或者独家拍摄权,是为了权威发布的需要。据说《总理在玉树》这张照片,还真是让记者偶然碰上的,但无论如何,它毕竟也是符合发表要求的。

《为深圳地铁建设者存像》《京基新高度》与《总理在玉树》一样,也让我们感动,同样,它们也具有深厚的底层人文情怀。不过,这样的现场,这样的拍摄位置,并不是一般摄影者所能进入的。显然,记者是有了表现普通劳动者的想法之后,才特意到生产第一线去拍摄他们的。至于《打工妹秀起精彩芭蕾》《忘不了》似乎摆拍的痕迹偏重,面对这样的图片,我们仿佛能看到记者的身影是如何在现场指导被拍摄者的。

我最感兴趣的是这两张图片:《马路上摸鱼》,大雨后,几个工人开心地在马路上摸鱼,现场感非常强;《一地玉米》,一次车祸后,一群人在哄抢撒在地上的玉米,若不留意,会以为这是一个购销两旺的农贸市场。

这两张图片显然又是一种观看立场和方式,它们和前面所有图片的最大区别在于,如果前面的照片都是对普通观看的超越和升华,都具有明确的观看意图和动机,这两张图片则非常朴素,它们就是观看本身。

同样在现场,记者和任何人一样,他们都有平等的观看权利,他们对现场不做任何干预,他们也没有设定任何意图。这个时候,观看就是观看。

当然,这并不意味这种观看没有意义。

"八五"的族谱

1986年5月,几个毕业于浙江美术学院的青年画家在杭州组成了一个名叫"池社"的艺术群体。和"八五新潮美术"时期的所有艺术群体一样,池社也发表了一篇慷慨激昂的"宣言",然后在6月份集体完成了他们的第一件作品。

这件作品名为"作品一号——杨氏太极系列",池社成员在浙江美院所在的南山路的一堵墙面上贴了一系列模拟太极拳动作,与真人大小相仿的白色纸人。张贴的时间选择在凌晨两三点之间的夜深人静之时。到天刚亮时,他们又悄悄潜回去,观察早起晨练市民对这些纸人的反映⋯⋯

这里提及池社的往事只是以此作为例子,通过它可以窥探到"八五美术新潮"的种种"共相"。

过去,谈及"八五新潮美术",多数人认为它"大胆""叛逆""模仿西方现代艺术"等等而忽略了它更重要的一个思想来源,即20世纪中国左翼、激进主义的传统。"八五新潮美术"在表面上看,似乎真是把西方现代主义艺术演绎了一番,但是在骨子里,它更多沿袭了"五四"以来的激进主义、进化论、功利主义意图伦理的左翼传统。如果说,这个传统在形成的过程中也曾经受到过"西方"的影响,那么,"八五新潮美术"的西方应该是这个"西方",而不是一般自由主义意义上的西方。

例如,"八五"在较长一段时间里并非以个人为本位,而更强调集体主义,强调团队的冲锋。当时涌现了大量的艺术群体:东北的"北方群体"、云贵川的"西南艺术群体"、福建的"厦门达达"、浙江的"池社"、湖北的"部落·部落"……

"八五"时期这些艺术群体的宣言和"五四"时期的文化宣言,以及20世纪二三十年代左翼文化运动宣言和口号一脉相承,其语气、思想方式,都很相似。其基调都是强调反叛、革命、进步,张扬人的自由和生命意志。左翼革命时期的许多典型句式被"八五"艺术群体的宣言沿袭下来。

"八五"时期,全国性的会议起了很重要的作用,例如"珠海会议""黄山会议"等等,每次会议都代表一个新的阶段。"西南艺术群体"的参与者毛旭辉说,当时参加这些会议,见到了传说中的理论家、艺术家,有一种"总算找到了组织"的感觉,回去向同伴们介绍会议内容,就像"传达中央文件一样"。

"八五"的传播媒介则有"两刊一报"之说,它们当时是传播前卫美术前沿思想最权威的工具,其影响之大,至今仍被人们津津乐道。

由此观之,"八五新潮美术"尽管反叛传统,强调艺术形式探索和材料试验,但是在它的基本组织结构、行为方式上,却留下了深深的左翼革命运动的痕迹。

就拿"池社"的艺术家深更半夜在马路上贴纸人来说吧,它与其说是"西方化"的现代艺术,不如说是这批生于1950年代,深受红色电影和小说影响的人,在满足对于革命和造反的想象。夜深人静,不时有工纠队出来巡夜,把一批白色的纸人张贴到大街上,这和过去的地下革命者巧妙地张贴传单、秘密从事宣传活动何其相似!这种大胆、冒险的戏剧化行为,本身就浸润着红色革命的色彩。

这显然不是"八五新潮美术"就是模仿西方现代主义艺术之类的说法所能够解释的。

草原石人

2005年夏天,去新疆喀纳斯湖旅游,驱车经过阿勒泰草原,看到了传说中的草原石人。

新疆的阿勒泰草原、伊犁昭苏草原分布着二百多尊草原石人。不仅仅是新疆,在整个欧亚草原,都可以见到草原石人的踪迹。这些石人都是用整块的岩石雕凿而成的,大小不等,从几十厘米到几米。从外形来看,大都是直立的全身像,造型非常粗糙、简练、稚拙。人们说起这些石人,都喜欢用"栩栩如生"来形容,我不以为然。如果用写实的标准看,它们并不"如生",只能说是有味道,有拙朴、厚重的味道。

早在清末,就有旅行家在笔记中提到了这些草原石人;到20世纪50年代,有专家开始进行研究。到目前为止,这些石人是何人所为,何时所为,它的来龙去脉如何,是哪个民族的文化遗产,学术界仍然众说纷纭,没有定论。

关于草原石人,目前学术界的主要说法有如下几种:第一,与墓葬有关。这些石人或随葬于墓中,或者守护在墓前,面向太阳升起的东方,可能表达的是重新唤起生命意识和力量的意愿。第二,公元6世纪中叶至9世纪是草原石人的兴盛时期,所以,有专家认为它们是突厥人的遗物,就是汉文献记载中的"杀人石"。史籍记载,突厥战士生前杀死一人,死后则在墓前立一石,以此来昭示突厥武士的显赫战功。第三,考古学界认为,新疆草原石人最早起源于公元前1200年左右,所以,它的起源与草原上的人们一直信奉着的古老萨满教有关。新疆草原石人就是萨满教的一种表现形式,表现对英雄和祖先的崇拜。第四，也有人认为，那些高大的直立石人，是男性生殖崇拜的象征……

今年9月，在长春世界雕塑大会上遇到一位蒙古族雕塑家，一番长谈，唤起了我对这些草原石人的记忆和思索。

这位雕塑家告诉我，他要组织人写一本"草原民族雕塑史"。为什么呢？他认为，现今的各种中国艺术史著作，有一个普遍性的问题，常常自觉或不自觉地带有"汉族中心"的眼光，即以汉族来替代中国，结果常常忽略了草原民族的艺术，包括雕塑。

提到草原雕塑，我马上想起了那些草原石人，如果写草原雕塑史，草原石人应该是其中的重要篇章。

我所知道的"中国古代雕塑史"著作，提到了北方草原民族服装上的青铜佩饰；青铜马具装饰、草原民族的宗教雕塑，至于草原石人，的确是疏忽了。

这不仅仅是疏忽的问题，更重要的是，我们通常所采用的历史叙述框架，是以黄河流域的文明为核心，以汉字为载体的框架。我们对于历史的断代是以汉语典籍中的所谓"正史"为参照的，这个时间工具在描述中国汉族文化的时候，较为清晰，可是在描述中国其他民族的时候，常常不那么有效。拿草原石人来说，在造型上，它和汉民族雕塑不是一个系统；它自身也很难看出前后的继承关系；它既难断代，又缺乏相应的文献佐证；所以，美术史对它恐怕是一种有意疏忽。

这位蒙古族雕塑家对目前各种"中国艺术史"所存在共同问题所提出的批评，值得注意。现代中国不同于古代中国，它是一个现代民族国家，是一个由多民族组成的共同体，中国雕塑史自然应该包括草原石人在内，一个都不能少。

公共艺术谁做主

前几天参加了深圳市罗湖区城市重建局组织的东门步行街入口标识参赛方案的评审。评审规则是：工作人员将网上征集的方案集中起来，然后召开东门商会理事会，会上先由外聘专家评出五个入围方案，理事会议随后对五个方案进行票决，从中选出三个方案，分享二十万元奖金。

这次评审是难得的一次近距离观察社区公共艺术决策过程的机会。

在评审过程中，作为政府代表的是区重建局和东门管委会办公室，他们并不参与投票和决策，只是作为组织方，制定评选规则，进行监督；作为业主代表的则是东门商会，他们有最后的决定权；作为专业人士代表的是专家组，他们享有很大的初选权。

任何规则的设定，背后都有一套相应的观念和价值观。在东门评审中，政府比较罕见地退出了决策，它通过制定规则来影响评审。

依据评审规则，在东门评审中，权重比较大的是专家和业主，这种设计本身，说明规则设计者更尊重专家和业主的意见。

正因为如此，评选中专家和业主格外认真，一分权利代表了一分责任。在我过去参加过的一些评审中，虽由专家评审，有时也会征求业主意见，但最后决定权仍然在政府，这就造成了专家和业主在评审中没有强烈的责任担当。反过来，由于政府承担了最后的责任，所以公共艺术一旦招致恶评，受伤的总是政府。

发达国家的规则设置和我们有所不同，比较而言，艺术家的权重比较大。在这些国家，由政府、社区代表、专家组成的公共艺术委员会主要是选艺术家,选中艺术家以后,由艺术家拿方案。虽然委员会也会对方案提意见,但艺术家的权力更突出,所以,作品荣辱毁誉,由艺术家负责。

在东门步行街入口标识设计竞赛的评审中,专家和业主趣味的差异显而易见。例如,业主特别希望设计方案有个好的意见和说法,牌坊就是他们比较中意的方式;专家则认为,牌坊式的设计太多了,了无新意。

尽管专家和业主的标准有差异,但他们从各自的标准出发,又得出了一致的结论,就是公开征集到的三十多个方案,均没有达到实施的要求。

为什么会出现这种情况呢?这仍然和公共艺术的遴选机制有关。目前国内公共艺术设计方案的征集途径有三种:直接委托、重点邀请和公开招标。为了避免无孔不入的"人情"和"关系",我国像发达国家那样,直接委托给艺术家的不多,重点邀请的方式也存在机会不均等的问题,只有公开招标看起来是最公平的。

但是,由于公共艺术公开招标制度的不完善,缺乏透明度和监管不力,出现过暗箱操作的情况,这使得优秀的设计师不愿意参加公开招标。长此以往,形成了恶性循环:为了公平、公开的竞争,要采用公开招标的方式;由于制度的不完善,这种公平的方式因长期达不到理想的效果,反而成为一种最不靠谱的方式。

以东门这次设计竞赛为例,虽然没有明说是设计招标,实际还是希望能找到好的设计方案。这次评审哪怕没有选到可实施的方案,评奖仍要进行。如果不履行承诺,废弃这次评奖,以后如遇类似活动,更加无人问津了。

东门评审告诉我们:"公共艺术"应该由制度做主,好的制度设计和监管比什么都重要。

这把刀还要磨

在南京禄口机场候机楼书店挑来挑去,想找一本适合机上阅读的小说,标准是好读、吸引人,又不能无聊。别说,这样的小说还真不好找,直到发现麦家的新作《刀尖》,心想,它大概是能符合这个标准的吧。

可读完《刀尖》的第一感觉是,辜负了我提着行李在书店转了那么长时间。也不是说它有多大的问题,只是感觉失望,像小报上连载小说,整点神奇,加些悬念,非常轻易地就把麦家带到了三流小说家的行列。麦家说,写完这部小说就收手,不再写谍战题材,因为被人们写滥了。想不到他这么收手,这个句号画得实在不太圆。

麦家的几本小说《暗算》《风声》《风语》都读过了,吸引我的原因是,我们这个年龄的人,青少年时期对抓特务,对侦察英雄,对神秘的地下生活有一种抑制不住的向往,麦家的小说正好触动了这些早已封存的遐想。

麦家说到底是一个以题材取胜的作家,他并不以文学性或思想性而取胜。擅长写破译密码,这是他的强项。这方面他有一定生活基础,所以写得有鼻子有眼。相对于在隐秘战线工作的人而言,他懂文学;相对从事文学创作的人而言,他懂密码。

麦家和丹·布朗有点相似,如果丹·布朗的《达·芬奇密码》一类的小说以《圣经》、符号学知识取胜;麦家则以其对隐秘战线中关于密码的知识取胜,他的小说开启了解密加悬疑的新领域。

《刀尖》证明,麦家一旦离开破译密码就不灵光了。据说,这部小说确有真人真事为基础,而问题恰好是,这未必是一部好小说的必要条件。好小说是靠想象力而不是靠经验主义取胜的。事实的确如此，战争题材小说写得好的，并不一定是身经百战的将军，而可能是手无缚鸡之力的文弱书生。书生可以让你感受到战场的硝烟，嗅到死亡的气息，做到这些并不依赖于手中有多少真实的文字素材。

麦家在写破译密码的时候，他靠的是故事和悬念。他的故事神奇而不离奇，出人意料又在情理之中；他设置的悬念满足了人们的好奇心和希望一探究竟的冲动，这是人类共同的天性。这方面，他的小说是成功的。

这种成功掩盖了麦家的问题，这就是他不擅长写人。他笔下的人物基本是扁平的、类型化的、偏执型的、一根筋的。这个问题在写中国黑室《风语》的时候就很明显了。例如陈家鹄和他的日本妻子小泽惠子，这两人的感情就是疯狂、固执、不可理喻的代名词。这两个人不食人间烟火地一味相爱，其他都可以抛弃。而黑室就是一根筋不让他们在一起，为了达到目的，无所不用其极。结果，如何拆散这两个人的生死之爱，成为支撑全书的核心问题。

《刀尖》的俗套就更多了。它也为特工金深水安排了一个日本女人，让他色诱日本幼儿园园长静子，可他和陈家鹄正相反，只要和静子待在一起，国仇家恨便涌上心头。

这说明麦家写人的时候，是概念化的，是有预设的。书中人物的性格、行为有一个既定的模式，好人应该怎样，坏人应该怎样，军统特工是怎样，共产党特工又是怎样……这种概念化的写作，如果把它看作是娱乐性的通俗小说来看，也可以成立的。但是，如果把《刀尖》当作纯文学来看，那这把刀还要慢慢磨。

天下多少"陆焉识"

一部好的小说，肯定不只讲一个人的故事，而是好多人的故事。严歌苓的长篇《陆犯焉识》就一下让我想起好几个与他命运相似的人，兹举两例。

好多年前，参加一个学术会议，跟一个老教师住一间房，他有五十多岁了，落实政策回到教师岗位不久，长得又黑又瘦，穿得邋邋遢遢，跟小说中陆焉识从青海特赦回到上海的感觉应该差不多。

老实说，一开始还真看不出他的能耐。他对1980年代流行的那些新理论不熟悉，和那些体面的学者们也搭不上话，所以愿意和我这个刚毕业的小助教说话。他古文好，童子功。他夸耀说，他们家孩子没上过小学，都是请最好的老师去家里上课。他口才好，讲什么都是绘声绘色，只是两边嘴角的白沫子，看着有点难过，又不好意思提醒他。

听他讲了两天故事。他身世的那个坎坷和曲折啊，陆焉识也比不上。说起他父亲的名字，吓我一跳，那可是"毛选"第四卷里提到过的国民党战犯呐！1949年的时候，他还是个大学生，硬是没跟反动家庭一起走，留在大陆迎接解放，后来当了教师。

下面的情况和陆焉识差不多，本身家庭就有问题，又生了能言善辩不说会死的一张嘴，所以历次运动都没逃脱。劳改过，流浪过，当过苦力，只是在他嘴里，所有的苦难都是黑色幽默。他说了两件事我印象特别深："文革"时，一次查流窜人口，逼得实在没地方睡了，就买了一张统舱船票，在长江上来回跑，躲了一个多月。另外，他还神秘地说，都说"文革"管得严，其实一直都有妇女卖淫，你信不信？接着，就讲遭遇卖淫女的故事。

见到他的那会儿，经人介绍，他刚刚跟一个大龄女工结婚，也是成分不好的，都是头婚。

前几年，在上海还听过一个七十多岁东北人讲故事，其戏剧性程度与前面这位老师有一拼。他的故事我事后是做了笔记的，他和陆焉识一样，也是个风流情种，这一点他毫不避讳。

"这一点可能是我爹的遗传"，他是这么说的。他爷爷苦出身，在松花江挑水卖，却养了一个风流倜傥的儿子，师范毕业，到日本留学，回来做中学校长，还带回个日本小老婆。他就是日本小老婆生的。从小生活在一个混乱的家庭环境中，大、小老婆在一个炕上睡觉，天天打架。

后来他爹担任伪职，他说是当眼线，总归是被人杀了，家也散了。从此他和一帮东北流浪学生一起，从关外到关内，几次参加革命工作，又受不了约束，于是进进出出。他说，那个时候一切都不那么正规，也没留下什么档案资料，要不然稍微听话点，现在好歹是个离休干部。

新中国成立后，他考上了艺术学院，学美术，是班上成绩最好的学生，毕业后分在文化单位，可就是老挨整，不是政治原因就是生活原因。他一生中大概有一半是在各种劳改农场度过的，这和陆焉识也很像。他讲劳改生活的惨烈程度，一点不亚于《陆犯焉识》中的描写，特别犯人如何自残而躲避劳动的细节，听了让人触目惊心。

天下的"陆焉识"都是一类人，都是智力超群、个性鲜明的性情中人；他们总是不循规蹈矩，显得和现实格格不入，不小心就头破血流，但还是不改自己的活法。

不知道今天的80后、90后相不相信真有这类人，反正我信。

怀疑美术馆

二十年前的中国,是不大可能有"怀疑美术馆"这个话题的,这倒不是因为它的强,而是因为它的弱。那时候美术馆极少,少量的美术馆把大量的时间花在了应景上,它给人的感觉总是在庆祝什么,纪念什么。

那时候,艺术媒体是当代艺术的重要推手,谁更早一天看到新的报刊和新引进的书籍,谁就更有发言权,谁就能迅速占据思想的制高点。

2000年以后,一旦真正进入到媒体时代,信息的获取不再困难,美术馆成了艺术的聚焦点。人们都说,现在进入了美术馆的时代。

这是为什么呢?

画家越来越独立,人数越来越多,个人展览的要求变得十分强烈,人们发现,能够提供给艺术家的展示空间十分稀缺,这种"刚性需求"彰显了美术馆的重要,也刺激了它的发展;

大众文化的兴起,艺术的平权思想开始深入人心,越来越多的公众需要参与艺术的机会,而美术馆给了观众与艺术品以面对面交流的可能;

随着体制接纳当代艺术,美术馆开始成为先锋艺术的首发地,展示内容的丰富和多元,极大地增强了美术馆的吸引力和影响力;

随着经济的发展,公立美术馆定性为公益性文化机构,由于雄厚的国家背景,美术馆旱涝保收,开始摘掉过去贫困的帽子……

这几年来,中国的"美术馆热"有目共睹。十多年前,许多大城市,甚至许多省份都找不出一家美术馆。现在,各个城市,各级政府都在热衷于新建美术馆或者将老的工厂、仓库改建为美术馆。不仅官办美术馆越来越多,民营美术馆也在政府的鼓励和扶持下,成批地涌现。当美术馆成为艺术发展热点的时候,我们是不是可以乐观地认为,美术馆多多,就等于文化的益善呢?

美国杜克大学出版社2006年出版了美术史学家大卫·卡里尔的《博物馆怀疑论——公共美术馆的艺术展览史》。这位大卫·卡里尔与众不同,他习惯在人们理所当然的事物中发现问题,在人们认为完整无瑕的思想板块中发现缝隙。他没有为炙手可热的美术馆唱赞歌,而是通过回顾美术馆的历史,对它的当代意义产生了质疑。

在大卫·卡里尔看来,美术馆里所崇尚的只是精英化的艺术,它还不是真正的公共领域,不是真正鼓励辩论的地方,也不是活的艺术正在发生的地方;同时,艺术藏品也因为一旦进入了美术馆就失去了它和社会生活、历史文化的整体联系,成为一个孤立的欣赏品。看起来,美术馆的藏品似乎得到了保护,但是,这些只不过是一些文明的碎片而已,人们以为观众在此时此地能够通过藏品回溯到过去的时光。事实上,美术馆藏品的不可触摸,使这种想象中的时间之旅成为不可能,这就意味着美术馆可能是艺术品的坟墓。

大卫的这些说法,可能对西方世界的针对性更强些,但对今天一片凯歌的中国美术馆建设,也不无警示作用。例如,现在许多美术馆都抢着收藏,但是大多只是满足占有心理,这些藏品一旦入库,常常就等于进入坟墓,不知道几十年里有没有一次见光的机会?还有,在公众参与、藏品研究方面,做得好的极少。所以,大卫说,美术馆只有学会以全新的方式进行转型和调整才会有未来。这种全新的方式只能是走出藩篱,走向公众,走向生活。

毕加索同志

　　大画家毕加索1944年加入法国共产党,这对正处在反法西斯战争中的中国共产党人是个鼓舞。1945年,延安《解放日报》发表文章,《庆祝画家皮卡索加入共产党》,还在延安举办了一个毕加索画展以示庆祝。

　　这个展览的具体情况后来很少有人提及,在当时的情况下,以延安的条件而论,这个展览恐怕只能是图片展。无论如何,这都是毕加索和中国的一次亲切相遇。

　　直到国际共产主义运动内部出现分裂之前,毕加索一直都是我们的同志,尽管他的私生活看起来离无产阶级的形象相距甚远,他舒适的日子也让中国同志无法想象,但是他追求正义,思想"左"倾。西班牙内战时期,法西斯军队悍然轰炸西班牙小镇格尔尼卡,一分钟轰炸,炸死了一百五十个平民,毕加索的名画《格尔尼卡》就是对法西斯这次暴行的控诉。由于画家的影响力,这件作品成为反法西斯的重要武器。

　　毕加索不仅在二战时一直受到法西斯的监控,二战之后,当法国移民部门正要准备批准毕加索的入籍请求,意外收到国家安全部门的密令,指出毕加索是"危险人物"。所以,因为政治原因,他终身都没有成为法国人。

　　毕加索一方面是个共产党员,另一方面又是个崇尚个性和自由的画家,这种双重身份使他有些时候也与党的要求不相符合。1953,斯大林去世,毕加索画了斯大林,但受到法共的批评,说没有画出共产主义运动领袖应有的风采。由此,毕加索和法共的关系开始疏远。即使如此，他对共产党的信念也是坚定的。1956年，赫鲁晓夫谴责斯大林，很多人退党，毕加索却说："我是共产党员，法国只有一个共产党，所以我们永远属于他。"

1956年，中国文艺代表团访问法国，拜见了毕加索。随团的1930年代的"左联"作家李霁野还发表了一首诗歌，题目就叫"致毕加索同志"。

后来，由于政治形势的变化，毕加索同志离我们渐行渐远；再后来，毕加索的形象越来越负面；到了"文革"时期，毕加索和所有被统称为"现代派"的西方画家统统成了腐朽的、资产阶级的艺术家，遭到了口诛笔伐。

应该说，曾经被我们骂得狗血喷头的西方现代派画家，其政治立场一般都是左翼的，或者偏左翼的。他们在政治上都持批判立场，他们的锋芒所向，是资本主义社会以及高度的现代性所带来的人的异化和禁锢。

改革开放之后，毕加索的形象在中国出现了戏剧性的变化。1983年，法国总统访问中国，带来了三十多张毕加索的原作。这次终于让中国人看到了毕加索的原貌。尽管毕加索多姿多彩的私生活仍然是人们津津乐道的话题，同时，他的艺术天才也开始被渲染，以至于毕加索成为一个不断突破自己的代名词。意味深长的是，与1940年代、1950年代相比，这个时候人们看重的是他的艺术，而基本忽略他的政治倾向，也就是说，此时的毕加索只是一个有创造力的天才的画家，而他共产党员的身份被回避了。

毕加索第二次与中国相遇，为当代艺术提供了动力，这就是艺术家自身的启蒙。强调艺术的个性、创造性，强调不断挑战视觉传统、不断突破思维惯性的现代主义精神，对于新时期中国的艺术革命，这是一种重要的思想资源。

只是这一次我们没有称他为同志。

低调现实主义

　　油画家张路江从2011年10月开始,用了三十五天,在广州珠江新城一座还在施工的大楼第二十九层,用写生的方式创作了一幅大型油画《地王的诞生》。

　　从二十九楼窗口望下去,在一片高楼的包围中,是一个完整的城中村——冼村。当然,它也面临拆迁的命运。张路江像画风景一样,画出了这个曾经热闹非凡,如今已空无一人的城中村最后的模样。

　　张路江在广州美院工作多年,后来又考回中央美院读研究生,留在了学校。也许广州生活给他留下了深深的印象,这些年他经常回广州进行创作,这幅画是否代表了他对这个城市的某种眷恋和感伤?

　　在一个机器复制的时代,手工的劳作,冷僻的题材,日复一日的坚持,似乎都是为了等待一种东西的降临:等待传统绘画方式被赋予当代意义,等待一个最普通不过的城市角落给人以史诗般的震撼,等待这种即将毁灭的都市景观为人们发出最后一声叹息……

　　《地王的诞生》是俯瞰式的构图:三面高楼,围合着冼村,整幅画是灰蒙蒙的调子,仿佛笼罩着难以言说的凄清和惆怅。作者有着高超的造型能力和把握空间结构的能力。由于是现场写生,眼前的每一栋楼、每一间房子在画面中都要有交代,在色彩关系变化不大的情况下,要让整个城中村像一群人,让每栋房子都有自己的表情,这不是一件容易的事。

　　这样一件按照传统油画写生创作的作品,它的当代性体现在哪里? 在对社会现实的关注方面,它与传统现实主义艺术有什么不同?

　　最大的不同是"低调"。历史上,大量现实主义艺术作品是高调的,有的是尖锐、犀利的。那个时候,进步和落后,光明和黑暗,界限分明,一目了然。而当代的思想坐标已经不再是线性的二元对立的方式。新与旧、传统与进步、善和恶,不再是非此即彼的简单判断。当艺术家一旦把他描绘的对象历史化、问题化,他的艺术就不再是一种简单的表态。

低调如果用一句通俗的话表达,就是"不装"。如果说当代艺术与过去艺术有什么区别,一个显著的区别就是不装。它倾向低姿态,不拿腔拿调,不主张太把自己当回事;它怀疑、批判,包括自己在内……

《地王的诞生》是低调现实主义的代表,除此,它的当代性还表现在为当代油画开创了一种复合性的创作模式。具体来说,它吸收了公共艺术、行为艺术某些因素,创造了"五个现场"。

第一个现场是被描绘的现场,冼村和周边的高楼。第二个现场,是创作的现场,在第二十九楼,一个视野开阔,正好可以俯瞰全部冼村的地方。第三个现场,是展示的现场。作品完成后,这里变成了展场,在这个未完工的大楼里,观众可以一面观看现实的冼村,一面观看艺术家笔下的冼村。第四个现场,是批评和研讨的现场,油画正式展示的这天,来自全国的艺术批评家在第二十九楼,面对冼村、面对作品、面对观众召开了现场研讨会。第五个现场是影像拍摄的现场,从张路江有了画城中村的想法之后,一直都有影像艺术家跟踪拍摄,也就是说,以上所有现场所发生的事情,都被另外一双眼睛所观看,所拍摄。

五个现场背后所呈现的复杂的时空关系和观看关系,让《地王的诞生》虽然低调,但决不单调。

雕塑何以真实

前不久,在龙岗的一个雕塑方案评审会上,又遇到了真实性的问题。

因为工作的关系,很多次和历史学家、文物专家一起讨论历史题材雕塑的创作方案。搞历史的和搞艺术的碰到一起,总是要纠缠一个老问题,在"历史的真实"和"艺术的真实"之间,孰轻孰重?

其实,这个问题早在古希腊时期,亚里士多德就谈到了。他说,历史学家所叙述的,是已经发生的事,而诗人所叙述的,是可能发生的事;历史学家叙述的是个别的事,诗人叙述的则是具有普遍性的事。显然,亚里士多德为文艺创作的想象和虚构开了绿灯。

文艺思想史上,还有一派是抬历史贬艺术的。柏拉图也是个大哲学家,但他鄙视艺术。他的理由是,艺术是对实际事物的模仿,不过是它的影子,而影子的真实程度当然不可能超过实际事物本身。

有趣的是,这种古已有之的争论,从未止息,它总是以各种方式,一直延续到现在。

在那次雕塑方案评审会上,有创作者画了一组反映龙岗地区历史题材的雕塑草图,其中一件是"东纵北撤"。抗战胜利后,国共签订"双十协定"。共产党同意将南方八个解放区的部队撤到陇海路以北。1946年6月30日,东江纵队及其他兄弟部队2583人,在深圳大鹏沙鱼涌乘坐美国运输舰撤离广东,远赴山东烟台。

对于这样一个历史事件,创作者按照惯例,只能依据有限的资料和历史知识进行"合理想象"。结果,在草图上,沙鱼涌的东纵北撤和"十送红军"没有什么大的区别,无非是一些战士们与老百姓依依不舍的场景。

在场的历史学家和文物专家对此提出了许多细节问题,例如建筑、景物、人员服饰、武器装备等等;例如,东江纵队的军帽是五角帽,不是八角帽,这还是第一次听说。总之,专家主张要严格按照历史原来的样子,还原东江纵队北撤的场面。甚至某些真实的历史人物,都要按照他们当时的样子塑造出来。

若要完全忠实历史,问题也不少。当时的北撤是在国民党军队的监视下进行的,有许多国军官兵活动其中;另外,想把事件交代清楚,画面中出现美军登陆舰,就一目了然了。可是,专家们又不主张让这些内容在雕塑中出现,这又无意中应和了雕塑的"正面性"这个老传统。囿于传统观念,历史学家也默认了雕塑可以有一些不完全照搬历史的特权。

更有颠覆性的是来自亲自参加了北撤的东纵老战士的回忆,他们所说与眼前的雕塑草图几乎没有相关之处。当时北撤的东纵部队没有军装,没带任何武器,就是一身老百姓的打扮。这位老战士从参加东纵起,就没有戴过什么五角帽,穿过军装。当时美军登陆舰离岸很远,他们是涉水上去的,登上船,身上湿淋淋的,国民党军医抓住就打防疫针……

如果根据老战士的回忆,严格地回到历史真实,这雕塑怕是做不成了。东纵北撤,目前尚有目击者,那北伐呢? 辛亥起义呢? 鸦片战争呢? 那些历史题材的文学、绘画、雕塑,是以什么作为创作依据的呢?

其实,就是同一个场面,不同的目击者也会有不同甚至相反的描述。若访北撤时的国军、美方,他们会如何说? 谁的描述更真实呢?

都是一种想象和建构的方式,所以,历史和艺术就别掐了。

在香港看电影

知道香港有个国际电影节,还是好几年前一个媒体朋友告诉我的,每年电影节只要有可能,他会专门到香港看一个星期电影。呵呵,那时候深港之间的来往还没有现在这么方便,如此痴迷,算骨灰级了吧!

今年,有机构邀请,我也去香港参加了第三十六届国际电影节,主要活动是参加开幕酒会,第二天看一场由专业影评家挑选的一部法国片子《夏娃的身体》。

电影节专门出了一本册子,放置在酒店的各个楼层,来自全球的二百多部参展电影都有简要介绍,还有展播影片的所有影院,每场放映时间,购票方式等等,方便得很。

时间很充裕,专门来一趟香港只看一部电影,似乎不过瘾。在册子上找,发现香港天文馆离所住酒店很近,它也是一个放映点。那天上午,奔天文馆去,先开点小灶。

天文馆前后放映的两部片子可以考虑,一部叫《小娜娜》是部法国片子,还有一部是印尼片《老爸离家企街去》。售票处的告示很清楚,在开映一个小时前,在此处售票,若提前购票请到香港文化中心票房。赶紧过去买票,说是买中午天文馆电影票,付款的时候,让我惊讶,只需三十二港币,比深圳便宜一半还不止。

下午一点,按票上指引,进了何鸿燊天象馆,发现是全天域环形影院,进门后,领座员用电筒将一束细光直射在你的座位上。座位也很舒服,扶手下面,是个滑动的小匣子,里面是一个提供多种语言翻译的耳机。如此讲究,内地影院似乎还没见过。

电影开始了,才发现摆了个张冠李戴的乌龙。这是一部纪录片,名为"天生爱自由",讲两位动物学家印尼和肯尼亚保护红毛猩猩和大象的故事。怪不得场内坐了这么多小朋友呢!好在片子拍得很精彩,画面、音响都是一流的,看看也挺好。

出来后,发现一楼演讲厅才是本次电影节的放映场所。可能是我买票的时候没有说清楚。《小娜娜》看不成,看《老爸离家企街去》时间还赶趟,当时正在进场,到售票厅一问,结果票已售完。

不甘心地在售票处周边东瞅瞅,西看看,马上有了新的发现。原来,电影节出了告示,从昨天开幕以来,电影节组织机构认定了十多部三级片,十八岁以下的人士不可以观看,而《老爸离家企街去》赫然也在三级片的名录中。懊恼之中不无恶意地想,这场票卖得如此好,是否正是沾了三级片的光呢?

《夏娃的身体》在国际广场放映,这是垂直城市的典型。影院在七楼,看完电影吃晚饭,餐厅在二十五楼。没有逐层细逛,反正在电影院周边的上下几层,都是商店、酒吧、餐饮,这种建筑模式相当于把一条街道竖起来。

片子是法文原版,有英文字幕,说话快了,有些地方就似懂非懂。这是典型的欧洲文艺片,细腻而敏感;不像好莱坞电影,热衷情节、动作、场面。一个叫夏娃的女孩,是个聋哑学校教师,男朋友莫名其妙地自杀,自己又发现怀孕了。不光是她,她家三姐妹都被生命、爱情、身体、家庭这些事情困扰,纠结不已。

看完了,大家纷纷反映,电影是好,就是没怎么看懂。无论如何,片子里的那种忧郁、焦虑的情绪大家是都能感受到的。这部片子的观众人数很少,冷气却过于充足,票价仍然只是深圳的一半。

写给胡博

胡老师：

那天要不是黄河的短信"胡老师远去了"，不知道你就这么悄悄地走了，一点动静都没有。

过了几天，韩小囡电告，这是你的遗愿，不惊动任何人，不搞任何仪式。其实我特能理解，符合你超脱的性格，云淡风轻，澄澈清朗。

没有去送你哦！如果你不介意，我也宁愿在脑子里保留医院里最后见到你的样子，那时候你还能说话，说你新书的事情。所以，就算没有看到睡着的你，我也释然，套用流行的句式：送还是不送，缘就在那里，不了不断。

说心里话，胡老师，不要看现在咋咋呼呼、装神弄鬼的人不少，真正大彻大悟、参透生死的能有几人？所以在这一点上，我特别佩服你。什么叫超然度外？你想活着，最后把书出了，可以忍受一次次手术和放疗的痛苦，甚至可以把吐出的胆汁再喝下去……当你觉得要做的事情基本了结，可以主动放弃治疗，选择彻底解脱，了断尘世的羁绊。

超然物外，将生死控于自己的掌心，这才是真正自由的境界。再说了，在另外一个世界，你可以见到一些久违的亲人，特别是又能天天和毛老师在一起，每天再也不用吃药、打针，这不也是你希望的吗？

现在人们都把死后的葬礼办得如何隆重，悼词写得如何动听，吊唁者的地位之高看作是对一个人最终的盖棺论定，其实大谬不然！

天地之间，人的显赫排场终不过是过眼烟云，身外之物。只有能够留驻在人们心里，被人长久记挂的人，才算真正立了一座丰碑。

胡老师，还记不记得1999年，你在湖南美术出版社出第一本小画册的时候，居然让我这个晚辈为你写推介词，我当时是这么写的：

孔夫子曾经这样说过："知之者不如好之者，好之者不如乐之者"。"知、好、乐"是三种不同的知识态度。对于雕塑艺术，则有类似的三种境界，即：它可以是一门通过学习而掌握的技艺；可以是超越了技艺和手段的一种个人爱好；还可以是一种让人获得极大快乐的人生方式。

我对胡博教授最为推崇的，是他对于雕塑艺术的那种"乐在其中"的态度。在我的感觉中，胡博先生对于雕塑是悠然的、恬淡的。他没有"雕塑只为稻粱谋"的那种紧张；没有因为喜好而急于求成的那种刻意；他总是神闲气定，从容不迫。我猜测，他与雕塑艺术之间的这种轻松的关系，一定蕴藏了一种与谋生、与功名迥然有异的内在的快乐，这种快乐的闲适和自在让人羡慕不已。

真巧，我们相识到今年整整二十年了。还是1992年首届当代青年雕塑家邀请展上，你和广美的黎明等人到杭州来，就在那个展览上，我们第一次见面。当时你都是老先生了，还千里迢迢赶来参加年轻人的活动，当时也就仅此一例吧。

这两天，利用假期在杭州阅卷，住在美院。今晨五点不到，突然醒来，居然想到了你。我想，是时候了，马上起床打开电脑，把想对你说的一些话写下来。

知道你喜欢杭州，它不仅是你度过了五年大学生涯的地方，更是你精神的家园，这个城市与你超脱恬静、云淡风轻的气质是那样吻合。

此时，天已大亮，窗口望去，你最喜欢的南山路，笼罩在一片绿影和轻雾中——杭州的夏天就要来了。你呢，在那边还好吧！

此致

孙振华

2012年5月1日清晨于杭州柳浪闻莺

公共艺术的新思路

今年4月，随同中国雕塑家考察团在美国纽约看到了两个著名公共艺术案例，它们代表了美国当代公共艺术的新思路。

一个案例是纽约高架铁路公园，这是一个城市重建、变废为宝的样板。

在纽约切尔西地区有一条在1930年建设的高架铁路，它联通肉类加工区和哈德逊港口，是一条铁路货运专用线，总长约2.4公里。这条高架铁路的修建，大大改善了该地区的交通安全状态。

1960年代以后，由于运输方式的改变，铁路交通运量急剧下降，到1980年代，在最后一趟列车运送了三车皮冷冻火鸡之后，这条高架铁路线终于寿终正寝。

废弃的高架铁路长满野草，一片荒芜。从1980年代中期开始，就有居住在高架线之下的居民，要求政府拆除高架铁路线。然而，也有另一些市民反对拆迁，呼吁利用高架铁路，将它辟为公共开放空间。

经过多年的努力，到2002年，保护的呼吁终于得到了纽约市议会的支持。之后，纽约市斥资一亿五千多万美金，对高架铁路进行了改造利用。

经过国际招标，共有36个国家的720个设计团队参与了设计。2006年，改造工程开始动工，到2011年，先后有两期工程对公众开放。

原本是废物的高架铁路，经过设计师和艺术家的改造，成为一个线性的悬浮在城市上空的公共艺术公园。市民对公园反响之热烈，大大超出了建设者的意料。原来铁路上的钢轨得到了保存,这是一段历史的记忆。沿着高架铁路线,是步行道、残疾人通道、雕塑、当代艺术小品、草坪、台阶座椅;它还有保留改造前生态的"切尔西灌木丛"和"野花花坛"。这里的灯光全部隐藏在膝盖以下的高度,它们柔和均匀,从空中看去,像一条流动的光带,穿过周边的楼群。

改造后的高架公园成为当地的地标。在高架公园沿线,出现了无数的艺术家工作室、画廊、文化机构、酒店和娱乐设施。目前,这个片区成为纽约市增长最快,最有活力的地区;它的建设,充分证明公共空间的改造和艺术、设计的介入,能够成为激活城市的重要方式。

另一个案例是"9·11纪念碑"。事实上,我们不知道是不是应该把这件作品叫作纪念碑,或者是不是应该把它称作雕塑?只是,站在作品面前,称谓已经不重要,重要的是它所具有的艺术震撼力。

2003年11月,美国公布了入选世贸中心遗址纪念碑设计方案决赛的八个设计。这些方案是由13人组成的评审委员会(包括著名的华裔公共艺术家林樱)从63个国家的5201件作品中选出的。最后,由建筑师迈克·阿雷德和环境设计师彼德·沃克两人共同设计的《反射空缺》从参赛作品中脱颖而出。

《反射空缺》的纪念碑对应双子座遗址,采用了负空间的概念。实际是在倒塌的大楼的基座上,向下挖出了两个方形大坑。每个大坑四面围着黑色的石墙,上面刻着所有罹难者的名字。方坑中间凹陷,水沿着墙壁向下流淌,形成一个湖,流进中央的洞里。永不停息的流水,奔腾轰鸣,它象征9·11的眼泪,也象征生命的活力。

评委会对《反射空缺》的评价是:有力、清晰地描述了世贸遗址,把世贸大厦被摧毁后留下的空洞作为损失的主要象征。这些洞至今仍然空缺,留给人无法抚平的创伤。

美丽的敌人

电视剧里的女特务们现在变得越来越漂亮了。

有天晚上临睡前,随手把电视调到了一部谍战片,发现片中最大的特务头子、国民党军统处长居然是个年轻的大美女。倒不是说女特务的外表一定要长得丑才可以,但如此年轻漂亮,总是让人心生疑惑,怎么可能呢?

好奇地看了半集,又接着看了连续播出的下一集,对这个女特务头子总算有了基本了解。一般来说,现在电视里面的女特务们都受过很好的教育,才色双全;当然,尽管美貌如花,内心却专断、冷酷、无情。我那天看到的女特务,与一般女特务还有不同,还是个孝女。当她劝自己寡居的母亲离开即将面临战火的城市时,一副居家打扮,苦口婆心,完全是一个悲悯孝顺的小女子。她不光有孝心,还痴心,面对一个多年苦苦追求的特务同事,她居然爱理不理,心里却痴迷上了潜入蒋军高层的我军侦察员。如此痴情,哪像个刀口舔血的女魔头呢?

类似的情况还有,过去的抗日影视剧,日本女性一般只是充当家属、艺妓之类的角色。现在她们的身份开始变了,特务、间谍越来越多,不少还是智勇双全的特务头子。这几年,在我有限的观看经验中,多次发现美丽的日本女特务,她们穿军装、挎洋刀,英姿飒爽,威风凛凛,不是"梅机关"的,就是"特高课"的。

地球人都知道,所谓电视剧,不就一个"编"字吗,干吗要和它较真呢? 只是,不同时期,对女特务的不同编法,却折射出了社会风尚的变化。

现在是一个美女风行、整容拉皮的时代,美丽敌人的大量出现,说明女特务们在时尚面前也丝毫不甘落后。她们要表现敌人的坏,还要兼顾女人的美,这些新型的女特务们悄悄地颠覆了我们过去关于敌人的叙事,使敌人也变得与时俱进。

我们小时候可不是这样的!影视中的女性敌人,像特务啊,秘书啊,姨太太啊,最突出的特点就是浓妆艳抹,性感风骚。在我的记忆中,最早有印象的女特务是电影《铁道卫士》中伪装成餐厅服务员的特务,她的著名台词"海外来人啦",曾经被我们一遍遍地模仿、取笑。她的长相和打扮就是一副坏人胚子:少见的烫发、颧骨很高、说话拿腔拿调,种种特征,都符合那个时代"坏人"的标准。

有意思的是,对敌人脸谱化的表现似乎并没有达到目的,那些性感风骚的女特务,反而成为很多少年迷恋的对象。我有一个雕塑家朋友,用陶瓷做了许多穿旗袍的性感美丽的女人,没有头,没有手臂,只塑出了穿旗袍的躯干、修长美丽的大腿和高跟鞋。他在谈创作灵感的时候说,在少年时代,给他印象最深的女性是电影里的女特务或者女秘书,她们烫头发,穿旗袍、高跟鞋,说起话来嗲声嗲气。他认为这才是有魅力,最迷人的女性。女特务的形象深深地镌刻进了他少年的记忆中,直到终于用雕塑把这种感觉表现出来。

脸谱化的女特务让过去时代的观众省了很多心,是好是坏一目了然;现在,好女人、坏女人在外表上的同质化又让少年省了很多心。过去坏女人的那些特征:烫发、口红、旗袍、高跟鞋都成了今天的审美常态,屏幕上性感女人多得是,倒省去情窦初开的少年,把女特务揣在心里,一揣就是二十年。

无冲突模式

和一个画家朋友聊天,他问我看了电影《桃姐》没有?我说知道这部电影,但还没来得及看。他一听很替我着急:"怎么还没看呢?当时看也许觉得平淡无奇,看完后却挥之不去,晚上睡觉想起它居然还流了眼泪。"

他的评价,引起了我对《桃姐》的兴趣。许鞍华的电影过去看过《天水围的日与夜》,这次刘德华和叶德娴主演的《桃姐》和它相比有什么不一样吗?

晚上,在网上看完了《桃姐》,发现它和《天水围的日与夜》属于同一类型,如果说它们最突出的特点,我以为就是许鞍华在她的电影中创造了一种具有突出个人特色的无冲突模式。

戏剧理论(电影同理)中一向都强调冲突的重要,一有冲突就有矛盾,一有矛盾就有好戏看了。《桃姐》在故事情节上,基本是无冲突的,平凡无奇的普通人物,过着平平常常的日子,遭遇到一些生活中最常见到的问题……既不惊心动魄,又不扑朔迷离。连故事都不好讲。

然而许鞍华的这种无冲突模式以一反我们非常熟悉的所谓"故事性"或者"情节性"而取胜。在《桃姐》中,罗杰(刘德华饰)的母亲从美国回来了,我们可能心想,戏剧性的情节可能要出现了,这个阔太太或许就是作为罗杰的对立面出现的,她会嫌弃桃姐、鄙视罗杰的行为。结果不是这样,她对桃姐很好,她全家人都对桃姐很好,不要指望在这个片子中看到惯常的主仆间的阶级对立。

桃姐被送到养老院的时候,蔡小姐出现了,我们的神经又开始紧张,常识开始暗示我们,这或许是个唯利是图的人,或许要虐待、欺负可怜的桃姐;可后来的剧情表明,蔡小姐同样是个善良、有人情味的主任,她对桃姐并没有什么可挑剔的地方。

和桃姐同在一个养老院的坚叔厚着脸皮骗桃姐的钱去泡妞的时候,我们心想,对立面终于出现了,桃姐和坚叔的冲突一触即发。结果,期待又落空了,坚叔充其量也就是一个有点小瑕疵的人,其实桃姐早就知道他"借"钱的目的了,只是桃姐给他留个面子而已。

就这样,《桃姐》一次次以它的平凡、日常、真实的生活情景,打消了我们长久以来所形成的"戏剧即冲突"的期待,硬是凭着对人性的真实揭示和那些动人的无冲突的人与人之间相互关系,让普通人的平常生活温暖了我们的心。

如果硬是要在《桃姐》中可以找到可以称之为"冲突"的东西,也不是没有,那就是人与不可抗拒的生老病死的宿命之间不可调和的冲突。这是永恒的冲突,也是无冲突模式终究能打动人的基础。

当桃姐第二次中风,又患上肺气肿,罗杰征求医生的意见后,冷静地同意逐渐减缓对桃姐的用药。他在电话中说,我们确实已经不能帮到她什么了。罗杰对医院说,他要去内地拍片,如果桃姐去了,先把遗体放在太平间,等他回来后处理。

这是我非常欣赏许鞍华的地方。如果让其他导演拍,要不是特煽情,要不就是把刘德华拍成雷锋。"无冲突模式"难处和闪光处都在于,没有离奇、夸张的故事和行为,主人公的行为并不站在一个道德高地上,只是控制在普通人所能够承受的道德阈限内,同时还要好看,这对一个当代电影导演而言,是相当不容易的。

让徐洁告诉我们

深圳是个典型的"英雄不问出处"的城市,有的朋友认识了很久,吃了很多次饭,可并不知道对方的来历,也不知道对方具体的状态如何,例如徐洁。

前不久徐洁又在张罗饭局,说是想请一帮老朋友聚聚,放一些图片给大家看,这样的饭局以前有过好多次了。饭局上,先是放了张之先在无锡收购的一批清末民初的雕花木床的照片,然后滚动播放徐洁的作品。

到这个时候,徐洁才告诉我们,这是她画册的照片,今天九月,她将做一个展览,想听听大家的意见。

我猛然想起,认识徐洁都十多年了哦!只知道她是个书法家,以教授少儿书法为职业,参与了民盟、书协等无数的公益活动,在几乎所有朋友的展览上都能看到她,也多次收到她举办的女子书法活动的书刊,为什么没想到徐洁还没有举办过个展呢?

以前,只知道徐洁以草书见长,在朋友圈里,她年龄比我们都小,以小妹自居,极其低调。我们的聚会永远在饭桌上,当一帮人高谈阔论的时候,她似乎总是在倾听,总是在学习,总是在服务,极少讲话,几乎不介入争论,时间长了,真是有点将她忽略了。

从她放的图片中,看到了另一个徐洁。在讨论她作品的时候,她一反常态,侃侃而谈,充满了自信和豪气,全然不像我们过去所熟悉的那个安静、娴淑、内秀的浙江女子。我全然不知徐洁创作的巨大变化是如何发生的,她已经从书法的路上出走,走得很远了。她的这一批作品,有传统的草书,更多的是打破书法边界的实验性的作品,有的如抽象水墨,有的如观念绘画,有的如民间痕迹很重的图案……它们色彩斑斓,不拘一格,从心所欲,汪洋恣肆。

我向她建议,她的有些作品其实类同装置艺术的方案,完全可以考虑把它们立体化、空间化,做成软雕塑;她说,她也正好有此意,在展厅里,会出现立体的作品。"展览作品如何命名呢?"我试探地问。徐洁以十分肯定的口气说:"我为它们起了一个名字叫'书象'。"

徐洁眼下的创作状态让我吃惊,她正处在创作的高峰,早已不再考虑什么"法度""规矩"了。这些日子,她的想法源源不断,她所能做的,就是每天工作十多个小时,尽量把它们释放出来。

有个展览真好,它让徐洁告诉我们,她经历了怎样的求索、寂寞的路程。来深圳这么多年,她无怨无悔,从不放弃的结果又是什么。

从她的博客里,从其他朋友的文稿中,我在头脑里慢慢出现了关于徐洁的完整拼图,原来,她竟是一个"熟悉的陌生人"。

徐洁家学渊源,祖父、父亲都是浙西书画名家,其父亲早年毕业于浙江美院。她幼年除受家庭书画熏陶外,个人竟然是习武出身,做过武术运动员,在她十八岁的那年,居然因为书法特长而调入深圳,这是她个人的传奇,又何尝不是这座年轻城市的传奇?

来深圳以后,徐洁和年轻的城市一同成长,应该说,在某种程度上她见证了这座城市文化的发展。大家都说,深圳适合创业,但未必适合艺术家生存。然而,徐洁坚持住了,其中甘苦,只有她自己知道。

我想,在徐洁告诉我们的同时,这座城市是否也应该反思,我们为徐洁们做了什么? 怎样才能做得更好?

谁来关注市场之外

这些年,一些精明的艺术品收藏者、经营者把目光盯在了美术学院应届毕业生的作品上,老实说,这还真是眼光独到。

相对于那些已经炒到天价的大腕而言,应届毕业的本科生、研究生谈不上有名气,缺乏要价的资本;但是,没名气绝对不能成为小觑他们的理由。对于许多毕业生来说,他们的毕业作品可能是倾注心力最多的,其中有些人的作品甚至可能达到他们一生创作的最高峰。

另一方面,从长远看,未来的大师也在这些青年学子中间,提前将他们的作品收入囊中,对于艺术投资来说,是一个拿小钱换大钱的好买卖。

怎么才能拿到这些作品呢?办展览呗!找一个名目,出点钱,请一个策展人,做个毕业作品展,出本画册,颁个奖,讲究一点还开个研讨会什么的。展览之后,这些作品就被堂而皇之地"收藏"了。

参展的学生得到什么好处呢:有了一个参展记录,作品被收录在画册里,有些获奖作品还得到一点材料费的补偿,对于一些经济并不宽裕的学生来说,也可谓小补之哉。

毕业作品参加社会展览,对部分学生,特别是学雕塑的学生而言,也算是为作品找到了一个归宿,看起来这是一个双赢的办法;其实,对展览的出资人而言,这是一个巧妙的擦边球,是一种不完全的市场行为,以不花钱,或者超低的价格就收藏了学生作品,这种不对等的关系多少有点"巧取豪夺"的意思。

当然,这种不对等也只是过渡性的,现在,有些名校雕塑系的学生也敢于叫价了,他们的毕业作品更大、更精致、更真材实料,当然,没有一个像样的价格，谁也拿不走。

目前，对于艺术院校的毕业生作品，除了艺术市场的途径，还有没有其他途径来关注市场之外的东西呢？毕竟，毕业作品是风向标，它们能较为准确地揭示出这批年轻人的所思所想；另外，不同院校、不同地域的毕业生作品一旦集合在一起，既可以反映出高等艺术教育中许多带有普遍性的问题，也可以看到相互之间的差异和特色。

从2008年开始，迄今已连续举办了四届的"曾竹韶雕塑艺术奖学金获奖及入围作品展"开创了一个非市场化运作的范例。展览以著名雕塑家曾竹韶先生命名，利用社会赞助的费用，为全国十大美术院校雕塑专业应届毕业的本科生、研究生提供一个展示、交流的平台。

这个展览刚刚开始举办的时候，毕业生作品展模式已经不再新鲜，可是，由于这个展览不收取任何费用，不收藏作品，展完后悉数奉还的纯学术姿态，很快就赢得了人心。做了一届之后，其他院校马上就出现了要求加入的呼声，到第四届已经扩大到十八所院校。目前，第五届展览开幕在即，新一轮呼声再起，要求把展览扩展到全国。

就展览性质而言，它只是一个由基金支持的民间展览，它之所以在各种展览多如牛毛的今天脱颖而出，全靠公信力和恪守游戏规则。展览承办机构中央美院雕塑系曾经遭遇过全军覆没、没有奖项的尴尬时刻，但是他们也没有因此给自己放水，而是如实发布。可见，在一个将赞助者、主办者、参展者的权责边界划分得清清楚楚的展览中，完全可以让市场的归市场，学术的归学术。

雕像的背后

今年7月26日，法国蒙彼利埃市"20世纪广场"竖立了一座毛泽东塑像，这可能是欧洲城市广场中唯一的一座毛泽东像。作为"20世纪历史人物"十座塑像中的一座，它和列宁塑像一样，在揭幕后立即引起了左、右两派的激烈争论，这种争论正好印证了毛泽东说的："凡是有人群的地方都有左、中、右。"

塑像作者是法国雕塑家Cacheux，可惜，他去年去世了。这是一个西方左翼艺术家对毛泽东的想象。在作者眼里，毛泽东是个罗宾汉式的杀富济贫的英雄，所以，他一身战士的短打扮，穿着军装，扎着腰带，居然还绑有子弹带，这和毛泽东真实的装束应该相距甚远。在我们的印象中从来没见过毛泽东扎腰带的照片，据毛泽东自己说，他一生几乎不摸枪，只是在年轻的时候，一度投靠"新军"，背过几天大枪。但是，这位雄心勃勃的青年诗人很难适应军旅生活，于是很快离开了。不过，塑像振臂高呼的神态和青年毛泽东还是有几分相似的。

据说，蒙彼利埃市塑造这十座雕像总成本高达20万至40万欧元，那么，花了这么多钱，还惹来一堆争议，这是何苦呢？

蒙彼利埃市长说："历史永远有争议，最重要的是公开辩论。"支持立像的人则认为：塑像是对历史而非对历史人物致敬；这些历史人物的塑像仅仅因为其在20世纪和当代历史的重要影响而入选，可以在当地起到普及当代史常识的作用。可见，蒙彼利埃城市虽然不大，但从塑像可以看出，它有胸怀全球的格局，它着眼的是20世纪的世界史，而决不仅仅只是自己家的柴米油盐。

再看中国，辛亥革命后到1966年以前，竖立塑像最多的当属孙中山，当时绝对是"重大题材"。老一辈的雕塑家几乎都做过孙中山雕塑，中国的大城市也几乎都有孙中山塑像。到了1966年8月，清华大学标志性建筑"二校门"因为"四旧"被拆，原址上竖立起全国第一座大型毛泽东塑像，由此开始，形成了全国性塑像热潮。在十年"文革"中，毛泽东塑像的数量应该远远超过了孙中山。不过，在此之前，毛泽东本人倒是一直反对为自己塑像的。

改革开放以后，大规模的领袖塑像停止了，取而代之的，是一些没有什么意识形态意义的抽象雕塑，或者装饰性雕塑，这应该是对"文革"造像热潮的一种反拨。当大规模的城市拆迁、扩张开始之后，新的城市广场或步行街，出现了大批"民风民俗"的市井生活雕塑，有人斥之为俗气。从另一角度看，这种"俗气"的背后是否又寄托了一代人对"前现代"城市生活的某种缅怀呢？

最近，湖北襄阳市建"郭靖黄蓉雕像"的事又引起了网上热议。为虚拟的小说人物做塑像是否合适？大家众说不一。其实，这座雕塑背后所传达出的信息决不仅仅是符不符合历史真实的问题。作为一个媒体广泛关注的事件，它至少说明了两点：第一，"流行文化""娱乐文化"对公共塑像的深度渗透；第二，中国有公共塑像以来，从孙中山、毛泽东到装饰风格雕塑和抽象雕塑，到民风民俗，再到"郭靖和黄蓉"，雕像的变化，呈现了中国社会越来越趋于世俗化的现实。

这些就是我们所看到的塑像的背后。

让雕塑动起来

一座目前在国内还不多见的动态雕塑《雨露》新近在深圳火车北站的西广场落成。

火车北站是深圳重要的交通门户,城市轨道交通部门考虑在车站广场设立大型公共雕塑的时候,希望能有一座新颖、独特,能够代表深圳青春、时尚、活力的雕塑来展现城市的形象。结果,上海雕塑家罗小平的方案在众多的竞争方案中以动态的方式和独特的视觉效果而一举中标。

目前,世界上动态雕塑分为两大类,一种是通过机械或电力作为动力,带动雕塑运转;另一类是通过生态的风、太阳能的方式作为雕塑的动力。罗小平的设计采用了综合的方式。在一般情况下,《雨露》可以依靠自然风力带动雕塑表面的叶片运动;在有特殊需要的时候,它也可以通过马达来进行较大幅度的运动。

《雨露》的外形是一个由数千片不锈钢叶片组成的椭圆形球体,它设置在西广场的一片水池上,当微风吹过,敏感的叶片会不断晃动和闪烁,像无数的星星在眨眼,也像无数的雨点落在水面上……尽管叶片都是不锈钢材料,但由于每块叶片在晃动时的不同角度,折射景物和光线也不相同,使整个雕塑产生了丰富的色彩变化。当然,在它利用机械进行传动的时候,它闪烁的幅度和变化会更多,也更加丰富。

将运动引入雕塑中,对艺术家而言,是一种冒险,也是一个考验。目前国际上有专门的动态雕塑协会,一批有志于此的艺术家在专门研究动态雕塑的各种艺术和技术的问题。在中国,动态雕塑非常少见，原因是：这是一个新的领域，能够驾驭它的雕塑家不多；同时，人们适应它、接受它也还有一个过程；还有，在技术上，它存在种种难题，这些问题往往并没有现成的解决方案，需要针对每座雕塑的实际情况进行探索；最后，它建成后的维护也是个大问题。所以，目前在中国涉足动态雕塑的艺术家十分罕见。

罗小平是一个从国外归来的艺术家，他向来以敢于实验和探索而闻名，他对动态雕塑的选择就是他那种孜孜以求的探索精神的表现。

在古典的雕塑观念中，雕塑是静止、凝固的。让雕塑动起来，这是工业时代的产物。动态雕塑突出的特点就是将艺术与科学、艺术和技术结合在一起，让时间的维度进入雕塑领域，从而增加雕塑的吸引力，也调动观众的欣赏热情。动态雕塑可以为城市公共空间增添动感和生机，使它更加具有活力。

深圳第一座动态雕塑《雨露》在深圳北站广场悄然出现，它体现了这座城市生生不息的动感。对于南来北往的旅客而言，这种新颖独特的方式，正好吻合了这个城市敢闯、敢试、不断开拓创新的精神。

人们总是说，城市雕塑是一个城市精神的象征，《雨露》在深圳的出现，在某种程度上象征了深圳渴望不断开拓、追求新的可能性的精神诉求。从城市雕塑本身来看，在科学技术日益发展的今天，它也只有不断在材料、工艺上进行尝试和突破，才可能取得更大的发展。由此看来，动态雕塑《雨露》在深圳的出现，也是近年来中国城市雕塑领域在动态雕塑方面的一个突破。无独有偶，深圳还有另一座动态雕塑也即将在北站东广场与《雨露》遥遥相对，就让我们拭目以待吧！

市场上的"雷锋"

今年春天的时候,我来到长江边的一座小城,清早起床散步,路过一个市场,蓦然发现了一座雷锋塑像。

我很惊讶,它太不"搭"了,拿专业的话说,就是和环境太不相配了。这是一座高约六十厘米的雷锋胸像,它的基座居然是马路边一个两米高的配电箱,配电箱上,用红色油漆写着当地一个侦探所的名称,然后是电话号码。塑像的右后方,是一个汽车修理店;左后方,是一个花木店,视线往两边再扩展一点,更热闹了,形形色色的招牌、各种各样的小店铺……

这叫什么城市雕塑呀!我相信许多有"艺术洁癖"的人,可能会大声疾呼,为什么不把它拆掉!

但是,细看这座雕塑,居然又有一丝感动,感动它的淳朴无华,感动它的自然自在,感动它的民间气息。这座雕像一看就是出自民间艺人之手,它不是"学院派"的做法。它是照着照片慢慢磨出来的,而不是从人的头部、面部、胸部的结构关系出发塑造出来的。所以,它自然也不符合"学院派"的技术标准。塑像材料也看不太清楚,很可能是玻璃钢上漆,反正,这是一个纯白色的笑眯眯的"雷锋",戴着一顶单军帽。由于雕塑的白色,同样是用红油漆描出来的领章帽徽就显得非常突出,给人很强的视觉张力。

看得出来,作者在塑这尊像时是非常用心的,他竭力要把雷锋做像,所以"雷锋"的辨识性其实很强,一眼就能够被人们认出,这是雷锋。同时,由于认真,雷锋微笑的神态带着一种淳朴和憨厚,它并不因为居于如此简陋的环境就变得惨不忍睹;相反,塑像与环境的"混搭"所产生的强烈反差,反而让我们觉得雷锋的塑像在这里让人感到有一种平常的、亲切的魅力。或许,在这个熙熙攘攘人人都在为利益而奔波忙碌的市场,这座草根艺人塑造的雷锋,更容易让市场上的人们产生雷锋是自己人的感觉。

前不久,有网络媒体组织网友投票,评选国内最差十大雕塑,结果弄得风生水起,争议不止。正是因为网络评选中的争议,让我想起了这座市场上的"雷锋"。

按照不少网友要求清除视觉污染、纯洁城市空间的逻辑推衍,城市公共空间最理想的状况,就是城市雕塑的创作权永远只能被一小部分人拥有,这一小部分人就是所谓的雕塑大师和精英,只有他们的作品才有资格占据城市公共空间。这种逻辑如果推向极端,很可能产生这样的结果:民间艺人,对雕塑有兴趣业余爱好者,根本就不具备创作城市雕塑的资格?

或许有网友会说,城市公共空间并不是排他性的,不管是谁,只要他作品做得好,符合要求同样也是可以参与竞争的。那我们又要问,什么才叫做得好呢?这个好的标准是单一的还是多样性的?例如非洲木雕,例如巴厘岛上的石雕,例如许多少数民族的雕塑,如果不是因为特别的需要,拿现有标准衡量,是很难进入城市公共空间的。

问题在于,城市公共空间只允许清一色的高水准、高标准的雕塑作品进入,还是同时允许一些另类的多样化的作品存在?例如一些民间的作品、地方性的作品,例如一些创新性的、不合常规的实验作品。

太"干净"的城市公共空间,容不得一点杂质,是不是就好?

弃石雕塑

当人们越来越意识到城市发展不能离开文化,应该重视城市雕塑建设的时候,反而在知识界,原先大声疾呼要发展城市雕塑的那些人中间,有些人态度却发生了变化,出现了取消城市雕塑的声音。

一位知名学者在网上发文,"为建设一个没有城市雕塑的城市而奋斗",虽然有点调侃,但对城市雕塑的不满是显而易见的;还有一个著名批评家也发表了"三年不建城雕"的言论。这些意见如果是对城市雕塑的反思,那他们的意见主要是基于对城市雕塑质量的失望。由于城市雕塑建设机制的落后,一个良好的愿望往往落空,城市雕塑变成城市垃圾,成为城市的视觉污染。

当然,取消城市雕塑只是这些学者们的激愤之词。事实上,除了质量之外,城市雕塑还有一个巨大的隐忧:人们开始意识到,我们必须建设一个生态文明的社会,对城市雕塑而言,需要反思的是,它如何才是可持续的。

城市雕塑在某种意义上说,它一直是伴随着对木、石、金属等物质材料的占有和消耗而发展的。然而,大自然的资源终究有限,例如,在过去著名的大理石产地,例如房山,现在就很难寻觅到古代那种优质的汉白玉材料了。至于古代常见的巨大的金丝楠木现在也成为一种不可企及的材料。在这个意义上说,改变观念,接收新思想已经势在必行。这是由于:其一,古代的许多雕塑材料在今天已绝迹或日渐稀少;其二,今天我们还可以大量使用的雕塑材料,从长远看,也会有用尽的时候。到时候,不需要别人来取消城市雕塑,由于资源和材料的不可持续,城市雕塑也会自行取消和大大压缩。

怎么办？唯有另辟蹊径，建立起新的与生态文明相匹配的雕塑材料观，唯有抱着敬畏自然的态度，小心翼翼地使用雕塑材料，最大限度地发挥材料的可能性，物尽其用，才能让大自然馈赠给我们的雕塑材料使用得更长久一些。

更重要的是开源，开辟新的材料途径，使用替代性的材料，这应该是将来雕塑能延续下去的主要途径。其中，一种方法这就是变废为宝，化腐朽为神奇，让废弃的物质材料重新获得艺术的生命。

过去，雕塑界用废弃金属材料做焊接雕塑的比较多，而利用废弃石头做雕塑的还较为鲜见。最近，在东南沿海的石雕之乡福建惠安，出现了一种新的动向，石雕艺术家和石材加工行业的企业家联手，开始尝试组织"弃石材料作品"的创作。

当地，有大量石材加工企业，在生产过程中会产生大量的废弃石材，这些石材过去是累赘，但是，一旦转换思路，把这些弃石利用起来，作为雕塑的材料，它们同样可以具有丰富的艺术表现力。

于是，他们连续举办了两届"弃石材料作品展"，引起了雕塑界的关注。今天，当许多雕塑家还在以大量地占用优质的石质材料创作作品而感到荣耀的时候，这些艺术家开始退一步，审视那些被淘汰、被遗弃的石质材料，利用它们进行创作。

应该说，利用弃石，这一良好的创意和实践，为中国当代雕塑在生态化的方向上开出了一条新路。

水墨西湖

　　董小明先生擅墨荷，他以"半亩方塘——水墨综合媒介作品"为研究课题，坚持十余年，成就斐然。近年，小明先生仍运用水墨综合媒材的方式，将杭州西湖所为表现对象，以"潋滟空蒙"为题，开辟了新的创作领域。

　　这些水墨新作既是他传承和拓展水墨画表现方法的延续，对他个人而言，更是他萦绕在心中数十年的"西湖情结"以水墨方式的一种释放。

　　这当然是基于他的个人生活史。从青少年开始，小明先生就进入当时的浙江美术学院附中学习，此后，在杭州生活和工作了三十年。一个人有多少三十年？何况又是杭州！所以，小明先生和所有在杭州生活过的中国文人一样，心里永远有一个西湖。如古人所说，"未能抛得杭州去，一半勾留是此湖"。

　　杭州对小明先生而言，不仅仅是生活的地域和空间，也不仅仅包含了个人的经历和记忆，作为一个艺术家，杭州更是一种趣味的来源，是艺术精神的故乡和心灵的家园……

　　在小明先生的水墨实践中，在画墨荷的过程中，我相信他心里一直都是有西湖的，只是，西湖在他心里的分量太重，他心存敬畏，不愿意轻易涉足。在经过一段墨荷的实践后，现在转到西湖的题材，对他个人是一种顺理成章的演进。如果墨荷可算作是表现西湖的一个局部，是西湖的一种元素，那么《潋滟空蒙》的水墨组画，则是对西湖的整体性的表现。

　　当然，这种尝试是艰难的。西湖难画，人所皆知，其原因在于，每个人都有他眼里的西湖,也都有他心里的西湖;而西湖又是那样风情万种,变化无穷。人和西湖相遇,本身就会有"人在图画中"的感受,它的那种丰富性又岂能是哪一种艺术媒介所敢自诩能够完好表现的呢?

所以,要画好西湖,首先还不是技术问题,而是造化,就是到西湖领略"低山雨重""四时不同""水光潋滟""山色空蒙"的景色,体会人们常说的,西湖"晴湖不如月湖,月湖不如雨湖,雨湖不如雪湖"的无穷变化。首先要用心体会,才能在大自然那里感受西湖风光的真谛。

当然,西湖之美,除了大自然的因素,还有人的因素,这就是千百年来人的精心营造。西湖意象的形成,不仅是因为它的风光,还因为人的记忆以及历史、人文的积淀。当人们感到西湖之美的时候,不光是因为它的自然风景,还有它千百年来所积累的故事、传说所带给人们的想象和联想。清代袁枚的《谒岳王墓》从人文的角度解释了人们重视西湖的原因:江山也要伟人扶,神化丹青即画图。赖有岳于双少保,人间始觉重西湖。

正是出于对于西湖的感情,也是出于对西湖的敬重,小明先生开始了用水墨表现西湖的艺术之旅。他采用了综合的表现手法,从画面的视觉效果看,既有传统水墨那种氤氲幻化的韵味,又有远视近观的空间效果。他的这些画显然超越了过去的"山水"和"花鸟"的分类,其表现对象更自由、更多样。它与其来自水墨的程式,不如说更多地注入了他对西湖的观察。他的这些画用自己的方式传达了他对西湖的那份感情。

这是一种艺术的"叶落归根"。

真实的赝品

　　现在,有意思的展览多起来了,前不久,雕塑家焦兴涛在北京798就做了一个很有意思的展览,叫"常·藏·场"。

　　展览的第一部分是一个空房间,一个粉刷过的车间,里面留有管道和外挂的线路。在空房间里,摆了一些日常物品,例如水管、灭火器、垃圾袋、报箱、墙砖等。乍一看,是一个极普通类似库房似的房子。但是,这些东西并不是现成品,尽管它们看起来,与我们平常看的物品一模一样。事实上,观众被骗了,如果换一个角度,或者走近了看,发现它们是艺术家创造出来的仿真物品,而且,它们不是三维的,而是扁平化了的。确切地说,它们应该称作二维半空间的作品,只有当观众"移步换形",走近了才能发现它们被作者用空间压缩的方式,为我们制造了一个三维空间的视觉幻象。

　　这是一种对视觉的揭穿,它告诉我们,视觉是可以欺骗我们的,一个物品的空间存在方式,它的体积感、量感、空间感实际上是可以被"造"出来的;一般说来,我们过于依赖视觉,相信眼见为实,而视觉竟然也是可以参与造假,并欺骗我们的。

　　这个展览最精彩的是第二部分,这是一个堆得满满当当的房子,里面有大量真实的物品甚至废品,但是又有"艺术品"藏匿其间。在这个部分,艺术家不再用那些压缩了的扁平物品,而是做了一大批几乎可以乱真的雕塑,当然它们和真实物品又有尺度上的区别,不是缩小,就是超大,更有意思的是,当这些仿真"物品"不再单独以"作品"的面貌出现,而是以赝品的方式藏匿于其他普通日常物品中间的时候,又是这样自然。整个展场就像是一个乱哄哄的大仓库,作者创作的超常尺度的作品和日常生活的物品混在一起，真假难辨，给人一种怪异、新奇的感觉。

不知道是真实物品在陪衬"作品"，还是作品在陪衬真实的物品，反正在这个时候，"作品"需要"非作品"来证明；同样，非作品需要让"作品"来撇清。这场相互证明的视觉游戏让"作品"和"非作品"都变得不可缺少，也就是说，"非作品"也变成了"作品"的必要条件。

于是，展场变得非常好玩，那些柱头、旧木箱、包装箱、玩具、手套本身就是"高仿真"的赝品，它不仅在和观众的视觉"躲猫猫"，也在和观众关于什么是艺术的常识"躲猫猫"。这里存在一个悖论：只有仿得越像，越能乱真的时候，才能证明它是"艺术"；同时，它仿得越像，越能乱真的时候，越发增加了被观众指认的难度，也就越难以证明它是"艺术"。就是在这个悖论中，艺术和非艺术的界限消失了。

当代艺术中本来就有现成品艺术，而作者的所作所为，是利用赝品挑战现成品，把艺术和非艺术的关系问题再向前推进了一步，又加多了一个层次，让它变得更复杂，更纠结，更难以言说。

在展览现场，主客体的关系改变了，创作和观赏的关系也改变了，当然生活和艺术的关系也改变了。在这里，作者也只是众多思考者当中的一员，他所能做的，只是很努力、很努力地消解自己，把艺术藏起来，把自己的想法藏起来，而把展览提出的问题统统交给了观众，而观众在这里寻找、发现、惊讶、兴奋，或许还会若有所思。

中国时间

莫言获了诺贝尔文学奖以后，人们看他的眼光有点变了，以前为他抱屈，可现在一旦诺奖在手，顺遂了大家的心意，人们又开始挑剔他了。例如《生死疲劳》，莫言自己说这是他的代表作，最能代表他小说的特点，恰好这部小说是我过去没有看过的，赶紧买了一本，看后感觉还行，只是还行，并不像过去读了文学名著之后感到那么震撼。

当然，《生死疲劳》还是有独特之处的，这部小说最值得称道的亮点就是展现了一种奇异的东方想象，把古老中国的时间观，把生死循环的过程演绎得淋漓尽致。西门屯的大地主西门闹在"土改"的时候被镇压了，于是他转世投胎为驴、牛、猪、猴……借助它们的眼睛，让读者看到了西门屯这几十年的沧桑变化。

中国时间是这部小说最大的卖点，也是最有价值的地方。如果只是讲人变动物，那在东西方文学中都已不新鲜，例如卡夫卡的《变形记》，主人公一夜醒来，发现自己变成了一只大甲壳虫。莫言说的是中国时间，三十年河东，四十年河西，时间过去了还会回转，人死了还会以其他的方式再回来，生死循环，六道轮回，谁也保不齐明天是什么样的。所以，人的一切行为都不必太过分，对于未来，也不必太绝望。这一切都是因为时间是循环的，既无可奈何，又充满希望。

依照中国时间，古人制定的历法自然也是循环的：用"天干""地支"匹配出"六十花甲"，一个人只要活得超过了六十岁，就可以两次遇到一个相同的"时间"；还有，至少从汉代就开始有的"十二属相"，用十二种动物来代表十二生肖，一个人每过十二年就会再遇到一次属于自己的"本命年"。

与中国时间不同的，是西方的一元论时间观。犹太圣贤认为，时间始于一次独一无二的创造行动，所以，《创世纪》代表了一种线性的时间模式。以基督教的线性时间来看，世界始于一个确定的起点，朝向一个确定的终点，它始终在一个单一的方向上发展。当这种时间观作为"现代性"的组成部分向世界各地传播的时候，深深地影响包括中国在内其他国家，例如"公元纪年"的方式。

解铃还得系铃人，打破线性时间模式的是西方现代物理学。爱因斯坦证明，时间并非是客观的或者是绝对的，每个观察者都可能有自己的时间。正因为如此，多元化的时间观才显得尤为有意义。

利用现代小说来阐述中国时间，是莫言的一大发明。

如果从小说本身来看，《生死疲劳》中的种种瑕疵显而易见。如果现在对小说的要求没有变，仍然还要讲人物塑造，那么，莫言的《生死疲劳》除了向我们展现想象力之外，并没有塑造出血肉丰满的人物。小说中的几个重要人物，例如西门金龙、洪泰岳、蓝脸、蓝解放，基本都是"扁平人物"，设计感太强。还有，黄互助、黄合作两姐妹，年轻时美如天仙，到年纪稍大，丑陋猥琐，这种反差缺乏过渡；还有，蓝解放和庞春苗的爱情，简直有点天方夜谭，而蓝解放本人，由一个照顾进厂的农民工一下子当到了副县长，也有点莫名其妙……

总的讲，《生死疲劳》最大问题是"编"，为了讲中国时间，不顾人物性格逻辑而编故事，编得有点勉强。

教师张祖武

　　2012年11月30日,张祖武百年诞辰雕塑展在湖北美术馆举行。开幕式上,已到耄耋之年的老学生上台致辞,回忆起当年向老师求学时的点滴小事,不禁热泪奔涌,痛哭失声,让在场观众莫不动容。

　　张祖武是广东高州人,1934年考入杭州国立艺专雕塑系,同班同学有王朝闻、姚继勋等人,他在这个学校学习了六年,其间经历了抗战烽火,学校一路辗转办学。在湘西沅陵,张祖武、李毅夫、莫桂新、赵无极合称"四郎";杰出才女麦放明和梁树祥、张权(歌唱家)、谢景兰则称为"四姐",一时传为佳话。

　　张祖武毕业后,曾在成都做他的老师刘开渠先生的助手,浇铸王铭章骑马像,但后因铜价飞涨,刘开渠也无法以雕塑谋生,转而另谋教席,张祖武因此失业。后来,他离开成都回广东,路经贵阳,因无盘缠,他和赵无极在一个陆军演习靶场当技工,制作射击标靶。

　　回到广东后,他先后在不同中学和省艺专、市艺专任教,由于他多才多艺,深得学生、家长敬重。1950年,他在广东肇庆中学当教师,当时中学生参军成风,大多派到部队当文化教员,许多家长向张祖武倾诉他们的担忧,张祖武为了向家长负责,视倾诉为托付,毅然决定以三十八岁的高龄,陪学生从军。当然,这是很不容易的,其间费了很多周折,最后因文艺特长入伍,在部队从事美术工作。

　　1954年张祖武因创作《国防军》雕塑成功,被调入总政文化部创作室,后来赴朝,在朝鲜完成高达四米的《志愿军无名英雄像》,这是中国雕塑家在国外竖立的第一件雕塑作品,也是他个人雕塑生涯的代表作品。1958年,他随最后一批志愿军回到祖国,在军事博物馆任美术创作员。

1960年张祖武从部队转业,到湖北美术学院组建雕塑专业,招收了第一批学生。他似乎又回到了当年,开始把全部的心血都放在学生身上。据学生回忆,那个时候,尽管外面总是有各种"运动",有复杂的人事纠葛,但他的家却是学生的乐园。他们自由出入,随意翻书,他的藏书也是学生的图书馆。他对爱读书的学生格外偏爱,这方面,他对学生极为纵容。学生在他家讨论喧哗,甚至偷他的烟抽,他都视作未见。

在专业上,他的要求堪称苛刻。他对学生最高的奖励,就是亲手精心制作一把雕塑工具送给学生。有个学生居然得了五件雕塑工具。在他的百年诞辰的展览中,其中三把作为展品陈列在现场。据说,为了培养学生的好习惯,他居然亲自帮学生打扫工作室的卫生,并告诉同学,艺术家也是爱整洁的,并不是脏兮兮的形象。

张祖武先生于1996年去世,其为师之德如今似乎已成绝响。这些年,各地纷纷兴建大学城,学生都住到了遥远的地方,因为交通问题,进趟城很麻烦;而教师则仍然住在城里,每天疲于奔命。除了上课,学生见不着老师,老师也见不着学生。

前人早说了,大学不是因为楼大,地方宽敞,而是因为这里有一些不同凡响的人,学生要学到东西,就要跟这些人泡在一起。现在大学城最大的问题是师生分离,学校和社会分离,在天高地远的大学城。他们这种见不到名师的大学生活局限很大,只有遇到张祖武这样的教师,才是学生的福气。

黄陂农民泥塑

最近湖北美术馆大厅围出一块地方,请来几位农民雕塑家,在里面做起了雕塑。这是美术馆的一次公共教育活动,这几个农民雕塑家是1970年代中期曾经轰动一时的黄陂农民泥塑运动中的几位代表人物,他们将当众复制他们当年创作的一批作品,这些作品将会被美术馆收藏,成为"百年湖北美术"固定陈列展的作品。

复制过程吸引了许多观众,这些民间的泥塑大师还用他们自己的方法,为现场观众塑像。前来观摩、拍照的观众把这个区域围得严严实实。

黄陂农民泥塑运动是1970年代除了《收租院》之外,在中国最有影响的雕塑事件。它最辉煌的时候是1977年的时候曾经和重庆工人雕塑一起,进入到中国美术馆展出,还在全国各地进行过巡回展览。不过在此后不久,它就销声匿迹了。

据史料记载,早在明清时期,湖北黄陂、孝感一带就流行民间泥塑,匠人们制作一些小的玩具和观赏品售卖,或许这就是黄陂农民泥塑的得以产生的传统基础。从"文革"后期的1974年开始,黄陂农民自发地开始利用传统的泥塑方式配合形势教育,诸如"批林批孔",塑村史家史,塑新人新事。他们用箩筐扁担,把这些小型泥塑像货郎担一样,送到家家户户,送到田间地头,进行现场展示。

黄陂农民创造的这些泥塑作为新生事物,马上引起了上级注意。湖北美院和中央美院的专业雕塑家也闻风而至,到黄陂举办泥塑培训班,辅导农民提高泥塑技术。当时,黄陂县几乎每个公社都办了农民泥塑培训班,这种广泛的民间雕塑活动,为黄陂培养了一大批雕塑爱好者。

改革开放后,中国进入一个新的历史语境,随着联产承包制的推行,黄陂的农民们忙起了家家户户的小日子,黄陂泥塑的事情,似乎慢慢地被人遗忘了。

不过,它的余波却并未止息。原来,黄陂县的农民泥塑运动在当年的下乡知青中,培养了一批雕塑爱好者。当年的泥塑培训和创作为后来他们报考专业院校起到了非常重要的作用。这批人中的佼佼者,如傅中望、项金国、陈育村等人现在都成了当代中国著名的雕塑家。

"文革"时期的黄陂民间泥塑活动也为黄陂培养了一批拥有雕塑技能的农民,改革开放之后,这些会做雕塑的农民先是做石膏的"维纳斯"四处推销。后来,大规模的城市化兴起,他们又开始做建筑装饰的构件,就是在这些人里,最早出现了"万元户"……

黄陂农民泥塑运动是"文革"产物,但是它的根子却不在"文革",而是当地的民间泥塑传统,所以站在雕塑史的角度看,黄陂农民泥塑最有意义的地方在于,它是一次让雕塑艺术重返民间的艺术实验。

在中国古代,雕塑从来都是以一种民间手艺的方式而代代相传的。辛亥革命以后,西式雕塑进入中国,中国民间的雕塑传统被中断了,社会流行的是艺术家的雕塑,它们占据了社会的主流。而黄陂农民泥塑运动无意中让中国古老的雕塑传统重新得以复活。

这些年,黄陂开始意识到当年农民泥塑的价值,于是不断在收集史料,办起了黄陂农民泥塑博物馆,同时也重新扶持古老的民间传统泥塑,让它们成为一种文化产业而在当代继续传扬。

瘦马和幽兰

 深圳人去香港买最多的是奶粉、沐浴露,也有人是去看电影,看展览。前几天有朋友告诉我,香港艺术馆有个展览不错——日本大阪市美术馆馆藏中国宋、元、明书画珍品展。

 大阪属于日本的关西地区,自古和中国交流频繁。收藏中国古代字画,成为该地区许多收藏家的雅好。这个展览的作品主要就是来自阿部房次郎家族的捐赠。

 这个展览应该将该馆重要的中国书画收藏倾数都搬来了,其中展出的几幅画名气极大,但真伪一直存疑,例如相传为唐代吴道子的作品《送子天王图》;还有传为文人画始祖,唐代王维的作品《伏生授经图》等。学术界一般认为它们并非原作而是后人的临摹。尽管如此,通过摹本大致能感受到那些如今已音讯渺茫的名作风格,这也不失为窥视美术史面貌的一种管道。

 展览中有两幅画我尤为喜欢,可算是久闻其名,这次终于能一睹真容。

 一是龚开的《瘦马图》。龚开是南宋遗老,南宋为元所灭后,他便隐居起来,寄迹苏杭一带,以卖画为生。尽管他生活困顿,然而洁身自好,坚持不仕。据说,他穷困潦倒时,连个画案都没有,迫于无奈,让儿子趴着,在背上作画。

 他以画瘦马闻名,这是不常见的。按说,元蒙统治者是在马背上得的天下,金戈铁马,有多少彪悍的好马可画啊!可他笔下的马瘦骨嶙峋,十五根肋骨清晰可见,马的鬃毛飘扬,瘦马低首缓步,尽显凄楚苍凉。

 这本身就是一种态度。元蒙帝国疆域空前,根据马可波罗对元代的描述，那也是国力强大，盛极一时。可这位龚开显然是个不合作的人，不卖身投靠，不趋炎附势，他没有去歌颂大好形势，而是拿瘦马自喻或者借瘦马明志。这种画是不用过多解释的，只要大略知道作者的身世和时代，其立场自现。

另一幅是郑思肖的《幽兰图》，这是画家唯一的存世真迹。可见，一个画家的作品并不在于量多，态度对了，哪怕只有一幅传世，仍然可以青史留名。

郑思肖也是南宋遗民，他的遗民立场较之龚开更为激烈。南宋亡后，他将名字改为思肖，因为繁体赵字中，肖是其中部分。据记载，他的坐姿都是坐北向南，以表对南宋王室的忠诚，"每逢岁时伏腊，望南野哭而再拜"。他与大画家赵孟頫素来交好，后赵降元为官，郑思肖从此不再与他往来。

《幽兰图》画面非常简单，极其潇洒的几笔兰草叶子，但似乎悬在空中。当年，曾有人问这是何道理，他说："地为番人夺去，汝不知耶？"郑思肖笔下的兰花就是他的政治宣言，曾经有一个县官找他画兰，未得；接着威胁他，要征收他的赋税，他正色道："头可断，兰不可画。"

我们知道，元蒙统治者占领中原后，对汉人的管制相当严苛，即使如此，也仍有龚开、郑思肖这些利用笔墨来表达自己政治态度和立场的人，所以，他们的画尤其珍贵，这是中国文人风格和精神的写照，也是他们节操和风骨的图像证明。

想来也是，宋代在中国历史上，是一个多么有文化的朝代呀，谁承想，大宋江山竟然让马背上那帮只懂得弯弓射箭的浑小子给夺去了，这些士大夫心里该有多少不服！这种遭到失败又无可奈何的浓重阴影，笼罩在他们心头，至死都未能散去。

抄袭风波

前几天有人发微博,怀疑深圳北站东广场新落成的雕塑《天行健》抄袭美国一家设计公司的作品。博主是在浏览国外艺术网站的时候,偶然发现这家美国公司作品的。

看了网上将《天行健》和美国设计公司作品相比对的照片,我认为不能仅凭一张照片就推定作者邓乐有抄袭嫌疑。

所谓抄袭,其前提是主观故意,然而质疑者不能证明美国公司的这件作品在国内外何种刊物和书籍上公开发表过,而邓乐有可能接触的可能。最大的问题是,质疑者没有指出美国作品创作于哪一年。据我所知,邓乐的作品创作于2010年,那么,美国公司的作品是在此之前,还是之后呢?如果质疑者不能提供关键的证据,把怀疑坐实,有可能误伤无辜。

美国设计公司的作品是木质,尺度不详,从照片断定,只是小型的室内架上作品,它在体量上、材质上、功能上与邓乐的大型广场公共艺术作品大相径庭。

最重要的是,邓乐《天行健》最大的亮点是把运动的概念引入大型城市雕塑中。他在投标时,就提供了一个机械转动的模型,正是因为模型中两个有着不同运动轨迹不停转动的圆环打动了评委。

把运动引入到户外雕塑中,国内鲜有成功的范例。邓乐的方案中标后,一直都在攻克各种技术难关,由于国内尚无成熟的技术,一切都需要作者去探索和尝试,直到最近落成,才终于可以说,邓乐成功地为深圳创作了国内第一件大型机械传动的运动雕塑。

网上《天行健》的照片,特意选取了两个圆环重合在一起的角度,事实上,邓乐的雕塑只有在很有限的时间中,两个圆环才重合,在大多数时候,两个圆环的各自运动,产生丰富的空间变化。反过来说,如果把美国的这件作品放大后放置在户外,一定是件比较糟糕的作品,因为它只有一个理想的观赏角度,即只能从圆环的正面看,如果从侧面看,这件雕塑则会不知所云。《天行健》好就好在它是"动雕塑",它可以让观赏者在任何一点都可以拥有360度的观赏角度。

在雕塑的内容上,美国设计公司的作品表现的城市建筑的高密度和拥挤程度,带有一定的批判性,但圆环内的建筑造型采用了变形和装饰性的处理;而在邓乐的内环中,全部是深圳市的著名建筑,其中每一个建筑都可谓有名、有姓、有来历。这正是他作品的特点之一,正是因为《天行健》反映了深圳城市的地域特色,反映了城市生生不息的动感和活力;同时,两个圆环的运动,气势恢宏,象征了宇宙天地和城市的发展变化。这些,既是它的魅力所在,也是它能够打动评委的理由。

一般来说,抄袭的问题,在艺术范畴内表现得较为复杂:有的时候不同艺术家之间的确会出现某种不经意的相似;另外,在艺术史上,某种艺术范式和语言一旦出现,自然会引起其他人的学习和借鉴,这一点艺术与自然科学和社会科学相比,有它的特殊性。科学的发展是进化的、取代式的、可量化的;而艺术不同,借鉴、挪用、点化、移花接木、旧瓶装新酒……不一而足。正如邓乐的《天行健》出现以后,将来可能产生示范效应,我们不能就此认为,以后凡是机械传动的大型运动雕塑都是在抄袭邓乐。

智者梁铨

深圳画家梁铨是个述而不作的人,这一点比较符合罗素关于智者的标准。当然,梁铨的"不作"不是不作画,而是不写作。梁铨的"述"有个特点,在所有公开场合,他一律低调,几乎不开腔;只是在私下里,和三两个朋友一起,则多有珠玑之论。不知道他那些妙语是即兴发挥,还是事先就早已想好了的。

我最早知道梁铨,就是因为他的"述",中国美院版画系的学生津津乐道,向我转述他说过的话。拿现在的话说,那帮学生都是梁铨的粉丝,这在美院是比较难得的。据学生们说,他的话并不多,但直言不讳,一针见血。

在深圳,有个当年版画系学生告诉我,一次上梁老师的课,大概没下多少功夫,小心翼翼拿出作业,梁铨扫了一眼,只说了句"种瓜得瓜、种豆得豆"。虽是句老话,但足以影响这个学生的一生,多年后,尽管这个学生早已不做艺术了,还是反复讲起,讲梁老师这句话对他的影响。

学生们还欣赏梁铨对生活的态度,他绝不是一个苦行僧,而是一个生活的享受者,例如,喝口好茶,吃口最先上市的新鲜蔬菜等等。梁铨身上,有一种江南文人的风范。最近,看到陈丹青为木心逝世一周年写的文章,马上联想到,梁铨和木心这些江南文人应该都是一路的人。

首先,他们崇尚趣味至上,无论在什么时候,都要讲品位和格调,这是他们与生俱来的东西,所以,你永远不要指望这些人在内心里能够真正和普通大众打成一片;其次,尽管他们内心骄傲而自尊,但他们并不张扬和炫耀，而是非常懂得分寸和退让；再次，他们举止散淡优雅，特立独行，不愿意受到束缚，特别不乐意扎堆、从众；在艺术上，他们孤芳自赏，倾心于精英主义。

相信很多人看不懂梁铨的画，也没法判断好坏。在梁铨的作品里看不到和现实生活有什么关系，或许，从他用淡淡的茶叶水晕染画面，可以隐约感受到一些他个人生活的痕迹；从他剪切拼贴、几何硬边的方式中，能透露出他的留学背景；从他的画面的设计感和营造意识，能追溯到他的版画出身……但总体而言，他的艺术只关乎个人，只表达个人的心性和态度。

这种心性是对中国古代的哲学传统、禅宗传统、文人画传统的致敬和追随。梁铨从来不是从技术、画面、构图、笔墨这些方面来继承传统的，而是一种以心传心的飞越，如严羽说，"不涉理路，不落言荃"；如泰戈尔说，"天空中没有翅膀的痕迹，但我已飞过"。

梁铨作画采用的是一种托裱的方式，将有毛边的宣纸块、宣纸条，慢慢地拼接、叠加在亚麻布上，然后淡淡地上色，这种做法类似手工劳动，也类似每日的坐禅和修行。当然，这需要很大的耐心和长时间的坚持；其间，需要克服浮躁、功利的诱惑，它的价值在于让艺术创作重返艺术家的内心，使艺术的劳作变得绵长、纯净而富于诗意。

我曾经问梁铨，你的画也许永远都只是小众的，那它如何体现出社会影响呢？梁铨说，它真的影响不了社会，但是，只要有一个人真心喜欢我的画，他会因此而改变态度，而态度的改变会间接地影响到社会。

或许，当一个转型期社会的喧嚣和骚动慢慢平息的时候，梁铨的时代就来了。

玄奘和鸡腿

周星驰导演的《西游降魔篇》有这样的情节:玄奘外出驱魔遇到了另一个驱魔人——美女段小姐,她不仅技高一筹,而且还对他一见钟情,这让玄奘痛苦不已。在师父面前,玄奘自叹一事无成,号啕大哭。

师父则很乐观,向玄奘表示自己并没有看错人,认为他只是差了那么一点点。为了点醒玄奘,师父随手在市集的熟食摊上"顺"了一只鸡腿,问玄奘要不要,玄奘拒绝。师父往自己口里放,玄奘急忙阻止,说这样做违反了清规,师父说:你心里还没有放下,在我心里什么清规都没有了。

不一会,熟食摊主人追上来,师徒二人落荒而逃。

玄奘师父所说的"放下"是指放下执着,通俗地说就是要打破各种界限,打破规则和禁忌,特别是打破个人的念想,让自己的内心获得真正的自由。这种说法在中国非常流行。举个例子,如果你要遵循"男女授受不亲"的规矩,并且身体力行,那师父会认为,那是因为你心里还有男女、有欲望、有念想,说明你的修炼还不到家;如果抱着一个美女不觉得是个美女,感觉毫无男女的分别和界限,那就成功了。

师父的说法,固然可以是一种极高的精神境界,但是对大多数凡夫俗子而言,他们的行为恰恰是需要约束的,他们需要严格地执守律条。面对一个美女,男人都本能地想抱,但大部分人因为道德约束不去抱,还有一部分人因为惧怕法律的惩罚而不敢抱,这就是一个社会维持基本秩序的基础。

师父在特定情况下，可以心无挂碍地背着一个美女过河而行若无事（是否真的心如止水，只有他知道）；而一个凡人在同样情况下，背着美女，心慌意乱，那也很正常，这是他的本能和道德规范产生冲突的表现。如果师父硬是要凡人"放下"，把这事想开，那这种"放下"对这人可能是一种解脱，也很有可能成为他以后故意越轨的借口。

拿电影中的"鸡腿"插曲来说，玄奘其实是对的，不对的应该是师父，他破坏了佛门的戒律，既吃了荤，又偷了东西，这一切都是以"放下"的名义来进行的。既然有了规矩又要"放下"，那还要规矩做什么？

在真实玄奘所生活的唐朝，有僧人道宣创立"律宗"，设立戒坛，成为中国佛教中戒律最严的一支。现代高僧弘一法师出家后，修的就是这种规矩最严的律宗。然而在中国佛教的历史上，禅宗流行更广，其原因之一，是它规矩意识不强，为很多人开了方便之门。由于禅宗认为众生皆有佛性，只要能觉悟，就能"见性成佛"，这种不必苦苦修行就能得道的宽容，导致了一些人钻空子，出现了一些既要精神信仰，又要身体享乐的所谓"酒肉和尚"和"花和尚"。

《西游降魔记》里的师父是个理想主义者，他降魔的依据大致是禅宗的，他认为不需要什么规矩，无论人妖，都可以通过内心的醒悟而达到超越。所以，他让玄奘手持《儿歌三百首》，对着妖魔"唱红"，唤醒内心的"真、善、美"，让他们"放下屠刀，立地成佛"。

反讽的是，被玄奘所收服的这几个妖魔没有一个是通过内心自省，通过念诵"红歌"而"觉悟"的；恰恰相反，收服妖魔的，是比他们更为强大的可以约束它们的力量。

王公懿

听梁铨说，王公懿又来深圳了，在观澜版画村驻村创作，两人约好了去看她。

王公懿是谁？很多70后、80后可能不知道。1980年"第二届全国青年美展"，有两件作品获得金奖，一件是四川美院罗中立的油画《父亲》，另一件则是浙江美院研究生王公懿的木刻组画《秋瑾》。这两件引起轰动的作品成为美术界思想解放的重要标志。

王公懿1990年就出国了，先是在欧洲，后来又辗转到了美国，现定居在西雅图附近一个安静的小镇上。

美术界常常出一些个性鲜明的人物，王公懿就是其一。如今，她已经六十多岁了，依旧戴着眼镜，齐耳短发，虽然头发全白，但白而不疏，加上面容红润少皱，真是适合用鹤发童颜来形容。她一点没变，仍然保持着豪迈的性情：说话、做事比较"爷们"，干练洒脱，仗义执言，走路姿势是那种两手甩起的大跨步……另一方面，她也热衷神秘主义的与心灵有关的事物，早在80年代中期，我就在图书馆听她和管理员大谈周易什么的。

我为什么对王公懿感兴趣呢？我觉得在她的身上很典型地保留了80年代中国知识分子的某种精神状态。出国后，她的生活和艺术状态与其后中国知识界、艺术界出现的商业化、娱乐化、功利主义和犬儒主义的东西隔绝开了。正是因为这些年她的不在场，所以和她相处，感觉又回到了过去的时光；蓦然意识到，大家也曾经有过如今已难得一见的那种纯粹。

在观澜，王公懿、梁铨、严善纯三个学版画出身的人，整整讨论了一下午关于铜版画的某个制作细节,从欧洲引证到日本,说起不同作品的微妙差别,大家讲得津津有味。在口口声声要艺术产业化的今天,这么精微、专门的问题,恐怕离一般人相距甚远,何况他们谈的都是人们本来就看不大懂的抽象画。

王公懿在美国除了在学校代课,还私人招收学生。她的教学理念与国内的教师收徒截然不同。有华裔家长说,王老师,你能不能让我的孩子多画几张?王公懿说,我教学不是要让你的孩子多画画,我只教他如何观察事物,如果想多画画那去找别的老师。她也招成人,希望能从中摸索美术教育的规律。

她自豪地对我们说,她形成了一套让一个完全不懂美术的人,能够迅速掌握视觉观察方法,提高艺术眼光的教学法。当然,她也强调,这人必须足够聪明,至少文化修养不能差。我说,能不能在四方沙龙把你的经验讲一讲呢?她说,那么多人怎么可能听得懂啊?这是两三个人私下里的事情,如果哪天发现一个好苗子,我愿意无偿地培养他。

我们可以想象她这些年是如何度过的。在异国他乡,没有那么多诱惑,没有那么多活动,她尽情地享受寂寞。她说,人有些间歇性的寂寞非常好,看你有没有福分。在她眼里,艺术仍然是内心的一片净土。她对如今美术界沽名钓誉、攀龙附凤的风气看不惯,只喜欢和年轻人在一起。

她说,和年轻人一起画画可以胡作非为。她给国内学生讲课的题目是"如何制造错误"。在她看来,没有错误,就没有新的创造和提升。这和那些一种样式重复一生的"大师"在思想方式上明显不同。

因为有这些差异,据说她给国内学生讲课总是要问:听得懂吗?

洪世清和大鹿岛

中国十四个海岛县,浙江玉环是一个,玉环有个大鹿岛,大鹿岛因为洪世清而出名。

2013年4月15日,玉环东沙·美丽渔村国际公共艺术论坛在大鹿岛举行,之所以选择大鹿岛,很大程度就是因为洪世清的岩雕。

1985年,中国美院教授洪世清开始在这个无人居住的小岛上打岩雕,前后工作十四年,创作了数十件岩雕作品。这些作品依据海边的不同礁石,因势象形,略加雕凿而成。他有个"三三制"的理论:三分天成,三分人工,还有三分留给时间风化,交给海风海浪完成。

如今,大鹿岛已经开发成为旅游景点,除了岛上的负氧离子和87%的森林覆盖面积,人们来这里的理由很大程度是因为岛上的岩雕。

洪世清1954年毕业于中国美院(当时叫中央美院华东分院),他画水墨起家,是齐白石、黄宾虹、潘天寿的亲炙弟子,留校后参与筹建版画系,长期在该系任教。他擅长油画,对雕塑也情有独钟,摄影也是他的强项。他是中国美院有口皆碑的天才,1950年代在中国美院任教的罗马尼亚油画专家博巴称他为潘天寿第二;同时,他又是个苦人儿。

洪世清一生未婚,一辈子直到退休都没有当上教授,他不明白为什么,只能认为自己画得不好,于是更加努力地画画,钻研各种艺术的技艺。例如,史书记载,早在东晋时期,戴逵便创造了一种夹纻佛像,干漆脱胎而成,里面是空的,便于巡游。这种技艺在福建民间尚有留存,洪世清就会做这种像,而那些以西式雕塑技艺为师的人自然不会。有一次,在学校的一个教师作品展上,我第一次看到古书中所说的夹纻像,就是洪世清创作的一件佛头,当时很是激动了一下。

关于洪世清,有很多段子流传,其中之一:改革开放后,学校来了一个美国版画家,带来了一种铜板腐蚀的药水,说这个配方保密,只演示,不能留,演示的效果,确实好用。洪世清从美国人手里拿过药水闻了一下,第二天,也拿来一瓶药水给美国人,请他试用。美国人试了试,佩服地伸出大拇指说,比我的配方还要好。

洪世清为什么老是评不上教授,还经常挨整呢?除了一心钻研业务,政治上不求进步,人们误以为围绕洪世清和他诸多女朋友的绯闻或许是他在学校不能得意的原因,其实不是。真正的原因,他长期是一个被监控的人物。

这又是一个段子:阶级斗争年代,有一次一个朋友从香港给他发来一份电报,电文说他已成家,某日其新婚妻子将独自乘某次火车赴京,嘱洪世清持热水瓶于站台见一面。这个电报引起了保卫部门的怀疑,认为可能是特务接头的暗号。当然,电报不可能交给洪世清,而是派了另一个版画系教师真的手持一个开水瓶,如期到站台见面,结果没人和他联系。这件事一直成为笼罩在洪世清头上的一个巨大阴影,只是他个人不知道而已。

后来,这件事终于解密了。洪世清说,你们早说呀,电报说的热水瓶是指保温杯,你提着一个大开水瓶站在站台上,谁会理你呀!

晚年洪世清特别珍惜自己的字迹,外出时,慕名请饭的人多,他饭照吃,吃完就是不肯"留下墨宝"。有人说他小气,可大鹿岛的十四年,他可是没拿任何好处。

让熟悉的历史变得陌生

在艺术史领域,传统的史学家总是致力于让人们重新熟悉过去,而新的史学家则努力让人们对熟悉的历史再次感到陌生。

美国著名汉学家,中国美术史家高居翰最近出了一本书《画家生涯——传统中国画家的生活与工作》。在这本书里,他通过大量新的材料,推翻了历史上许多习以为常的"定论"。拿另一个著名汉学家史景迁的话说,就是"颠覆了千年的神话"。

过去的美术史的叙述都是建立在"官方文件""画史""画论"基础上的。由于种种原因,那些撰写历史的人许多并没有见到美术原作,他们在缺乏视觉资料的情况下,只是依据代代相传的文本来推测作品的风格。还有,古代艺术家的日常生活,他们创作的意图,环绕他们的活动的社会环境在这些著作中少有涉及,所以,传统的中国美术史是一部充满了神话和形容词的历史。

高居翰使用的新历史主义的方法,从过去为艺术史家所忽略的地方志、野史、艺术家往来书信、日记中寻找材料,然后和社会史、政治史、经济史的资料相互佐证,为人们重新展开了一幅中国美术史的图景。

例如,在中国美术史领域,正统的观念是崇尚业余画家,贬低专业画家。在他们看来,一个人如果专心致志地画画,以画画作为谋生的手段,那他的格调肯定不高。而只有那些业余的画家,例如官员、诗人、乡绅,在有了闲暇的时候,随性画上几笔,这样的作品才可能是高格调,因此,传统中国美术史上的那些正面的赞美词汇,绝大多数都是献给业余画家的。

这一切都是基于对物质需求的鄙视。高居翰在书里，花了很大篇幅来讨论传统画史中那些与"非物质主义"的神话相关的问题。一个职业画家工工整整地画工笔画，被认为"匠气"十足，而那些文人画家们常常"意笔草草""不求形似"，或者根本不具备能达到"形似"的造型能力，反倒被标榜为"士气"。高居翰用大量生活史的材料证明，宋代以来，那些长期被认为属于"文人画家"的人，基本上都是卖画的，对很多人来说，画画就是他们的谋生手段。高居翰还试图说明，那些大量所谓"写意"的作品，很大程度是因为订单太多，忙不过来，在不能精心绘制的情况下，只能用所谓"意笔"来满足快速生产的需求。在画家们忙不过来的情况下，请学生、朋友代笔，已经是一个公开的秘密。

　　古代的艺术家决不仇视金钱，特别是明清以来，城市的发展，工商业的勃兴，对美术旺盛的市场需求，赞助人、画商（中间人）、收藏家的出现，在很大程度上影响了艺术家的生态。艺术品的市场交易在那时已经成为一种非常普遍的行为，一个画家如果勤奋的话，他的收入是可以远远超出一个以教书为业的儒生的。

　　在这种背景下，绘画的内容当然也没有我们想象的那么高蹈，祈福、避邪、庆贺、祝寿、婚丧嫁娶、室内装饰、附庸风雅……都是人们购买一幅画的理由，而满足客户的需求，根据定件来创作，是一个画家所不可回避的。当然，名气特别大又不缺吃喝的画家可能例外。

　　还原真实的中国传统画家的生活并不影响他们艺术的伟大，他们也食人间烟火状态，反而更让人感到真实而亲切。

又闻毕业歌

每年毕业季,都能发现学生们一些有意思的作品。

中国美院雕塑系硕士研究生毕业展上,第五工作室有个学生用旧的墙板、窗子、门四面围合起一个木质小房子,从门里可以进入。房子里布置了床、桌子、凳子、柜子等等日常家居物品,还有一台老式缝纫机。房子里所有的物品,全部用一条条不同颜色绷直的棉线密密麻麻将它们连成了一个整体,形成了一个线的世界,给人一种很特殊的空间体验。

除了作品的视觉效果,以及线这种特殊的材料所构成的形式感,作品还有什么特别的意味呢? 在毕业论文答辩会上,有老师问起了这个问题。

这个学生说,这间房子其实是他儿时的记忆。小的时候,他印象最深的是,夜已经很深了,奶奶的缝纫机还在响,一家的吃穿用度,全部都来自这台缝纫机。这就是为什么在这件作品中,缝纫用的棉线绕满了整间屋子的原因。

第三工作室一个女生的创作,属于无须过多解释,人们就可以明白其中意义的作品。它是一组木质透雕作品,采用油画框式的悬挂方式,作品的题目是"父亲的一天"。这个同学的父亲是一名教师,她选择了父亲每天日常生活的几个场面,用透雕的方式把它们连环画式地呈现出来。画面虽不大,但人物繁多,还有围绕人物活动的建筑、室内场景、周边的植物等等。把这么丰富的内容以木雕的方式亲手刻出来,其工作量是相当浩大的。

这件作品最值得称道的是"透雕"形式的运用和改造。透雕是地道中国民间雕刻工艺。与浮雕相比，它如同在浮雕的基础上把背板去掉了，形成通透的效果。古代许多窗棂、屏风，还有小型玉雕、牙雕等等，都是用透雕的方式。不过，民间传统的透雕是平面的，装饰性的，而这个同学的透雕创作运用了透视的方法，所以它是有空间深度和近大远小的空间关系的。

第一工作室的一位毕业生，他的作品稍显费解，如果不解释，恐怕观者会产生各种各样的联想。

这是一匹两米长的马，这匹马的头低垂，神情看起来那么无助和无奈，马腿的下半部分没有了，支撑它的是一张四条腿的桌子，这是一幅比较特别的意象。一种特别能奔跑的动物，附着在一个完全没有运动可能的物品上，形成了动和静的巨大反差。

当然，在答辩会上，这件作品又面临着一番追问，为什么是马，不是其他的动物？这个同学开始似乎不太愿意回答这个问题，只是希望每个人根据自己所看到的，去想象作品的意义。可老师就是不肯放过，最后，他只好无奈地说出了原因：他妈妈是个特别能干，一天到晚都在忙碌的人，在他的印象里，他妈妈永远都不会停下来。可是有一天，妈妈病了，病得很重，家里让他赶回去，见到终于停下来的妈妈。这就是他创作这件作品的初衷——他妈妈属马。

这几件作品在形式上、材料上差别很大，但是他们都有一个共同的特点，这就是，他们的创作不再是从一个口号、一个宏大的意愿出发，而是从自己切身的感受和体验出发，让艺术回到了个人。那些细小的、日常的，甚至是私密的因素，成为他们创作的直接动机。这使他们的作品温馨、感人，而这种转变已经被期待好久了。

为什么要去威尼斯

2013年的威尼斯双年展几乎成了"中国年",有人开玩笑说,中国搞当代艺术的,几乎有一半都到威尼斯去了。

自然,诟病中国艺术家扎堆威尼斯的也不少,花着不菲的钱,去赶国际当代艺术的洋集,得到了很多人的批评。应该去,还是不应该去? 这个问题摆在了我们面前。

在回答这个问题之前,我们不妨先看看自己。这些年全国各地掀起的创意文化产业的热浪从来都没有止息过,各种艺术的节庆,各种双年展比比皆是,为什么这些文化项目不能吸引到来自世界各地的人,而我们仍要对威尼斯趋之若鹜呢?

威尼斯名牌已经到了这个地步:每次展览肯定会引来有大量的批评,然而,每次新的展览不管是骂的,还是捧的,都要屈尊来一趟,要去这个因为展览而显得拥挤和嘈杂的城市一看究竟。

而我们呢? 每年全国各种节庆、展览要花重金请国外大腕和疑似大腕前来捧场,就为了当时热闹,为什么他们很少自掏腰包到中国来呢? 这是因为我们的影响力不够。

所以,在威尼斯,我们首先要学习如何通过文化来激活、运营一个城市,要做到这一点,就要学会如何真正按照国际通行的办法来举办国际性的展览。当代艺术也好,威尼斯双年展也好,它不仅是一种形态,更重要的,它还是一套制度系统。这是我们需要学习的核心。

当代艺术的生产机制和传统艺术有很大的不同,它其实是一种有组织的系统生产。比如策展制度,在古典艺术、现代主义艺术中,都没有策展人这一说,而当代艺术有策展人。策展人在某种意义上是一个当代艺术生产的组织者，这是一个新东西。威尼斯双年展的策展制度就相对成熟。如果我们要问威尼斯双年展最大的亮点在哪里，回答是，它已经形成一套相对完善的展览制度，像组委会、学术委员会、策展人、参展艺术家、赞助人、运营商这些角色都是威尼斯双年展的有机组成部分，缺一不可，如何组织协调他们相互之间的关系，就是一个很大的学问。

深港城市建筑双年展的工作人员曾经当面向威尼斯双年展组委会负责人提出，派人去实习，"自带干粮"，不要报酬，替他们工作。也就是说，只有近距离地体验威尼斯双年展的运行全程，才能更清楚它们的优势、特点到底在哪里。但他们得到的回答是：我们每年在全世界只吸收六个人实习。要获得机会很难。

再如，当代艺术在营销、流通、传播、展示方面也有它自己的特点，主要表现为企业赞助、媒体传播、品牌推广等方面。当代艺术可以成为城市美学经济的重要组成部分，成为城市产业的主干，成为城市经济的增长点甚至支柱，这一点，威尼斯双年展所取得的成绩是有目共睹的。

去过威尼斯的人知道，这个城市的本地居民已没有多少，由于威尼斯正在下陷，有的季节每天都会有定时性的海水涌上来，淹没街道和广场。不难想象，如果没有威尼斯双年展，这个城市将是怎样的？现在，威尼斯一房难求，在欧洲属于最高端的消费城市，而支撑这个城市的，就是威尼斯双年展，以及衍生出来的电影节、音乐节……总之，一年到头，这个城市都在因为文化而激动。在欧洲经济不景气的今天，这真是一个奇迹。

为泥土赋予生命

王忠明是一个来自新疆的雕塑家,前不久,深圳坪山新区举办了一个"中国雕塑学会二十年雕塑精品回顾展",他表现新疆生活的陶塑作品参加了这个展览。看到坪山新区对雕塑艺术的重视,看到坪山雕塑文化创意园区的环境,这位久居新疆的艺术家萌生了驻留在坪山进行雕塑创作的想法。

他的作品由于体现了地域的特殊性,这些作品是我们过去不常见到的。

他最有特色的作品是用新疆特有的红褐色泥土,烧制成陶,表现具有奇特新疆少数民族特色的"高台民居",和围绕民居的新疆少数民族的生活场景。

他的雕塑表现新疆建筑,不仅仅只是用抽象的建筑符号和概念,而是和人,和人的生活联系在一起,这些作品来自作者对生活的细致观察和提炼;他的这些建筑雕塑非常具有生活气息和生命活力。它们不仅仅记录了建筑本身,更可贵的是把具有地方特色的风俗民情、市井生活也非常生动地表现了出来。

王忠明所表现的是在新疆喀什一带别具特色的高台民居,这种"叠床架屋"式的居住方式非常有特点。一个家族子孙繁衍之后,房子不够住了,就在屋顶上往上加盖,一层层往上加,借助迂回曲折梯子往上走,成为一种有趣的居住模式。王忠明应该是用雕塑的方式表现这种建筑的第一人。王忠明长期生活在新疆,收集了大量新疆民居的资料。随着少数民族地区的现代化进程和城市的发展,目前这种民居样式越来越少,王忠明的雕塑用艺术的方式比较完整记录了这种民居方式，为高台民居留下了非常珍贵的视觉资料。

王忠明的泥塑作品有非常独特的形式感。他大胆地采用了写意的方式，直抒胸臆，具有很强的表现性。作者在创作中一方面大胆地表现自己；另一方面，为了表现对象本身的内在精神，它们非常强调突出表现对象中最有特征，最能传神的部分，因而，达到了较好的艺术效果。

为了写意和表现的需要，王忠明打破了传统的比例和空间关系，例如，在他的作品中，如果按照人和建筑的真实的比例来做，那很可能就像个模型；而王忠明特意将人物的比例加大，相应建筑的比例就缩小了，这样更好地突出了人的活动，反让人觉得自然、亲切。这种表达方式也许并不刻板地符合生活的真实，但是它具有强调的艺术感染力。

事实上，用雕塑表现建筑不是那么容易的，因为建筑具有抽象性、几何化的特点，容易做得死板，王忠明的作品由于不是机械地描摹建筑，由于突出个人的主观色彩，所以他手下的每一座建筑都各有特点，仿佛都是一个个的生命体。

王忠明还较好地运用了夸张、强调、对比的艺术手法，显得简洁传神，风趣而幽默。他是根据自己的眼光和趣味，来塑造人物，表现建筑，因此，它的泥塑带有作者个人强烈的情感色彩。他的作品如《老哥们》，非常夸张，非常简练，许多细节都每省略了，只留下了最有表现力的部分，起到了以一当十的效果。

王忠明的雕塑保留了一种来自民间的原生态的趣味和一种异族风情，如果深圳能够吸纳这样的雕塑家入驻，应该是非常符合深圳这座城市海纳百川的文化气质的。

塑造婴儿

董书兵是个雕塑家,西北大汉,工作在北京。这些年,董书兵一直在做婴儿雕塑,各种表情、各种姿势。这么多年,他一直坚持,只是婴儿的活动道具、尺度大小、材质工艺、外部肌理在不断变化。

一个艺术家一直坚持做一种题材好不好?在当代各种新的艺术媒介风起云涌的时候,还是坚持古老的泥塑方式好不好?这种坚持的价值何在?人们或许会心生困惑,产生此类的问题。

作为一个专业的雕塑家,所谓的专业性,或者说专业与业余的区别,就在于他有自己的出发点,有自己持续专注的问题,有自己特定的研究领域。所谓专业,就是指一个人在特定领域,经过持续而有成效的工作,将它变成了自己所擅长的专门行当。这个世界上没有不好的题材,只有不好的雕塑家。

当然,这并不是说雕塑家所关注的领域不能变,只是想强调一点,所谓专业,就是指雕塑家的工作和变化应该是有来龙去脉,有上下文的相互关联,有内在的逻辑联系。拿种地打比方,一块地今年种了麦子,明年种棉花是可以的,尽管品种相差很大,但懂得耕作的人知道,它们之间是有关联的。如果今年种水稻,明年突然种红薯,这就不搭了,主要是土地的属性不对。

董书兵选择婴儿题材与个人生活经验密切相关,在董书兵人生的某个阶段,他个人的身份因为婴儿的诞生突然发生了变化,他必须付出大量的时间和精力来观察婴儿,照料婴儿,必须亲身感受婴儿身上微小点滴的变化。进而,他产生了一种特别的生命体悟,这件事和这个过程对他整个人生都产生了根本性的影响。一个雕塑家的创作如果能从个人生活中发现关注点和兴趣点，那么，这样的创作则纯然出自一种内心的召唤，而不是为了满足各种外在的功利要求。"无情未必真豪杰，怜子如何不丈夫"，五大三粗的董书兵为什么在婴儿这个题材上投入了如此专注而持久的热情，似乎也很好理解了。

或许这是一个无法说再见的课题。只要他愿意就可以做下去，因为董书兵之很享受这个塑造婴儿的过程。这些年里，婴儿的题材没变，但表情、姿态在变，体量在变。不论是啼哭的婴儿、恬然入睡的婴儿还是超大尺度的婴儿，在塑造的过程中，董书兵一次次在复习、体会，重新感受那种稚嫩、本真、娇弱的生命存在。

董书兵的婴儿雕塑不仅倾注了自己的情感，不仅和他个人的生活有关，同时婴儿也是社会所关注的对象，往更深处说，还包括一种哲学的思考。看看古老的《道德经》，它简直就是一部婴儿颂。在老子看来，婴儿的状态是一种最理想的状态："专气致柔，能如婴儿乎？"还有："知其雄，守其雌，为天下溪。为天下溪，常德不离，复归於婴儿。"

然而，今天的现实呢？当人们看到这些婴儿雕塑的时候，似乎不必做更多的有关社会学的引申就能联想它们背后的意义。当人们看到董书兵塑造的那些婴儿，特别是那些哭泣的婴儿，可能都会不自觉地联想到今天针对婴儿所存在的种种威胁，可能想起毒奶粉，想起医院产房里的那些没有底线的婴儿交易，想到丧心病狂的摔婴事件……

这个世界会好吗？婴儿是我们未来的希望。

以博伊斯为师

最近，一个关于约瑟夫·博伊斯的展览在中央美院展览馆展出，尽管只是一个文献展，还是引起了当代艺术界的浓厚兴趣。

回顾中国当代艺术的发展，它的发展进程和来自西方的知识和思想有着密切的关系，但是，什么时候介绍什么？流行什么？选择权始终在中国。这种选择以什么为依据呢？在于它必须对应和满足中国在某个时间段的现实需求。

例如博伊斯，他对中国的影响主要来自他的艺术观，比如"社会雕塑"。

200万年我在深圳做了一个展览，叫作"一个老红军的私人生活"。展览将一个刚刚去世的老红军及夫人的日常生活物品进行了展示，包括老照片、记事本、日记、各类证件证书、履历表、衣服、柜子、药瓶、生活工具，还有战争年代留下的小物件如望远镜、绑腿等等。这样的展览显然需要理论的支持。如何定义这个展览呢？我把它和博伊斯的"社会雕塑"挂起钩来。

在博伊斯看来，一个人的社会行为同时也可以看作是艺术行为，这是博伊斯对艺术的重新定义。表面上看来，社会行为和实践与传统的"艺术"似乎没有关系，但是他们和艺术一样，共同参与了社会变革，塑造了社会现实。所以，它尽管不是狭义的"雕塑"，但可以称为是"社会雕塑"。

联系到这个老红军，他十六岁离家参加"黄麻起义"，到1949年回老家，当年村里一起出去的二十多个小伙伴仅剩下他一个人了。据说老人晚年沉默寡言，尤其不愿意回忆战争。从老人留下的一些物件中,以及许多琐屑文献中,可以解读出比一般"艺术"更加生动感人的细节。

这个展览被香港艺术馆看中,邀请赴港展出,引起了很大反响。艺术馆特意把写得满满的几本留言簿给我复印了一套,没想到成为近些年观众反映最热烈的一个展览。许多香港市民不知道"红军"是什么?以为就是红卫兵;一些国民党官兵的后代和一些"红二代"看到这个展览则百感交集,他们对这种非宏大叙事的红军私生活表示了极大兴趣。也有人对展览表示质疑:难道红军的晚年是如此落寞,物质生活是如此简单吗?

当然,在香港召开座谈会的时候,也有香港学者认为展览名不副实,总是质问,"雕塑"在哪里?艺术在哪里?每到这个时候,我只好拿博伊斯的"社会雕塑"理论解释一遍。

展出过程中,与一位广州老雕塑家交谈,又有了一个新的发现,这就是他表姐的戏剧性人生:一个典型的资产阶级小姐放弃荣华富贵,抗战中参加了新四军,1949年以后成为一个红色的外交家。我为展览想好了题目:"一个香港小姐的革命生涯"。

这是一个曾经沉迷于好莱坞的富家小姐,从小生活在香港,养尊处优,最后成为一个坚定的布尔什维克。与老红军相比,一个是为了吃饱饭而从军,一个是为了抗击侵略而从军。这些人的经历不同,故事各异,但都可以成为观察20世纪中国社会的特殊角度。

遗憾的是,这位当事人由于颠沛流离的生活和各种"运动"的冲击,她个人的历史资料和物品基本丢失殆尽。由于失去了历史细节,展览只好搁置。

如此解读博伊斯的"社会雕塑"是否符合他的原意?不知道。不过,对展览而言,这也似乎并不那么重要。

数字时代的艺术

前不久,一个雕塑家既兴奋又不无担心地对我说,一位华裔科学家,曾是美国3D打印技术研发团队的核心成员,已经来北京创业了,他将会在中国全面推广运用3D打印技术,降低打印成本。他担心,中国写实雕塑的末日就要到了。

如果视觉真实是写实雕塑的基本要求,那么,3D打印可以对一个人的数据进行扫描,然后用各种材料,包括金属材料将这个人的立体形象打印出来。科学技术发展到了这种程度,雕塑家的写实造型能力的训练还有意义吗?

这种担心让我想起当年摄影技术出现之后,绘画界所经历的恐慌情绪,当时也有绘画即将被摄影取代、绘画的时代即将终结等等悲观的说法。

如果以绘画的发展来推断写实雕塑的未来,这位雕塑家的说法未免过于悲观了。当年,摄影带给绘画的冲击尽管很大,但是最终并没有成为一种取代关系。摄影作为一个强有力的后来者,它的崛起反而激起了绘画的危机意识,为绘画带来了正能量。

摄影的"逼真"效果,产生了一种倒逼效应,反而刺激了人的手工绘制能力的提升,出现了照相写实的绘画;另外,它还推动了绘画的多样化,出现了许多表现型的非写实的绘画样式;再者,摄影机的观看方式还带给了画家许多灵感,例如借用模糊镜头、俯视镜头、面部特写等等,丰富了绘画效果。

湖北画家冷军,在国内艺术家中以超级写实而闻名,他的作品乍一看像是摄影,但细看,实际已经超过了照片所能给人的视觉真实感。他用手工弥补了许多连摄影也顾及不到的地方。令人惊讶的是,冷军从小就高度近视,他画人物身上的毛衣,那种细毛茸茸的效果让一般画画的人无法想象,这是怎么画出来的? 他解释,这种效果不是只凭视力画的,而是凭内心的感觉来画的,就像有些微雕作品是雕刻家靠内心感觉来雕刻的一样。

3D打印实际上已经开始在雕塑中尝试运用了,例如雕塑小稿的放大,用3D打印技术协助完成,既准确,又快速。只是,目前国内雕塑界所运用的3D打印技术上还不够完善,成本也比较高,如果将来技术进步了,将会出现专门针对雕塑造型的高水准3D打印机,那时候一定会给雕塑家带来方便。

当然,指望用3D打印技术来取代写实雕塑恐怕不可能,原因在于,艺术和机器最大的区别是,艺术家个人化的情感和体验是很难被机器所模拟的,否则,艺术的存在也就没有什么价值了;如果机器也能制造出情感,那也只是程序设计者所给予的。

面对数字技术对艺术的介入,有人对此不屑一顾,漠不关心,这实际上是一种"鸵鸟态度";有些人呢,则仍然沿用传统的艺术思维的眼光,认为数字艺术不三不四,不具有"学术性""纯粹性""规范性",对它们有一种偏见;还有人愿意讨论数字艺术,但是它们还没有消化,有点生吞活剥,削足适履……

以上这些态度似乎都不足取。数字技术对艺术的影响不可避免,迎接和研究新技术,并将它转化、运用到艺术中,成为推动艺术发展的手段,这才是积极的态度,如果追溯既往,一部人类的艺术史就是这么走过来的,在人类艺术史的背后,蕴藏着的是一部技术史。

先祛魅,再传承

　　五四以来,不管是唱衰水墨画或是力挺水墨画的人,都有一种"整体性"的思维习惯:说坏,啥都不是;说好,什么都好。他们总是不愿意站在分析的立场,理性地对待历史,重建关于水墨画的知识,这个工作不做,这种各说各话的争论仍将继续下去。

　　反而,一些国外汉学家立足于新方法的运用和新材料的发掘,破解了历史上许多关于传统水墨的神话。例如美国著名中国艺术史家高居翰教授,他认为中国学术界研究水墨艺术存在两个问题:一、迷恋于文本的研究而忽视了视觉研究的方法,即使在文本研究上,"正史"之外,还有档案、信札、日记等材料也被忽略了;二、国内学术界对社会学、经济学的研究角度兴趣不大,对画家的社会交往、经济来源等细节重视不够,热衷争执一些空疏抽象的概念。

　　总之,这些人的工作是祛魅,在很大程度上还原了中国古代画家工作和生活的真实情景。高居翰说:"剥去了中国画家通常被赋予的表里不一的外套,证实他们在超然的精神和审美追求之外,仍然有着尘世的需要与欲望。那么,我想我这样做并没有贬低他们,而只是让他们显得更富有人性,我认为,这样更加可爱。"

　　的确,对于古代画家,我们过去总是被一些未经证实的"大词"和"大话"所绑架:例如,"画品即人品",把画家的绘画活动过分地道德化;例如,编织文人画家拒绝经济利益,心高气傲,宁可忍饥挨饿,也不卖画的神话;还例如,宣扬业余文人画家的格调和水准要远远高过专业的画家等等。

　　举个例子,明末清初的大画家"八大山人"朱耷,应该是文人画家的典型,也是研究者们最爱提到的一个人。关于他的事迹,文献中美化的记载也不少,他一直以孤傲狂狷、视达官贵人如粪土的清高文人形象而著称。但是,据中外研究者都有引用的邵长蘅《八大山人传》记载,"八大"实际是一个有着严重心理障碍的精神分裂症患者。过去说的达官显贵重金求画不得,而贫士、市人索画则来者不拒的情况,恰好是在他的发病期。

传记说,"八大"在发病期间,十分好酒,无论什么人相邀都去,一喝就醉,醉后随兴挥毫,全不爱惜。他还喜好男色,住城外僧舍,童僧为向他索画,争相与之交合,以至于当时的显贵名流只能从山野贫士和酒徒童僧那里买到他的画。

事实上,在"八大"的精神状态相对稳定之后,他一直是依靠卖画来维持生计的,保留下来的"八大"的往来信笺记载了他如何接受委托、使用中间人、卖画收取金钱礼物等细节,以及他担心不能按时完成订件的心情。

综合地考察各种文献,研究者发现,宋代以后,"文人画家"或"业余画家"基本都是卖画的,同时,他们也没有我们想象的那么矜持。他们会根据订画人的需要,按规定的题材作画。在市场活动中,有中间人,有机构专事经营。画家们忙不过来了,会找学生或弟子代笔。画家对订件的重视程度与所收酬金的多少和订件者地位大有关系……

祛魅无损于水墨画家的伟大,如果中国水墨艺术需要传承,就需要尽可能还原到古代社会的真实情景中,否则,能否有效传承将成为一个问题。

一个人和一群雕塑

　　广东佛山雕塑家李春华做了一件让雕塑界吃惊的事情：为纪念中国远征军1944年的滇西反攻，他在松山战役的遗址，举个人的全部力量，花了三年的时间，自己设计、自己出资，建造了《中国远征军将士雕塑群》。

　　《中国远征军将士雕塑群》安放在滇西抗战主战场，松山主峰南侧，依山势站立在崇山峻岭之间，占地约17500平方米，它由402座单体雕塑组成，分为将军、夏装士兵、秋装士兵、冬装士兵、驻印士兵、娃娃兵、女兵、跪射兵、炮兵、在世老兵、战马、吉普车12种方阵，按真人尺度1∶1.2的比例塑造。

　　雕塑以士兵为主体，选取戴安澜、史迪威等为军官代表，还特意塑造了目前在世的28位远征军老兵。观众瞻仰这些将士雕塑，必须行走在1.5米深的坑道里，才能仰望英雄。

　　松山属横断山系高黎贡山山脉，由大小二十余个峰峦构成，主峰海拔2200米，山下是气势恢宏的世界第二大峡谷——怒江峡谷。著名的滇缅公路在该山的悬崖峭壁间盘旋了40多公里，是滇缅公路的咽喉要塞。

　　二战时期，松山战役是中国南方最大的战役之一，它是滇西缅北战役中的一部分。当年，中国为了打通滇缅公路，远征军于1944年6月4日进攻位于龙陵县腊勐乡的松山，在牺牲四千多将士，浴血奋战三个多月后，终于在同年9月7日占领松山。

　　雕塑是一门永久的艺术，面对重大的历史事件，过去一般是由官方来组织纪念性雕塑的建造，而民间人士自发地创作大型纪念雕塑，过去是难以想象的。前几年在四川安仁,著名收藏家樊建川先生在他的博物馆聚落,出资建造了《中国壮士》大型纪念雕塑群,朱成、谭云等十多位四川雕塑家共同在这里塑造了二百个抗日将领。《中国远征军将士雕塑群》是继此之后的第二个大型纪念雕塑群。不过,它是由一个人独立完成的。

今年9月,在纪念世界反法西斯战争胜利纪念日的当天,云南龙陵县政府举行了雕塑群的落成仪式,当年的抗战老兵和各界人士齐聚在这里祭奠抗日勇士。岁月荏苒,昔日的白发老兵,望着雕塑群,老泪纵横,情不能已。

李春华的义举引来了社会舆论的一片好评。实际上,李春华的雕塑除了具有社会意义和伦理价值外,从雕塑艺术的角度看,也有可圈可点的地方。

首先,在雕塑群的布局上,他没有采用西方纪念性雕塑常用的方式,而是借鉴了中国传统的纪念性雕塑的方法。远征军雕塑群就借用了秦始皇陵兵马俑的布阵和队列方式,将中国远征军分为不同的方阵,这些方阵具有反复、齐一的特点,气势恢宏、庄严肃穆,具有一种崇高和壮美的感觉。

其次,在雕塑的材料上,采取了用水泥建模浇铸的方式,这也是目前不多见的。在20世纪五六十年代,用白水泥这种朴素、价廉的材料创作雕塑,是较为常见的。俄罗斯玛玛耶夫高地五十多米高的巨像《祖国母亲》用的就是水泥材料。到后来,雕塑的材料日渐奢华,水泥材料才逐渐开始淡出。李春华采用水泥还有他个人的考虑:南方潮湿多雨,而水泥材料上一旦长上青苔,则更能显出历史的沧桑感。

一个人和一群雕塑,李春华在雕塑远征军的时候,同时也铭刻了这一代人对历史的敬畏和尊重。

心性与现世

中国传统文化最迷人的地方之一,就是它对心性的强调,艺术中尤其如此。

中国画在唐朝的时候,还说"外师造化,中得心源",到后来,"外"越来越少,"心"越来越多,最后,成了心性主义的天下。在中国画里,眼睛观察写生与内心情感抒发之间,它强调内心表达;在外部形态的真实(形似)和内在精神的把握(神似)方面,它重视"神似";在入世和出世之间,它强调出世;在现实和理想之间,它强调理想……

从宋代开始,"心性主义"的高涨,把绘画的精神性推到了最重要的位置,相对而言,中国画的现实感、社会性和生活内容则开始衰退。

中国绘画的心性主义一直备受推崇,它是高蹈的、悠远的、精微的、内心化的、远离尘世的……这些富于魅力的地方在20世纪恰好又吻合了国际上对现代性的批判和反思的潮流,到现在,这种心性主义在国际舞台上,由于具有反现代性的某些特质而被认为具有引领未来潮流的意义,没人敢于小觑。

另一方面,中国传统绘画从五四时期开始,在国内遭到了一些激进的革新者们的批评,直到现在,仍然有不少人认为传统中国画缺少变革和创新。为什么20世纪以来,在国内有那么多对于传统绘画的非议呢?其核心原因也是因为它的这种心性主义。

在这些批评者看来,如果站在当代立场,从中国画自身逻辑出发,这种从古代延续至今的心性主义有不可忽视的负面影响,而这些负面影响常常被它的历史价值和在今天所具有的正面意义所掩盖了。

在这些批评的声音中,最突出的一个理由是,传统中国绘画缺乏现实感,它的题材老旧、单一,陷入山水、花鸟的程式化、样式化的表现中,不能够面对社会、面对人的现实处境和生存状态做出积极的反应。而反观当代艺术呢,它最突出的特点就是关注当下,关注现实,关注人的命运。所以,传统的中国画不改变这种状态就很难发展。

事实上,中国绘画在心性和现世的问题上,并非历来如此,二者之间的关系是有一个演化过程的。张彦远的《历代名画记》等一批古代画史中,记录了许多画家能够惟妙惟肖地描摹对象,以至于可以乱真的故事:如徐邈画鱼于板上,竟引来水獭;曹不兴"误笔成蝇",让孙权以为真,竟用手弹之;张僧繇画梁武帝之子,让其对之如面……可见,在那个时候,把形画准也是备受推崇的一件事。

还有,"六朝图画战争多",只是这种战争题材到后来完全绝迹了;就是在北宋时期,如《清明上河图》这样,描画市井生活的绘画也相当流行。为什么中国绘画中的这些伟大传统到后来都消失了呢?那种"存形莫善于画"的传统,那种高超的写实技巧,那种对人的现实生活的广泛表现,都被从宋代开始提倡的"心画""心印""聊写胸中逸气耳"这种心性主义取代了。米芾说,"今人绝不画故事",意味着中国画的另一端,重视现世的传统被切断。

心性主义要两面地看,在肯定它的历史成就和现实价值的同时,也要看到它对于当今中国画发展所带来的问题。今天,中国画领域出现的"实验水墨""都市水墨"等,在很大程度上,就是对心性主义的一种匡正。

不变不行

五年一度的全国美展将于2014年举办，各地美术界又开始层层发动，将争取更多地参展，更多地获奖当作头等大事。

如今全国的美术展览成千上万，如果全国美展只是其中的混迹者，那人们就没有必要去苛求它了，让它去竞争、比拼好了，如果果然受公众喜爱，自然会从中脱颖而出，用不着操心。

问题是，全国美展动用的是国家资源，与众多"草根"展览相比，它得天独厚的行政动员能力、举国体制的办展条件、优厚的媒体资源，是任何其他展览都无法比拟的。

这次第12届全国美展的雕塑展将在山西太原举办。太原的明星市长耿彦波亲自向美协主席团做申办陈述，打动了评委，遂决定将本届全国美展的雕塑展放在落成不久的太原市美术馆。

由一个城市来申办全国美展的一个部分，这是这些年才开始出现的新事，它意味着展览经费将由申办城市来承担。即便这样，有意愿申办的城市还要通过比拼才能获得机会，可见，地方政府对于"国字头"的文化活动是何等看重。

各地方政府争相参与国家的文化事务是一件好事，但对全国美展来说，其自身如何与时俱进，在展览的观念上、在展览的机制上和组织方式上又该如何改进才能与地方政府的这种热情相匹配呢？

遗憾的是，我们在第12届美展雕塑部分的征稿要求中，看到的还是"以不变应万变"的要求，这个要求自改革开放以来的三十多年中没有变过。

通知对参展作品的要求有三点特别值得注意：其一，作品体量不超过200厘米,重量不超过150公斤;其二,材料是传统的铜、铁、石、木、不锈钢材料,特殊需要才可以用玻璃钢;其三,谢绝声、光、电作品。

这三个要求其实包含了一个关于"雕塑"的定义。在全国美展看来,所谓雕塑,还是单体的、架上的、传统材料的,这是一个原教旨主义的雕塑定义,已经远远不能描述中国当代雕塑的现实状态了。

近三十年来,中国雕塑已经从过去的"架上"和"户外"两种作品模式,广泛吸收了装置、现成品、地景、影像等形式,变成了多元化的状态;在空间关系上,雕塑不仅走下了基座,也不再是过去那种单向的"被观赏"的对象,雕塑空间已经成为能够与观众有效互动的空间场域;在与社会的关系上,当下最有现场感的雕塑往往并不是一个单一的立体作品,而是一个实施过程、一个社会事件、一次艺术活动……

中国当代雕塑在材料上的变化更是让人难以想象,再生材料、环保材料、绿色材料,大量运用在雕塑上,例如砖、废弃电子板、植物、建筑垃圾、生活弃物等等,这些材料代表了雕塑生态化的未来方向。然而,恰好是这些最有启示性和未来性的材料不能进入全国美展。

至于现代高科技融入雕塑,已经成为当代雕塑目前最引人瞩目的现象,如3D打印、动态雕塑、光感应雕塑、声控雕塑等等,让人目不暇接,可是,在全国美展中,声、光、电恰恰是被排除在外的。

据说,全国美展提出这些要求是基于运输、布展和安全的考虑。这就奇了怪了,一个展览是为了作品质量和效果,还是为了办展的方便呢?

这好比一个渔民出海,发下捕捞大鱼的宏愿,却只带了一张捞虾的网。

羊蹬艺术合作社

　　贵州桐梓是过去夜郎国的所在地,桐梓有个羊蹬镇。2012年,几个重庆雕塑家来到羊蹬。

　　他们到偏远的乡村做什么？做当代艺术。鉴于当代艺术的问题,他们希望到乡村来寻找当代艺术的新方式和可能性。当代艺术在很多人的心目中,属于城里人的艺术,少数人做得热闹,大多数人不懂;特别是艺术市场的介入后,加上一些人的恶性炒作,整体上显得鱼龙混杂,标准混乱,如果长此以往,当代艺术还能走多远?

　　艺术家来到羊蹬镇并不想落入过去的窠臼,他们制定了几条原则:不是采风;不是体验生活;不是文化扶贫;不是送文化下乡……他们希望放低身段和农民一起,商量着做艺术。

　　他们发现,这里地处山区,森林资源丰富,木匠很多。但是,由于现代塑料、金属制品的器具和流水线生产的木质家具进入生活后,传统木工手艺渐渐衰落,这些木匠常常聚在街头,回忆他们过去的好时光。

　　经过一番调查,他们开始和木匠交朋友,为他们放了一些木质材料艺术作品的幻灯片,然后问木匠,能不能在过去做木桶、板凳、家具的基础上,超出实际需要和功能,增加一些有意思的东西。当然,木匠做出来的东西,他们愿意收购。

　　刚开始,木匠们有点为难,过去的活路做习惯了,现在让他们做艺术,还真是有点不适应。不过,只要有了一两个人的示范,其他人马上就开窍了。例如,他们有人把几个小方凳纵向连接,叠加以后很有形式感,尽管它们已经成为不能坐的凳子,但有了凳子之外的含义;有的人开始在椅背上加上一个凳子;有的人开始让一把木质斧头的利刃镶嵌在长条凳上……

有个木工刚开始的时候,说自己什么都不会,只会做棺材。后来,他尝试把几个"迷你"小棺材叠加在一起的时候,马上有了特别的味道。最有意思的是一位木工尝试改造一个旧立柜,把它镶在摩托车的后座板上,变成一个流动的家。打开柜门,锅碗瓢盆一应俱全,拉出活动隔板,就是一个简易的床。刚好可以躺下一个人。

木匠们的热情调动起来后,他们商量成立了"羊磴艺术合作社"。除了创作,他们还去赶场,在乡村集市上尝试卖掉他们的作品。

艺术合作社引起了乡镇干部的注意,他们联系合作社,能否为当地环境的改善做些什么? 很快,他们接到地方政府的委托,制作了场墟上的便民长凳,以及山路中途方便搁背篓的坐凳等等。当然这些公共物品是有设计的,是作为公共艺术来创作的。

后来,他们承担了乡村学校的环境改善工作,最大限度地利用废弃材料,将它们改变成乡村学校的公共艺术作品。

2014年羊磴艺术合作社接到的最新委托是,为了推广经济作物并配合旅游开发,根据当地的气候条件,决定大面积连片种植向日葵,希望在这个项目上得到合作社的帮助。正好,重庆钢厂有一个废弃了的毛泽东戴军帽的头像钢模,共二十米高,长年淹没在草丛中。于是,通过艺术家的斡旋,这座头像获准运到羊磴。

他们制作了一幅"葵花朵朵向太阳"的大型地景艺术效果图:大片盛开的金色葵花地里,高耸着一座毛泽东巨型头像,这幅效果图今年将变成现实的图景。

冯豆花美术馆

几个来自重庆的雕塑家和贵州桐梓羊磴镇的一些手艺人成立了"羊磴艺术合作社"之后,在当地引起了很大的反响。他们所做的艺术活动,让当地居民由惊讶、好奇、看热闹,到慢慢开始理解和参与。木匠冯师傅就是一个愿意同合作社进行深度合作的人。

冯师傅曾经和几位艺术家合作,用木工技术进行过艺术的创作,经过这次合作,他个人对艺术的看法发生了很大变化。冯师傅在镇上开了一家豆花馆,名叫"冯豆花"。艺术合作社提出来要和冯师傅合作,把他的冯豆花馆变成一个美术馆。

"冯豆花美术馆"就是2014年羊磴艺术合作社提出的一个新创意。这个想法是这样的,所谓"美术馆"并不是让冯师傅把豆花馆腾空,拿出来当艺术的展示空间。恰恰相反,豆花馆照常经营,而艺术合作社将艺术植入到豆花馆里,或者说,让豆花馆艺术化。这样,它就兼有了两种功能,一是日常餐饮行业的"豆花馆",另外又是展示艺术作品的"美术馆"。

当代艺术中有一种创作方式:用各种不同材料,按照原物大小,采取照相写实的手法,来进行复制,创作出几可乱真的日常生活的物品,例如一个钱包,一顶帽子,一个手机等等。

来自重庆的艺术家提出,创作出一些雕刻有日常物品的桌子,然后把它和冯豆花馆原来进行营业用的桌子进行调换,这样,艺术的桌子同时又担当了实际餐饮用具的功能。这样,当代艺术也巧妙地植入到了老百姓的日常生活中,使过去两相分离的艺术和生活在冯豆花美术馆里合二为一。镇里的老百姓在冯豆花馆吃豆花的时候,同时也是在美术馆参观艺术作品。

这是一个非常有趣的想法，羊蹬艺术合作社和冯师傅因为美术馆的事项正式签订了合作协议：冯师傅无偿提供豆花店给合作社作为美术馆的空间；合作社则负责向美术馆提供艺术作品。这些作品在展示了一段时间之后，合作社负责更换新的艺术作品。

冯豆花的营业面积不过二十多平米，是一个只有四张桌子的豆花小店，艺术合作社对它的改变，主要是创作了四张新餐桌，与原桌子同样大小，在这几张桌子上，雕刻有木雕着色的生活物品：香烟盒、打火机、钥匙、筷子、调味碟、盘子，这些艺术作品和桌面是一个整体。当人们坐在这里吃豆花的时候，可以有一些让人惊奇的发现，食客可以揣摩、近距离观看、摩挲……

冯豆花的招牌变成了冯豆花美术馆，挂牌的那天，镇上的居民纷纷赶来看热闹。过去，镇上从来没听说过"美术馆"。现在，一家豆花店摇身一变，成为美术馆，同时，依旧还是卖豆花，这引起了居民们极大的好奇。

冯豆花美术馆挂牌的当天，豆花馆的生意从来没有这么火爆过，平日一天可能都卖不完的豆花在上午11点就全部卖光了。冯家很高兴，尝到了艺术的甜头。当然合作社也高兴，豆花生意好了，自然就有了更多的观众。二者双赢。

冯豆花美术馆成了镇上的一件新鲜事，吃豆花不新鲜，但是豆花馆里有艺术，这很新鲜。居民纷纷赶来参观的之后，冯豆花美术馆隔壁的一家"果味香西饼屋"老板看在眼里，有点坐不住了，也找到合作社询问，能不能做一个西饼屋美术馆呢？

大风大浪

　　"大风大浪"是一个展览的名字,取自于"文化大革命"中一幅家喻户晓的名画《在大风大浪中前进》,表现毛泽东横渡长江的场面,作者唐小禾。这幅画和《毛主席去安源》等作品一起,被称为"文革"的"三大名画"。

　　唐小禾和妻子程犁联手,还合作了一幅《在大风大浪中成长》,也非常有名。唐、程夫妻二人的组合是中国画坛的传奇:唐小禾高超的造型能力,在那个时代少有人及,而程犁则以色彩独步一时。他们俩合作或单独创作了大量油画、壁画作品。

　　展览研讨会上,有从附中一直到大学的同学戏称,当年,这是一对很难想象的无产阶级和资产阶级的组合。1960年代初期,唐小禾是团支部书记,而程犁则是出生显贵的"资产阶级"小姐。

　　程犁的祖父程明超,晚清"探花",曾授翰林院编修。20世纪初期到日本留学,认识了孙中山,从而投身革命,创办并主编了著名的革命刊物《湖北学生界》和《汉声》。辛亥革命后一度被委任为南京临时大总统秘书长、教育部部长。程犁的父亲是北京辅仁大学文学博士,也曾留学日本。程犁自幼随父亲在上海生活,十四岁回到武汉,十五岁考入湖北艺术学院附中。

　　唐小禾的家世也不平凡,父亲唐一禾早年向往革命,曾参加过北伐和大革命,后到巴黎美院留学,回国后在武昌艺专任教。其长兄唐义精是武昌艺专的创始人,长期担任校长。1944年兄弟俩在四川乘船时不幸舟覆罹难。其时,唐小禾才仅仅四岁。

　　让人想不到的是,唐小禾虽然担任过湖北美术学院院长、湖北省文联主席,但从艺五十年来,这对夫妻画家从没有举办过画展,也没有出版过画册。今年4月19日应邀在湖北美术馆展出的"大风大浪——唐小禾、程犁作品回顾展"是他们的首次展览。

这是一对把一生心血都献给了艺术的伉俪,他们的大量画作和小稿、草图都得到了妥善保存。这些难得的文献记录了他们构思、推敲、修改的过程,对于从事美术创作的人来说,这些资料具有创作方法论的重要意义。

毋庸讳言,他们二人创作精力最旺盛的时期,适逢60年代后期和70年代,他们的大量作品都明显带有那个时代的痕迹。

这就涉及如何评价"文革美术"的问题。

一般认为,相当多的"文革美术"普遍存在公式化、概念化、"主题先行""红、光、亮"的问题;然而另一方面,"文革美术"严谨认真、热情真诚的创作态度也是显而易见的,特别是在艺术商品化的今天,它们和"作画只为稻粱谋"的创作相比,反差极大。如果撇开某些具有时代局限性的内容,这些艺术家的创作方法和态度有没有相对独立的价值呢?答案应该是肯定的。

一个艺术家没法选择他所生活的时代,任何时代的艺术如果退远来看,都可以成为解读那个时代的钥匙。更何况,纵观艺术的历史,有几个艺术家能够自己掏钱创作鸿篇巨制呢?他们只能在限制中,在满足各种社会需要中,来体现了一代人的才能和创造力,留下不朽的作品。

所幸的是,艺术的语言和形式具有超越时空的独立价值和魅力,随着时间的流逝,那些特定的动机和欲望被过滤掉了,唯有不朽的艺术作为一个时代的图像证明而流传千古。

角色化的批评

中国的艺术批评大概有两种：一种是角色化的批评，另一种是中立式的批评。

曾经在很长一段时间里，批评界都强调批评家必须有态度、有立场。这是什么意思呢？就是说，在批评工作开始之前，批评家首先要预设自己的价值观，要区分阵线，要明确自己支持什么、反对什么。

批评家一旦在批评活动中首先把自己角色化，它所面对的，必然是一个二元对立、阵线分明的世界，这实际上是把艺术批评活动首先变成了站队，然后是作战。过去，的确有不少美术批评享有匕首和投枪的美誉。

应该承认，在特定的历史条件下，将艺术批评作为斗争的武器，有它的合理性和必要性。但是，当大规模的阶级对抗和冲突结束以后，社会发生由"革命"向"建设"的转型，这时，艺术批评也应相应发生转化，角色化批评不应该继续成为批评的主要方式，因为斗争毕竟不是艺术批评的常态。

比较而言，中立式批评更适合于一个常态的社会。对于文化和艺术领域而言，常态社会面临的文艺问题反而更加复杂。这是因为，在"斗争"的时期，批评的目标相对清晰，手段相对简单；而中立式批评，强调的是学术的态度和立场，它面对的是社会内部的精神世界，所以，它不再适用于二元对立的方式；它也不再是拥护什么、反对什么这么简单的表态就可以解决的。中立式批评强调的是对具体问题的具体分析，在分析的结论出来之前，批评家只能采取客观的、价值中立的态度。

当然,每个艺术批评家都不可避免地有自己的价值观和个人偏好,只是,当他们面对具体的艺术现象的时候,只能先把这些暂时搁置起来,首先要忠实于事实,遵守学术的规范,批评的结论应该在分析、研究之后,而不是在此之前。只有这样,艺术批评才可能是科学的,同时批评也才可能成为一门学科。

改革开放以后,中国艺术出现了开放、革新、多元化、多样性的变化,但是,中国艺术批评观念的转变还没有完成。尽管艺术批评的理论、话语方法引入了许多时髦的、外来的东西,但是相当多的艺术批评家的思维模式还停留在过去,仍然以角色化批评为主。他们对待艺术现象不是采取客观的、分析的态度,而是人为地画线、站队,把艺术分为体制内的、体制外的,主流的、传统的,前卫的、先锋的等等不同类别,然后自己选取其中一个角色,把自己当作是某一方的代言人,然后再从事批评实践。

这种角色化批评的质量可想而知。尽管他们都愿意抢占"个性""自由表达""多元化"的高地,但实际上,他们并不能接受一种宽容的、讨论式的、民主的对话方式;缺乏尊重对手、尊重事实的气度,缺乏自我反思的能力。他们仍然坚持非此即彼,意气用事,总是想到要压倒对方、战胜对方。

在艺术批评这个领域,重要的是讨论,而不是见高低、分输赢。所有的批评结论都只不过是一种假定,它们都是可以证伪的,都需要时间来证明。

中国艺术批评的门槛很低,读了几本书就可以自称批评家,而想要迅速出位,就必须极端、激进、语言暴力、挑战名家……凡此种种,使得现今艺术批评落下了一个不好的名声。

用制度保障艺术

到今年,香港巴塞尔艺博会总共才办了两届,但它已经和巴塞尔、迈阿密一起,被人并称为世界"三大艺博会"了。

艺博会这种玩法中国也会,例如中国的一些城市也办了好多年艺博会了,也不乏国际著名画廊参与这些艺博会,但是,它们最终给人的感觉,还是一个国家的艺博会,而不是真正的国际艺博会。原因何在? 这恐怕还不是资金的问题,也不是政府的重视程度的问题,也不是社会各界是否有市场热情的问题。

事实上,迈阿密和香港都是"艺术巴塞尔"的延伸。从市场动机来看,所谓"三大艺博会"与其他艺博会之间并没有两样,它们共同的愿望都是聚集世界上重要的商业画廊,每年扎堆赶集,搞一个有声有色的大型艺术展销会。

从形式上看,不同的艺博会之间,其基本运行模式也大同小异。无非是展示、销售、推广活动、讲座、见面会、与观众互动等等。那么,影响大、效益好的艺博会与一般艺博会到底区别在哪里呢?

从根本上讲,它是一个艺术制度的问题。能否形成一个良好的制度环境,用制度来保障艺术和艺术市场的发展。这才是问题的关键所在。

当代艺术是一种制度化、系统化的生产。当代艺术和古典艺术、现代主义艺术不同点在于:古典艺术以作品为中心,作品好才是真的好。尽管有些重要的古典作品连作者的名字都没有留下来,但这不能妨碍它能名垂艺术史。

现代主义艺术把艺术家的地位抬得很高,制造了不少艺术家的神话，以至于有人声称，"没有艺术，只有艺术家"。现代主义艺术看重的是创作主体，认为艺术家是决定艺术的最重要的因素。

当代艺术不同，它不再是以作品为中心或者以艺术家为中心，而是以制度为中心。这个艺术制度由生产、展示、推广、交易、收藏等一系列的具体环节组成。而艺博会正是当代艺术制度的一个组成部分。艺博会的成功，在某种意义上，是艺术制度的成功；反过来，艺博会又是一个窗口，通过它，可以反观艺术制度完善和成熟的程度。

香港巴塞尔展出期间，全国各地的艺术家蜂拥来到香港，花上三百港币挤进艺博会。尽管有说好的，也有吐槽的，但是不管怎样，都会承认这是一个国际平台。我相信，不少艺术家朋友看过展览心情一定很复杂，客观地说，就单件作品而言，内地有些艺术家的作品未必比参展作品差，但是，在哪里展出很重要，在巴塞尔艺博会展出和在国内美术馆展出的效果就是不一样，好比同样是一件衣服，贴什么牌，摆在哪里卖，就不一样。平台不同，价值不同，这就是制度的作用。

不是说艺术家一定要以是否有国际画廊代理来见高低，而是说当代艺术需要通过制度的运作来放大自己。为什么香港巴塞尔艺博会的名气可以两年内速成？除了品牌的力量，还在于香港本身的制度环境：与艺术相关的法制是否健全？海关是否便利？艺术品进出是否顺畅？销售成功后，金融是否配套？会展业的商业运作是否规范和专业？这些应该都是巴塞尔选择落地在香港的重要原因。

上述这些制度环节可能正是我们所欠缺的。

集体创作

改革开放之前，中国现代雕塑分为前后两个部分，前半部分从辛亥革命到1949年，主要学法国。后半部分从1949年开始，学习苏联，后来中苏交恶，但雕塑上的影响一直都在。

苏式雕塑为中国雕塑界带来了什么？除了艺术语言上苏式与法式的区别之外，还有就是纪念碑雕塑的样式和集体创作模式。

1949年之后，雕塑家迎来了雕塑创作的好时光，战乱基本结束，终于要搞建设了；同时，新中国也迫切需要永久性的艺术，需要大体量造型征服空间，证明统治的合法性。

这种需要和十月革命以后的苏联是差不多的。当年，列宁专门发布了一个"纪念碑雕塑法令"，规定要做一大批纪念性的雕塑来纪念历史，鼓舞士气。

纪念碑雕塑的体量大，创作施工环节复杂，不是一个人能够拿得下来的；更何况，纪念碑雕塑与那些细腻的、讲感觉、讲个性的法式雕塑不一样，苏式纪念碑雕塑讲究的是集体的意志、高亢的热情，讲究的是整体感和统一性，最能和它对应的，当然是集体创作的模式。

社会主义现实主义加纪念碑雕塑引入后，中国给了它一个土说法叫"做任务"。这个朴素的，带有军事化意味的表述倒是非常贴切的。做雕塑真的就如同打仗一样，是完成上级统一布置的任务，不是你想做不想做的问题，而是必须要做的问题。

雕塑创作一旦成了任务，就没有那么多的讲究了。一切听领导安排，一切服从任务需要，在创作排名上，在贡献的大小上，就不那么强调个人的作用了。在创作著名的"人民英雄纪念碑"的时候，当时领导可能不太了解雕塑家构思创作草稿也是他们的基本工作,特意请了一批当时颇为有名的画家来为雕塑家画稿子,希望让雕塑家照着完成。当然,雕塑最后还是由雕塑家构思完成的,但最早出稿子的那批画家一般都不提他们的名字,这件事甚至都不太有人知道。

在1960年代创作大型泥塑《收租院》的时候,明确提出"要党的事业,不要个人事业;要集体观念,不要个人杂念;要有统一的风格,不要个人突出"的口号,这个口号的确比较准确地反映了集体创作最根本的特点。

正因为集体创作有这个特点,所以它常常能够集中几十、上百人一起来创作一件群雕或组雕。毛泽东纪念堂两边的雕塑,就集中了一百五十多个来自全国各地的雕塑家,不分法式、苏式,统一到北京会战,雕塑落成后,一个外国雕塑家惊呼:真是不可思议,这么多雕塑家创作了这么多的人物,看起来就好像是一个人做的!

集体创作的代表作品有北京农展馆的《庆丰收》、四川的《收租院》、西藏的《农奴愤》等等。

改革开放后,雕塑创作最突出的变化就是彰显个性。于是,集体创作的模式渐显颓势。1991年,北京市给中央美院雕塑系派了一个"任务",做卢沟桥抗日战争群雕,由法式、苏式、改革开放后的新一代,三代同堂来做这群雕塑。终于,不同的样式、不同的个人风格再也无法统一了。雕塑落成后,有评论说,这组雕塑在纪念性雕塑的创作上,开始有了雕塑家不同的个性和语言。这个说法意味深长。从此,人们正式告别了苏式纪念碑的模式,而这个群雕就成了集体创作模式的最后挽歌。

网络时代的雕塑教育

又到了毕业季,又到了一个释放青春的躁动时节,大学毕业生们似乎要借此机会,把几年里攒下的激情,最后来一次释放。特别是这几年,每到毕业季,学生们弄出来的动静都比较大。以雕塑系为例,前几年,某知名美院的两个应届毕业生居然在学校大操场上裸奔,一度引起了很大轰动,引起了社会上的很多议论。

今年,又有另一个知名美院雕塑系的学生做起了行为艺术,准备在毕业典礼上当众裸体穿学生服。据说,这个行为已经私下里排演很多次了,排演的照片都已经流到了网上。最终,这个行为没有实现,或许是因为这个意图过早地被暴露了。

过去,毕业生疯狂的行为也不少,但都停留在校园内。现在不同了,到了网络时代,学生们的行为很容易通过视频、照片、手机短信、微博、微信就迅速传播出去了,成为社会事件。

仔细想想,进入互联网时代以来,高等雕塑教育发生了很明显的改变。近十多年来,我每年在毕业季都会参加不同学校的本科生、研究生的毕业论文评阅和答辩工作,常常有老师会问,南方的美术学院雕塑系和北方的美术学院雕塑系的学生有什么不同? 或者,某两个学校之间,学生的区别在哪里?

这个问题很难回答。隐隐感到,不同学院之间学生还是有区别的,但若明确地说出来,又很难归纳出几条。

在传统以泥塑为主进行教学和创作的年代,在那种相对单一的标准下,不同学校之间的比较相对是比较简单的。学生的毕业作品就是一面镜子,直接照见的是学院传统、艺术文脉、教师水平,所以,那是有清晰标准，有明确参照，有既定价值的年代。

现在，这种情况已经一去不复返了。

2000年以后，国内美院雕塑系大多采取了工作室制，相对过去，工作室制颠覆了传统的师徒相授，以写实泥塑为中心的局面，不同的工作室开始有不同的学术方面，它用多元的雕塑格局替代了过去一元的格局。学院雕塑教育开始越来越和当代雕塑的创作获得了对应，二者过去长期分离的状态有了很大改观。

更重要的变化是，2000年以来，中国进入了一个互联网的时代，高科技给中国雕塑教育带来了资讯格局的改变，知识状态的改变。

如果传统的雕塑教育，建立在教师时间优势的基础上，通过时间先行积累经验，先学一步、先行一步；到了互联网时代，教师的这种时间优先权已经丧失。面对互联网，师生获取资讯的资格是平等的；面对新事物，他们站在了同一个起点上。由于年轻人的敏感和对新技术的热衷，他们甚至有可能先于教师，获得更多、更新的资讯。

这种知识状态的改变，造成教师并不必然具有在教学上的绝对优势，教师除了有经验，更多掌握了传统的技能，学生也可以绕过教师，通过互联网获取知识，通过各种展览获得知识，通过各种图像获得知识……这种改变带来的变化有如一把双刃剑：一方面，雕塑教育由过去的单一来源变成了多种来源，传统的师徒相授真正成为教学相长；另一方面，它又在某种程度上也消解了不同学校学生作品之间的差异性，使得某种时髦迅速成为全国流行。于是，就有了很难非常具体地描述不同差别的原因。

裸睡铁丝床

最近,一个叫"36天"的行为艺术作品十分火爆。一个毕业于中央美院雕塑系的女生,计划在自己编织的铁丝床上裸睡36天,在此期间,吃喝拉撒都将在这间24小时全程开放的屋子里进行。除了睡觉,她还用铁丝编织玩具作品,同时欢迎人们到这里参观,甚至体验睡在铁丝床上的感觉 。

开幕那天,这个叫周洁的湖南女孩就火了。在此之前,她还纠结了好多天,作品究竟该如何开始? 临到开幕,由于疲倦过度,竟然裸身在铁丝床上睡着了。这个作品对于唯恐天下无事的媒体来说,是多么刺激一个题材啊! 不几天,国内各大媒体、门户网站几乎都能在首页找到关于这个行为艺术的消息;国际媒体如《路透社》《英国卫报》《泰晤士报》等也纷纷报道。

行为艺术作为当代艺术中的"先锋",为什么能产生这么大的影响力?

行为艺术最突出的一个特质是它以身体作为媒介,这种"身体力行"的直接性使行为艺术有别于其他任何一种需要借助其他物质媒介来进行转换的艺术。当周洁裸体睡在一张冷冷的凹凸不平的尚未完成的铁丝床上,身体就是媒介,她的身体体验和感受将带给人们各种联想。

据报道,周洁第一天起床后哭了,她说并不是因为身体的难受。她也不知道为什么会哭。也有女孩在现场目睹周洁躺在铁丝床上的样子也哭了。一些人对作品的观念做了解读,诸如,一个娇弱女子以裸身挑战舒适和麻木等等。无论周洁的观念是什么,她作品的"狠",

她身体的受难给人们带来的震撼都是其他艺术手段难以替代的。

在当代社会,行为艺术之所以成立,还必须借助于传媒。对一件行为艺术作品而言,能够亲临现场进行观看的毕竟是少数,所以,作品的传播十分关键。周洁毕业几年来,一直在做艺术,今年上半年在香港艺博会上,她还用铁丝编织了一张较小的床参加展览。可是这种些比较常规的作品,很难引起媒体大规模的关注,而她的身体介入后,才迅速产生了如此巨大的传播效应。这种反差似乎可以认为,传播已经成为行为艺术的一个必不可少的重要因素。

不能接受行为艺术的人也许会批评说,这不是靠裸露身体出名吗? 这不是通过自虐而博取眼球吗?

的确有这样的人,但周洁不是。如果了解了周洁作品的前后关系和她的想法,恐怕就不会这么认为了。行为艺术一方面是有事先设计,有明确意图的;另一方面,它又带有很强的偶发意味。周洁本来就用铁丝做过床,过去,床是一个观赏品,这次,她把通过行为艺术把作品的观念深化了。她把铁丝床同时作为生活用品,真的睡在上面,这样,她通过行为模糊了艺术和生活之间的界线,而用铁丝编织玩具,也因为在许多女孩的世界里,玩具和床总是相关联的。

周洁说,她平日睡觉就是裸睡的,当她把自己正在编织的艺术作品同时作为生活用具的时候,睡在床上面,依循了一贯的生活习惯,并非刻意为之。

她是一个感性、随性的人,对"36天"的具体细节并没有一定之规,而是根据情形自然发展。而这件作品的意义在于,它以一种更生活化、个人化的方式,将创作和生活、行为与展览、个人体验和公众参与融合在了一起。

行为和艺术

冷美人褒姒站在骊山的烽火台上，这是周幽王三年即公元前779年，她看见沿线一座座烽火台狼烟四起，火光冲天，各路诸侯闻讯带着兵马匆匆赶来勤王，然后又被周幽王草草地打发回去。被捉弄的诸侯们沮丧的样子，终于让褒姒笑了。

在湖北神农架召开的中国行为艺术三十年的研讨会上，有人说，历史上这个著名的烽火戏诸侯的故事就是中国古老的行为艺术，由此推断，行为艺术在中国早已有之，至少在周幽王时期就有了。

如果按照这种眼光来回溯历史，那历史上的行为艺术比比皆是："草船借箭"应该是，"空城计"也应该是，至于禅宗公案，诸如"磨砖成镜"之类，更应该是了。如果这种说法成立，人们要问的可能不是历史上有没有行为艺术，而是什么不是行为艺术的问题了。

问题的关键是如何将行为和艺术区别开来？行为艺术肯定是有行为的，但是，如果所有的行为都是艺术，那实际等于把行为艺术的概念消解了。

这次神农架会议是中国批评界第一次集中讨论行为艺术的会，就在会上，发生了一件有趣的事情。

会议的组织者贾方舟先生，在参观香溪源的时候，看到年轻的行为艺术家厉宾源倒立在写着香溪源几个大字的石头上，也即兴在附近的乱石堆旁倒立了一下。大家起哄说，这就是行为艺术表演，但贾老师不承认，他说这是无意间的一时起兴。

不过，这个无意的行为倒真是促发了贾老师"老夫聊发少年狂"的兴致，因为这正好是行为艺术的会议啊！

第二天,他和厉宾源认真商量,决定正式做一次行为艺术的表演,会议休息的时候,就是会议现场的会议桌上,一老一少两个人双双无依托倒立,然后各说一句话。他们为这件作品起了一个名字叫"对话"。

没料到,就是会议临时插入的一个作品,经微信发布后,立即就火了。那几张行为照片在手记、网络上迅速传开,其影响远远超过了会议本身,连《纽约时报》记者也正在打听贾方舟,要采访他。贾方舟也特别感慨:自己搞艺术批评三十年,辛辛苦苦,似乎没有引起特别关注,偶然客串了一次行为艺术,就引起了这么大的反响,真是没有想到。

贾方舟在会上的现身说法,恰好有助于我们厘清行为和艺术的区别。

行为要成为艺术,首先要有意图,它应该是一件有预谋、有计划的事情。其次,它要有背景和氛围,或者说,它要在一个"艺术的"场域里发生,诸如,要有表演者,要有观赏者,更要有共同的心理预设和相互的默认;换句话说,它依赖于行为艺术的知识,是这种当代的知识决定了行为艺术的命名。在古代社会,有行为,但是没有行为艺术的知识,人们缺乏把一个行为当作艺术来看的眼光。再次,行为艺术之所以是当代的,还因为它要依赖当代的传播系统。贾方舟的行为艺术所以能立即走红,就是依赖当代传播手段,所以,没有传播,就没有行为艺术的生效。

当然,行为和艺术之间,的确有灰色地带,在当代社会,从行为到艺术,有时就只差一点点。例如眼下大热的"冰桶挑战",目前还停留在有趣的慈善活动阶段,主要是名人和富人的游戏,如果有行为艺术家参与,完全是有可能将它变成行为艺术的。

具象和抽象

这两年,抽象艺术比较火,到处办展览。有人说了,这是补课,补现代主义的课。意思是,抽象艺术不搞好,什么后现代啊、当代啊,都搞不好。艺术就得一个台阶一个台阶地上。

20世纪80年代以前,"抽象画"在中国曾经是资产阶级腐朽艺术的代名词;到80年代,抽象艺术出现了,习惯了写实的老先生又说了:你们走都还不会走就想跑,先画好写实再说吧!这种说法和前面"补课"的说法一样,都把抽象艺术看成是奔跑,看成比较高级的形态;具象艺术呢,则是走路,是比抽象艺术要低一级的形态。

这种从具象到抽象,循序渐进的艺术史逻辑到底对不对呢?

的确,在现代主义的艺术中,我们可以找到一些从具象到抽象,一步步展现演进过程的作品。例如马蒂斯的四块人体背部浮雕,开始是一个具象的背部,后来成为抽象的两块板;还有布朗库西的少女头像,开始是一个少女头像雕塑,接着逐渐抽象,最后成为一个鸡蛋状的抽象雕塑。

这些例子是否就能证明,具象先于抽象,抽象高于具象呢?我看未必。

从发生认识论角度看,一个幼儿在有了动手能力之后,会玩泥,搓泥团,这是他最初的创造活动,在他不能具象地表现什么之前,他就可以处理抽象的形体了。这个圆形跟具体的苹果、包子没有什么关系,就只是一个抽象的圆。

在原始艺术中,我们也可以看到,人类早期制陶,也是抽象形体的创造;原始建筑应该早于原始雕塑和绘画,东非发现了一百多万前的原始建筑遗迹,远远早于几万年前的雕塑与绘画,建房屋必须有抽象能力,建筑语言也是抽象的。还有,原始人制造的工具、原始玉璧等等,都是抽象造型;原始陶器上的纹样,大多数也是抽象的,不一定具体描摹什么物象,就是一种形式感。

这些说明,人除了具有一种具象地描摹对象的能力外,同时还天生地具备抽象的能力,这两种能力并存于人创造活动之中。

艺术史上,具象和抽象也是此消彼长的伴随性关系,而不是孰先孰后的取代性关系。原始艺术具象和抽象并存,原始人并非只对描摹野牛、大象感兴趣。西方中世纪教堂绘画中,也有非常抽象和变形的因素,会把人拉得非常长,非常夸张,到了文艺复兴,又回到正常的比例。所以,我们很难说谁是高级形态谁是低级形态。

更值得注意的是,人类从事艺术创造的时候跟人的认识过程正好是反向的,认识从具体到抽象,但是艺术表现是从抽象到具象。画家跟其他人不一样的地方在于,首先他必须有抽象能力,然后才能有具象的表达。

以布朗库西的少女头像为例,画画的时候是反过来的,先抽象,再具象。先画一个鸡蛋,再慢慢地把具体的头发、眼睛、鼻子加上去。所以,学素描要先画几何形体。当一个人不具备抽象能力的时候,也不可能有具象能力。

无论从心理能力,还是从艺术史的事实,都无法证明具象和抽象是一个由低到高的进化过程,这两种东西应该是相互交织在一起的:既在一个人身上同时呈现,成为相互依存的两端;又在艺术史上,成为形态丰富的两大倾向。

至于西方现代主义艺术中的抽象主义,则是另一个问题了。

银幕上的萧红

为了演好萧红,汤唯已经很努力了。为了让自己彻底融入萧红的世界里,据说汤唯在片场都到了烟不离手的地步。但是,她不仅抽烟没有那种"女烟枪"的感觉,写作也不像萧红,她没法假装成1930年代一个性格扭曲的文艺女青年:有一身才情,又命运乖蹇;看起来敏感软弱,内心里又坚韧、自私,还有一点神经质和疯狂……

这样的人怎么演?真是难为汤唯了!以前看过汤唯和一个韩国男星合作的《晚秋》,她在里面演一个感情缠绵的"失足女青年",她很适合那部片子,真正找到了人物的感觉。

她在《黄金时代》里,却不是我们心目中的萧红,问题不是她的演技,而是她做了一件知其不可为而为之的事情,主要责任不在她,或许是导演许鞍华给了汤唯一件很难完成的任务。

刻画银幕上的萧红,是许鞍华的一个做了二十多年的梦,《黄金时代》可谓她的圆梦之作。她可能太相信电影的表现力了,认为电影在刻画人物上可以无所不能,其实并非如此。

在一个文学式微、影像崛起的年代,中心艺术的位置的确应该为综合性更强的影像所取代,但是,影像艺术也有死角,例如,有一类历史人物或者文学人物就很难被直观地、图像地地转译为影视形象,他们更适合存在于文字阅读所产生的想象中。萧红就是如此,还有《红楼梦》里的贾宝玉、林黛玉也是如此。这些年,出现了那么多改编自《红楼梦》的电影、电视,甚至芭蕾舞剧,但它们从来就没有超过文学形象。

复杂的历史人物跨越时代,给人们留下了太多的想象空间。人们从各自的经验出发,在不同时代,投射给了这些人物以太多的历史、文化内容。面对一些无限丰富的人物,我们很难想象,一旦把他们还原为一个具体化的有限的,或高或矮,或胖或瘦的个体,无论哪个演员有多么高明的演技,都无法替代和穷尽对于他的想象。这种无限和有限的矛盾,如同佛家的禅,不能说,一说便错。

萧红是一个被很多文字塑造过的人,众说纷纭的史料成了许鞍华在表现萧红时一道很难逾越的坎。更何况,复杂的历史人物常常是逾越了道德常态的,而一个当代演员,他的私德可以不论,但他的表演一定是在道德化的语境中熏陶出来的,他会下意识地对喜爱的人物进行道德处理,寻找伦理上的合法性。萧红是一个很难做道德化判断的人,她难演,并不意味着我们感受不到萧红那种特有的性情和内心。如果在艺术圈子里仔细观察,在许多艺术家的身上,或多或少都可以发现萧红或类似萧红的影子,但是,要找到一个完全可以和萧红画等号的人物就难了。所以,不少人心里隐隐约约都有萧红,甚至似曾相识,但肯定不是眼前的汤唯。

萧红是个好题材,人物的经历非常具有传奇性,故事曲折跌宕,不过,这种戏剧性被人们说得太多之后,留给导演的余地就小了,故事不能瞎编,瞎编是对萧红不敬。如果要如实地塑造人物,那就必须尊重文献,甚至不惜让历史人物出来现身说法,这种做法又影响了影片的故事性。当《黄金时代》像纪实片一样力求历史真实的时候,汤唯就更惨了,她就像一个老想得高分,又总是考不好的可怜孩子。

生态雕塑

生态雕塑这个词近几年出现的频率多起来了。不过,在雕塑圈内,如何界定生态雕塑,大家并没有一个相对一致的看法。今年11月,成都蓝顶美术馆在国内首次推出了一个"生态雕塑"展,展场位于三圣乡荷塘月色旁的锦江湿地雕塑园,这些参展作品或许可以为人们讨论"生态雕塑"提供样本。

对于雕塑,人们直观的印象就是硬质材料,通常以石头、金属为主,它们比较符合"纪念性""永久性"的需要。到现代主义时期,"软雕塑"出现了。所谓软雕塑主要是雕塑材料的软,人们开始用麻、棕、绒、布、棉、纸等软性的纤维材料做雕塑。

生态雕塑和一般雕塑的区别首先也是材料。它要求材料是生态环保的,可再生降解的;有些则是变废为宝,利用各种废弃物甚至垃圾作为雕塑。

锦江湿地生态雕塑展就体现了生态、低成本的原则。这个展览有三件以稻草为材料的作品,它们是:蔡英杰用稻草人组成的三口之家;王比、娄金用稻草索编成的大老虎;曾令香用镂空的稻草方块和稻草球组成的大型装置。除了稻草,还有用竹子、木头、鹅卵石、废钢筋、废弃电路板、废弃的铁路枕木为材料的作品。

展览中两件体量最大的作品,一件竟然是即将拆除的农家院落。邓乐从院落的各个墙面切割出上百个规整的圆形块,整齐地从院内摆放到院外,而那些不规则排列的圆孔使这个残旧的农家小院变得通透、神奇。大家说,既然这个院子变成了艺术品,那就不要拆了吧,如果在孔洞上装上玻璃,可以成为雕塑园内的茶馆或者咖啡店。另一件大作品是废弃的高压线塔,高达十八米,焦兴涛用修整雕塑园留下的树枝、竹棍绑遍了铁架的每一个地方,材料使作为工业文明标志的高压线塔的性格发生了改变,它不再是那种严峻、危险令人不敢接近的形象了。

青草、花卉也成为雕塑的材料,青年雕塑家文豪的作品是几辆装满泥土的手推车,上面种植有绿色的草皮,题目是"留住记忆"。它似乎想说明,正是这些建设用的手推车,改变了城乡面貌,拉走了青草地,带走了记忆。傅中望的作品则是用金属制成了人体的轮廓,然后用活的花草去填充细节,成为花草摇曳的人形……

生态雕塑强调材料的有机、生态,但并不把材料作为唯一的因素。锦江湿地的生态雕塑是从较为宽泛的意义上去理解"生态"的,除了雕塑材料的生态,还有雕塑形态的生态,雕塑观念的生态,雕塑题材的生态。

生态雕塑强调和自然环境的高度融合,所以,它吸收了大地艺术的许多因素,在形态上是融入自然、融入大地的。杜彪的作品《时空在生长》,是一些环绕树干编织出竹笼状的造型,完全融入树林之中,和树木一起生长。陆云霞的《回忆》,则是由一节节交错的树干组成,在地面成扇形排列,最后消失在泥土中,其形态和一般雕塑迥然不同。

还有的作品采用的仍是雕塑形态,但它表达的是植物、动物等生态题材;还有的作品则因为具有批判性和鲜明的现实针对性而成为生态雕塑。例如张翔的作品,用寻找来的老砖,砌了一个三米多高的"拆"字,它是对破坏生态行为的抗议,它的观念性是因为它对生态文明的维护和肯定。

诗的涅槃

深圳才女、著名诗人、编剧从容的新作《隐秘·莲花》将诗与表演艺术融为一体，借助"跨界"的表演形式，重现了诗歌的魅力。

从容的诗作纯净而优雅，维护了诗歌的美和尊严；同时，她的诗歌又是当下的，是对古老诗学的超越。《隐秘·莲花》是女性视角的写作，具有很大的文化时空的跨度，它是自由奔放、穿越不羁的，它充满了隐喻：性别、身体、灵与肉、得与失、生与死……《隐秘·莲花》充满了让人意想不到的思绪转换和不同意象之间的跨越，然而，它又那么符合情感的逻辑。从容的诗歌展现了一个知识女性内心世界的丰富性，她的知性和感性，她的精神追求和不满足。她的诗句为观众展开了广袤的想象空间。

《隐秘·莲花》在小剧场表演，演出中，从容朗诵她的诗歌，舞蹈演员伴随诗歌和音乐进行现代舞表演，影像装置、灯光、和类似行为艺术的表演都成为演出的重要元素。我们很难为这种形式命名，叫"肢体戏剧""诗舞剧"似乎都无法恰当地描述它，这种归类和命名的"困难"，恰好说明了从容的创新和突破。

自从尼采惊世骇俗地喊出"上帝死了"之后，类似的说法层出不穷。例如："主体的死亡""艺术的终结""作家死了"等等，在诗歌界，则有"诗歌死了"的说法。

"诗歌死了"大概有两层意思：一是对未来历史的预言，它想说明，在历史上曾经非常活跃的诗歌失去了现实存在的合理性，它已经没落，正走向终结；另外是对诗歌现状的不满，认为现在的诗歌失去了灵魂和精神价值，所以它"死了"。

一些人在"诗歌死了"之后,试图另辟蹊径,为诗歌另寻出路,要不写粗俗的大白话,要不就写情色的"下半身"。有着悠久历史的诗歌曾经是人类精神的桂冠,人们甚至把"诗学"作为"文艺美学"的代名词,到今天,它何至于出现"死亡"之叹呢?

从容的《隐秘·莲花》正是尝试在当代条件下,让诗歌重拾精神价值的可能,在一片唱衰诗歌的声浪里,从容为诗歌的当代涅槃进行了不懈的努力。

从艺术史的角度看,从容在《隐秘·莲花》中的"跨界"其实是向远古的回归。大家知道,在人类早期,诗、歌、舞是三位一体的,如《毛诗序》所说:"诗者,志之所之也,在心为志,发言为诗,情动于中而形于言,言之不足,故嗟叹之,嗟叹之不足,故咏歌之,咏歌之不足,不知手之舞之足之蹈之也。"这里所描述的,就是远古载歌载舞的情形,今天,在一些少数民族地区,仍然可以看到这种形式。只是,这种"三位一体"的艺术,随着后来分工的日渐细致,被割裂开了,这才有了今天的"跨界"之说。

在《隐秘·莲花》的整个表演中,起核心引导作用的还是"诗歌",作品的感染力是由诗歌作为情绪导引,结合舞蹈、音乐等其他元素所产生的一种综合效应,它是不可分割的整体,它全方位地调动了观众的各个感觉器官。在现场,观众甚至会有眼睛不够用的感觉。可见,如果脱离了诗歌看舞蹈,或者脱离了舞蹈听诗歌,都将无法产生这种综合效应。

让诗歌重归"三位一体",只是一种艺术实验,但它或许正好代表了诗歌的涅槃和返魅的方向。

艺术衍生品

　　过去我们一般谈得比较多的是艺术品,在艺术市场兴起之后,作为艺术欣赏和艺术收藏的一种补充形式,艺术衍生品开始进入人们的话题中。为什么要有艺术衍生品呢？道理很简单,一件优秀的艺术作品如果通过市场和其他方式被美术馆收藏,或者被私人收藏,由于它的稀缺性,一般人欣赏就不太方便了,在这个时候,就需要衍生品来部分地起到替代作用。在艺术市场上流通的艺术精品永远只是较少的那一部分,大部分精品都被美术馆收藏了,而美术馆的收藏又是一种终极收藏,在一般情况下它不太可能再重新流回到社会;而被私人收藏的作品经过一些年沉淀,如果重新回流到市场,价格一般都会翻番,很难为一般爱好者所能拥有。

　　这就出现了矛盾,美术馆里的优秀艺术品如何能更密切地与大众发生关系？高价位的艺术品怎样才能进入寻常百姓家呢？这个矛盾在一定程度上可以通过艺术衍生品来弥补。艺术衍生品大致可以分为两类,一类是原作者复制,另一类是授权复制。前者由原作者将自己作品或缩小或变换材料,通过批量制作,成为艺术衍生品;后者由著作权所有人授权第三方进行复制。像中国艺术家张晓刚的作品,一幅画可拍到千万高价,一般人买不起,他就将作品制成版画,限量印刷,满足一些观众的收藏愿望。再如美国自由女神像,这种巨大的公共雕塑在市场上也有大小不一、不同规格的衍生纪念品,这是授权给雕塑家批量复制的。

　　当然,不是所有的艺术品都可以做成衍生品,有些作品,例如装置艺术、行为艺术、偶发艺术、一次性艺术等,都无法衍生和复制。另外,艺术衍生品也有它的标准和质量要求。一般来说,艺术衍生品的选择,一是要求能雅俗共赏,为大家所喜闻乐见,二是要求有较好的复制技术,能尽可能保留原作的形态和精神。

艺术衍生品做得好不好,知识产权的保护很重要。例如,深圳的开荒牛雕塑,是城市的标志,很多人都很喜欢,但市场上有很多粗制滥造的复制品,没有一家是经过作者潘鹤先生授权制作的,这其实是一种严重的侵权行为。还有,在西安的地摊上,到处是秦兵马俑的复制品的,价低质劣,为什么国家不授权来做衍生品呢?

出现这种两败俱伤的结果,根子在知识产权的保护上。很多时候,人们为什么不敢搞正规的艺术衍生品呢?因为衍生品一出来,马上就会出现大量盗版,而艺术家进行原创和授权复制是有成本的,那些山寨衍生品则几乎是零成本,买个样品就可以了,质量上又不用对谁负责。

艺术衍生品既然重要,为什么目前国内美术馆并没有大力去推广呢?这其中有制度的原因,也有职业意识的原因。中国的公立美术馆属于事业单位,由国家拨款运行,如果有经营行为,其收入要上交给国家。如果美术馆的从业人员没有足够的职业热情,那他可能就没有发展衍生品的积极性。

相比较,国外的一些美术馆艺术衍生品做得很好。他们非常有巧思,想尽各种办法将艺术品以多种载体呈现出来,比如将艺术品印在各种器物上,做成丝巾,精印成画片等等,而且销售情况也很不错,在这方面,有很多值得我们借鉴的地方。

考验公众

在当代社会,所谓"公众"往往是终极的评判标准,例如,某项公共服务做得好不好,应该公众说了算;某件公共艺术作品好不好,也要看公众喜不喜欢。

另一方面,作为复数的"公众"却很少受到责任追究。谁来追究公众的责任呢?

前不久,深圳雕塑院在中心公园举办了一个公共雕塑展,这个展览名叫"雕塑",实际作品却和过去的雕塑已经完全不同。一批设计师、建筑师甚至还有人类学家参与到展览作品的创作中,这些作品采用了非永久性的装置、影像、地景等方式,过去人们熟悉的实体雕塑基本没有了。

参展的作品中,有用大树干制成可以弹奏音乐的伽耶琴,有吊床式的可以荡秋千的互动装置,有用发光碟片铺在河面上的一大片"银河",有用许多蒲扇组成随风起舞的动态装置,有在树林中用大块蓝色扎染布组成的64卦方阵……

这些作品改变了过去的观赏习惯,却也给它的维护带来了极大的困难。在作品安装之初,策展人就说这个展览将是对深圳公众的一次重大考验。

果不其然,展览还没正式开幕,就有人报告,随风摇曳的蒲扇被人"顺走"了几把。用建筑工地的白色扎带组成的一块"白草坪"被人当着作者的面拔起了几块,问她为什么要拔,她说因为它好看,喜欢。

开幕的第二天,正好雨过天晴,迎来展览开幕后的第一个周末,中心公园游人如织,这些新奇、公共性很强的作品果然很受公众喜欢,但是,不好的消息马上传来:吊床的钢圈由于上去的人过多,不堪承重,出现断裂,需要马上维修;一片整齐的"银河"上,被人扔进泥块、空瓶子;已有警示说明不应该攀爬的"积木熊"被攀爬;浑身毛茸茸的白熊,被人拔了毛;远置于草丛深处的作品,硬是被踏出一条道,观众要过去站在作品旁边合影……

这些不应有的损害行为大多不是恶意的,大家对作品"动心动脚"绝大多数是因为喜欢它们。同时,这种现象还说明:这类作品过去公众见得太少,完全没有如何对待它们的经验;还有,这些作者本身也希望自己的作品实现最大的公共效益,希望和观众互动,一些观众踊跃响应了,只是有些"动过头"了,不能掌握互动的限度和分寸,一般来说,好多观众并没有看互动说明和警示就开始参与了;最后,直接对作品构成损害的大多数是小孩,他们只凭自己的喜好行事,是家长没有尽到责任去教他们如何爱护公物、遵守秩序。

面对艺术品"受伤"的情况,一些作者的心情是矛盾的,无论如何,公众喜欢,是对作者最大的奖赏;当然,让他们苦恼的是,一旦坏了,必须不断修理,作品要坚持到展览结束。也有作者甚至对这些作品"受伤"的行为表示了宽容,哪里不是这样呢?就是在发达国家,公共空间展出的作品被损害的情况也很普遍,所以要有耐心,要等城市公众整体素质的提升,如果需要付出被损坏的代价换来观众的自觉和觉醒,那么展览本身就是一种公共教育。

令人欣慰的是,许多观众也对作品的损害表示惋惜和遗憾,或许这种来自公众的"自我反省"和"自查自纠"可能比教育更有作用。

明年的公共雕塑展是不是会好一些呢?

第三辑

生 活 百 态

能慢则慢

　　每次开车送朋友,分别的时候,大多会叮嘱一句:"慢慢开啊!"这句话听成了习惯,仅仅当作一句客气话,并没有往心里去认真琢磨。为什么不说,快快开早点回家呢?

　　古往今来,在人们的潜意识里,快是一件没有办法的事,如果可能,人们能慢则慢,因为慢更符合人性。人在安慰别人的时候,总是会说,别急,慢慢来! 几乎所有的中国人在与人告别的时候,都会说您慢走啊! 国外应该也大致相似,没听说过外国人在与人分手的时候,有催人快走的习惯。

　　大家都知道慢其实挺好的,慢生活挺舒适的,可是在现代社会大多数人就是慢不下来,这是为什么?

　　根本上说,可能是因为人性的另一面吧! 人的一方面本性是趋慢的,可是另一方面则又具有竞争性,渴望占先、趋利、超越。这部分天性在现代社会被无限地放大了。现代社会如同一个加速器,它有一个不断提速的机制,在这个机制面前,就是一个不想快的人,也被裹挟得要加快脚步,它的逻辑是,不快就会落在别人后面,落在后面意味着失去了很多机会。

　　这或许就是为什么大家都在心底里向往慢生活,行为上又都在过快生活的根本原因;这也许就是慢生活的价值观难以抗衡现代社会的"提速机制",成为社会主流价值的根本原因。

　　想想也真是没有什么办法,至少,在很长一段时间里,慢生活对大多数人来说可能都只是一种辅助性的心灵安慰剂,慢生活对那些需要加班,需要做更多工作才能让生活稍微好一些的人们来说,它只是一个美好的梦想，一种对明日生活的愿望。

况且，慢生活也是相对的，当今社会正在过着让人羡慕的慢生活的人，与古代社会的慢生活相比，已经算是快的了。再者，一批幸运地从快节奏中突围出来，终于过上了慢生活的人们，他们的慢恰好也是以昔日的快作为代价的。他们曾经过了一段加速度的生活，才创造了今天慢生活的条件。所以，对普通人而言，向他们宣传慢生活，其中包含一个悖论，你想慢吗，那你不妨先快些吧！

现代社会的人们慢不下来，还有一个重要原因，那些在古代社会支持人们过慢生活的古老的智慧离我们越来越远，而现代社会是一列线性行驶，没有终点的列车，它的时间指向是一去不复返的。

有首王洛宾改编的新疆民歌《青春舞曲》很有意思，它似乎把传统和现代这两种时间观混到了一起，歌词的前两句和后两句完全不搭："太阳下山明早依旧爬上来，花儿谢了明天还是一样的开。我的青春一去无影踪，我的青春小鸟一去不回来。"

歌词有点矛盾，太阳、花儿循环再生，周而复始，是古老的智慧；而生命和青春一去不回来是现代的想法。古人与大自然相处，正是在四季更替、生生不息的生命现象中，让他们体悟出生命的淡定和从容："六道轮回""六十花甲的循环时间""过二十年又是一条好汉"让他们永远怀有再生的可能与希望。

而放射性的一去不回的现代时间，则助长人们及时行乐的紧迫感，过了这个村就没有这个店，在有限的生命里，能得多少就尽量得多少。不能增加生命的长度，那就增加生命的密度吧。在这种思想的支配下，又怎么能慢得下来呢？

写给毕业生

XX同学:

作为一个过来人,我知道你此刻的心情有多么忐忑,即使如此,仍想试着对你说几句话。

首先,珍惜你离校前最后的日子。

人总是这样,只有到了没有更多可能性的年龄,才开始珍惜过去,例如寻找失散的校友,回忆同窗的情谊……所以,为了将来,哪怕在乱哄哄的飞鸟各投林之前的日子,也要让友谊再飞一会。多和同学聊聊,包括平日很少接触的同学,把想说的话统统说出来,包括猜忌、不满或者暗恋……没有机会了,一些同学从此将失散,此生可能不会再见。在我的经验中,无论有多少次校友聚会,有些人总是杳无音信。

关于同学、校园的回忆注定要伴随你一生。相对而言,这是你一生中最不功利的一个时期,这个时期的友谊特别重要,要珍惜,要持续,具体怎么做,你看着办。

其次,认真思考,走好踏入社会后的第一步。

不要天真地以为你在课堂上的那些东西在工作中有多么管用,也不要迷信你的考试成绩,那些不过是浮云。要学会重新开始,包括换个专业,这没什么了不起的,重要的问题是善于学习,永远学习。

在很多情况下,一个人成为什么人,就是他想要成为的那种人;在踏上社会前的那一刻,要认真想清楚,自己想成为什么样的人,怎样走好自己的第一步。以我的经验,毕业以后,不出几年,同学之间的区别就出来了,有的人顺风顺水,蒸蒸日上;有的人困顿塞促,销声匿迹；这固然与个人或家庭的因素有关，但更多的是平日在学校并不显眼，也没有什么背景的同学大获成功。对这种情况如果有什么忠告，那第一是机会，第二还是机会。

当一个机会出现在面前的时候，无非是成功或不成功两种可能，各有50%的概率，只要愿意尝试，就已经有了50%的可能，否则，只能是100%的没希望。退一万步说，就算你是最大的倒霉蛋，一生中所有的尝试都失败了，到临终之时，你也可以欣慰地对自己说，总算都尝试过了，你会因为没有放弃机会而此生无悔。

当然，关于什么是机会，相信你的理智能做出清醒的判断，有些下三烂的事情，例如传销、坑蒙拐骗之类，千万好自为之，别以为这是机会，否则，真没机会了。

另外，珍惜你的校园恋情。

很多人都说，校园恋爱都是闹着玩的，一直以来，校园恋爱的成功率并不高。我的看法是，如果你有个自己还算满意的恋人，还是不要因为毕业就轻易分手。校园恋情有局限性，但也有很多优点，最大的优点就是彼此了解比较透彻。在同学生活中，细节是最难隐瞒的，譬如尿床、睡觉磨牙、脚气之类。所以，大家彼此知根知底，不用装。

走向社会就不同了，可以谈无数的恋爱，可以有无数的艳遇，但是很难找到一个可以结婚的人，为什么？最大的问题是彼此没有信任；而校园恋情最大的长处是什么，就是信任，大家彼此了解，相信对方。

毕业在即，说句你或许不爱听的话：与其接受太多关于未来的乐观主义的忽悠，不如认真做好经受磨炼和失败的心理准备。生命中充满了偶然，对于未来，有太多我们所不可把握的东西。

大家珍重！

孙振华

逝去的田园

我的同事老夏一直有个田园梦。他谋划着,到了退休,就回江南水乡,回到生他、养他的故乡,在自家的宅基地盖间房子,和兄弟们一起过田园的乡居生活。

听老夏描述他的家乡,简直是好得不得了:清新的空气,临近村舍的鸡犬之声,屋前屋后的池塘,绿油油的稻田,赤足走在田埂上,自家产的水灵灵的青菜,散养的走地鸡——这些鸡下的蛋在城里是吃不上的,有真正的鸡蛋味。老夏还忘不了儿时过年时的鞭炮声,此起彼伏,若远若近,在广袤的田野回荡;哪像城里人放鞭炮呢,简直就是污染,震耳欲聋。

随着年龄一天天增长,老夏的田园梦越来越具体,甚至连将来的房子盖什么样式都想好了。这些年他回家也更勤了,有机会就回老家,回来后就跟我们讲,乡下的菠菜是什么味道,乡下的鸡烧出来是什么味道,家酿的黄酒又是什么味道……主要是讲吃的,这让同样贪恋美食的我既眼红,又没办法嫉妒,谁让人家有可夸耀的故乡田园呢?

最近,老夏连续回老家两次,说是有紧急事情发生,最后一次回来,变得彻底的沮丧而失望。原来,老家马上面临拆迁,老夏田园梦断。

在家乡,有一条新修的公路要贴着村边而过,正好要占用他家宅基地。老夏两个哥哥和一个弟弟,都在搬迁之列。按照政府的安置计划,他们将搬到二十公里之外镇上的安置区居住。为补偿拆掉的农村住房,政府根据每家实际人口,在安置区补给一至三套房;至于失去的农田,则按人头,每年补助几百元钱。

让老夏意外的是,包括自家兄弟在内的搬迁农户,居然都接受这种安排。"现在的农民不热爱土地了,你看这事,怎么会这个样子!"最让老夏耿耿于怀的,就是失去土地,在老夏看来,还有什么比故乡的土地更好的东西呢?

实际情况是,现在务农的成本太高,农民一年到头在地里忙,除去各种成本,平均每人大概也就只有几百块钱的收入。所以,拆迁农户的小算盘是,搬到了镇里,房子值钱了,一家人如果住得紧巴一点,把其他房子租出去,就是一笔收入,加上农田的补助,基本上不用太忙乎也能维持生活了。

自家的兄弟们乐滋滋地盼望着搬到镇里,这让一直做着田园梦的老夏心情一下子坠落到了谷底。自家的宅基地没了,农田没了,自己与村里的纽带也就断了。在这个留下了许多童年记忆的地方,因为一条大路的出现,就把它们阻断了。如果再回到村里,算什么呢?不再是自己的家,只是一个访客,飘零无依。

在老夏看来,在镇里的安置区居住,那叫什么生活!过去在村里,老人们从村东头走到村西头,东家说说,西家讲讲,那才是生活,那种生活是接着地气的。城里人节假日总爱跑到村子里来钓鱼,不是为了吃鱼,是为了吸一口新鲜空气。安置区的楼房再也没有乡村生活的那种惬意了,大家就像关在笼子里,从窗子里探出头来,左顾右盼,那能跟乡下比吗?

还有,夏家的坟地就在离家百米之遥的地方,爷爷、奶奶、父亲、母亲都安息在这里,多少年来,已故的先人和后代子孙彼此守望,血脉相连。如今祖坟也在搬迁之列。"把祖先也惊动了",老夏长叹一声,无可奈何。

眼药水

今年6月到欧洲看展览,在到达的第一天,发现眼底出血的毛病犯了。勉强支撑了两三天,到威尼斯的时候,在桑塔露其亚火车站旁找到了一家有绿十字标记的药店。营业员是一个戴眼镜的年轻小伙子,他看了看我的眼睛,非常爽快地卖给了我一瓶眼药水,标价六欧。

点了意大利的眼药水以后,红眼的症状有所缓解,这大概是一种保健类,有助于毛细血管吸收的药,而眼底出血引起的红眼,就是不用药,也会自然吸收。我想,只要不继续恶化,就让它慢慢吸收吧。

过了几天,转到了巴黎,可能是天气炎热,旅途劳累,眼底血管又一次破裂,有了新的血块渗出,这令我开始紧张,赶紧拉了一个懂法语的人去买药,也是一家有绿十字标记的药店。店里有两个中年妇女,其中一个说了什么我不懂,她拿手背上的血管比画,然后手指突然张开,我明白她的意思大概是说,这不是一般的病菌感染,而是血管的问题,眼底血管硬化出现破裂。我对这位女士频频点头,同意她的判断。她不放心,又让另一位年龄稍大的女士看。

既然这样,那就根据症状,给咱找点有用的药吧!谁知,临时翻译把我的意思传达后,这两个女士居然摇头,说了一大通。意思是,这个病不是简单的小毛病,如果要买药,必须要有医生的处方,否则,会耽误我的病情。嗨呀!都什么时候了,还这么教条主义,就临时待两天,怎么看医生啊?再说,你明知病人的眼睛都这样了,你不卖药,不是更耽误人家吗?

翻译转告了我的话,可这两位店员意志坚定,只是摇头致歉,没有任何通融的可能。我也无可奈何,戴上墨镜撤了。

过了几天，又转回到苏黎世乘飞机回国，久闻瑞士医药的大名，何不到瑞士药店试试？打电话向瑞士朋友咨询，问买药是否方便，要不要处方等等。朋友说很方便，火车站就有一个24小时药店。

接下来，我就充分领教了瑞士的医药服务。药店是开放式的，一些店员站在货架旁迎候顾客，店员可以使用几种语言。接待我的是一位三十多岁的妇女，带着一个实习生。我相信她是受过专门医学教育的，检查、判断十分准确，她说我这种红眼不疼不痒，是眼底血管问题，与整个身体状态如血压等有关，她带我到货架边，为我推荐了一种眼药水。

瑞士药相对国内药品还是偏贵的，一瓶药近二十瑞郎，相当人民币近两百元，但是如果就瑞士人的收入而言，这个药价又是便宜的了。

这款药果然效果很好，而且替病人想得很周到。意大利眼药水和我们的一样，都是以瓶为单位的。瑞士眼药水的药盒里有十五支小的塑料管，每管是一天的剂量，一旦开启，24小时后就得扔掉。回国后我在网上得知，不要轻易用眼药水，因为药水容易变质，所以里面一般都含有防腐剂，而瑞士产的这种小包装眼药水，是否正是为了避免防腐剂呢？瑞士人对眼睛就是这么用心。

我们打小就会这个句式："像爱护自己的眼睛一样，爱护ＸＸ"，眼睛这个小小的人体器官，即使在理想主义的年代待遇也很特殊。那时候，人们可以鄙视肉身，但一般不鄙视眼睛，因为眼睛太重要了。我想，哪天我们能像爱护眼睛一样，爱护国民健康，那该多好！

网络公社

最近有朋友告诉了我一些新鲜的事情。深圳有一帮志趣相投的人集资在临近城市租了一块地,雇菜农办起了农场。农场的参与者通过互联网参与农场管理并享受农场生产出来的蔬菜和食品。这些真正环保、健康的绿色产品会定期送到每个参与者家里,吃不掉可以馈赠亲友,非常受欢迎。

当我感叹这事新鲜有趣的时候,又有朋友说,这已经不算什么,有人还有更深入的策划,即充分利用互联网技术,让虚拟的网络和实体的农场捆绑得更紧密,更加直观和有趣。比如,把农场的土地、池塘和生产、养殖过程图像化,参与者可以利用互联网络,通过图像化操作,定制个人化的产品:在网上领养属于个人的走地鸡、荔枝树……还可以通过视频,观察植物和家禽的生长情况。当然,如果参与者愿意在有闲暇的时候,回归田园,到农场体验一下稼穑的乐趣,那当然也非常方便。到了收获的季节,每个参与者可以亲自来农场采摘属于自己的果实,平时也可以根据个人需要随时享用属于自己的禽蛋产品。

这种构想和实践,非常富于想象力,可以看作是网络时代对人们生活所带来的新的可能。参与者通过近乎游戏的方式,让个人在虚实空间中自如地转换,使自己的生活更健康,更快乐,也使一些让人担忧的状态发生良性的改变。

这种虚拟的互助、合作组织应当属于市民社会的一种特殊的存在方式,他们的特点是由网民自愿、自发地组织并管理,它是自治的,非营利的,平等参与的,它如果能够广泛推广并为更多人所接受,可以获得一种新的命名,不妨称之为网络公社。

网络公社的现实意义在于,它依靠网络平台,通过集体化的方式改变人们的生活,提高生活质量,避免人们在生活中可能受到的食品安全方面的伤害和危险。

在商品经济社会,由于商业伦理的不健全和部分商人诚信的缺失,人们在日常生活中常常会遇到制假、售假和商业欺诈等等行为。另外,还由于一些人在农副产品的生产、加工和流通环节中,追逐利润的最大化,使用了化肥、农药和各种添加剂,也使得食品安全问题成为一个影响到全社会的重要问题。当这些问题暂时还得不到根本解决的时候,网络公社成为人们组织起来,自我保护的一种方式。

网络公社并不只是都市白领的游戏,它的集体主义的非营利模式带有反对暴利、对抗商业资本控制和垄断的意义。这是市民社会中,人们有意识地针对市场经济过程中所存在问题而采取的一种匡正手段。在计算机日益普及的今天,它完全可以成为一般老百姓都能够利用和掌握的手段和方式。

不过,网络公社尽管有互利、互助的益处,但是目前更多似乎只是流行在熟人、朋友圈子里,究其原因,如果扩展到陌生人社会,它所面临的问题是,如何获得相互之间的信任和大家是否能够遵守共同的游戏规则?

从这个意义上说,网络公社的形成过程也是市民社会道德自觉的一种训练过程。如果网络公社能够有效地成为一种改善生活、改变生存质量的途径,那它还有可能进一步涉足集资建房、合作医疗、公共教育等多方面的领域。如果这样,互联网络对人类生活的作用将展现出新的图景。

让孩子玩起来

三月里，华侨城创意文化园和杨梅红艺术教育机构在华侨城 OCT 策划了一个"童耍节"，里面的内容有折纸、儿童影像、跳房子、堆房子、彩条拼画、涂鸦、"描"爸妈等等。开幕式当天，还有台湾原住民儿童舞蹈表演、家庭互动创意市集、路人甲乙丙绘画长卷等节目表演。

为了儿童玩耍而办一个节庆，是件新鲜的事情。有人会问，孩子们聚在一起玩玩耍耍、写写画画有那么重要吗？

我们还是得搬个大人物出来，看他是怎么说的。马克思非常推崇古希腊的艺术，他认为古希腊相当于人类的童年，在谈到古希腊雕塑的时候，他给过一个很高的评价，说它"是一种规范和高不可及的范本"，也就是说，人类永远不可能再创造出这样的艺术了。

为什么呢？在马克思看来，一个成人毕竟不能再变回儿童，否则，再怎么会"装嫩"，都是滑稽可笑的。马克思认为古希腊雕塑是人类在童年时期的一种自然纯真的表现，如同最完美的儿童在那个阶段所显示出来的永久魅力，这个阶段是永不复返的。所以，你可以欣赏古希腊的雕塑，但是时过境迁，你很难再创作出同类雕塑。

马克思的这段话可以给我们很多启示。

首先，要热情地赞美童心，要特别珍惜童年的时光，在这个阶段，童心的自然流露和表现是最宝贵的，它一去不复返，任何东西都无法取代。

另外，在童心与艺术、游戏与审美之间，有着一种不可分割的天然联系。所谓艺术创造，在一定程度上，是向童心的回归。成人既然不可能再回到童年，但他可以试图通过某类艺术，找回童年的感觉，得到儿童世界中的那种自然、纯真、率性、无功利的内心体验。

对于今天的儿童来说，不会玩，不让他们玩，可能是最应该注意的问题。小小年纪，正是尽情享受儿童乐趣的时候，可是家长在这个时候偏偏要把成人的要求强加给他们，要求他们变成小大人，逼他们博取只有成人才热衷的"功名"，以满足家长的虚荣心，这是一件残忍的事情。

这种现象是如何产生的呢？我以为不是家长故意要和孩子过不去，而是社会风气所致。我们小的时候，倒是很"审美"，整天疯玩，家长也无暇顾及，我们这代人现在好像也弱智不到哪里去。现在是竞争社会，什么都要凭考，它导致家长之间出现了一种"非合作的博弈"，就是说，剥夺童年是应试教育逼着家长所共同采取的不合理的集体行动。

所谓人心难料，你家孩子可以不请家教，让他自由地享受童年，可隔壁家孩子在请教师补课，如果两个孩子智力相当，你家孩子明显就吃亏了。在这种情况下，家长的最佳选择是什么？只有选择补课才能两全其美：别的孩子都在补课，我家孩子没吃亏；别的孩子都没有补课，那我家孩子占了优势。一旦大家都这么想，恶性循环就形成了，所以，现在儿童压力越来越大，而且水涨船高。

如果我们现在暂时还不能改变应试教育的情况，家长们是不是无路可走？我看未必。如果真正为孩子的将来着想，应该退出这种博弈，把童年还给孩子。就算他唐诗背得不如别人多，钢琴弹得不好，没关系，他的童年是正常的、健康的、单纯的。

做出这种选择的人多了，社会风气就会变了。

被高跟

女士们穿高跟鞋其实跟我没有任何关系,可我常常有些莫名其妙的担心,特别是看到一些女士"危乎高哉",穿着高跟鞋走楼梯的时候,总是担心她们会跌倒。

私下里揣测,穿这么高的跟,有的鞋跟几乎使脚和地面垂直,像芭蕾舞演员那样,感觉舒服吗? 就身体感受而言,应该是不舒服的,特别是对极高跟而言,站都站不稳,小心翼翼地,有什么舒服可言呢? 另一方面,高跟鞋的流行说明,它带给人良好的心理感觉应该不小:你看,我变高了,通过鞋的选择,满足了增高的想象,相对而言,高跟后的快乐压倒了身体的不适。

问题是,这种心理的快乐是怎样形成的呢? 仅仅用自我的心理满足就可以解释高跟鞋流行的原因吗? 事情应该没有这么简单。

通过鞋的选择来满足增高愿望多少有点自我欺骗意思,事实上每个人的身体高度都是天生的,是爹妈给的,如果大家都一致承认人与人之间本来就有身高区别那倒也没什么,大家也都没有必要用高跟鞋来掩饰自己。

高跟鞋的出现应该源于最初有人不满意自己身体的高度,希望通过人为的手段来弥补自然的不足。她最初可能是这么想的,我的身高不够,但我有办法通过穿高跟鞋来减少我和理想高度之间的差距,你看,很聪明吧!

问题是,一个聪明的想法出现之后,马上会引起其他聪明人的连锁反应,其他人也会立即效仿,身高不够标准的穿高跟鞋,身高标准的也希望更上一层楼,也穿高跟鞋,最后的结果,一个聪明想法被群体行为抵消了。事实上，高跟鞋一旦流行，成为一种时尚和女性穿着的必需，它相对的增高效应其实等于零。

应该这样设想，假定中国女性的平均高度是160厘米，如果大家都不穿高跟，平均高度就这么高，倒也相安无事。如果一个155厘米的聪明人穿了高跟鞋，终于达到了平均高度，那160厘米的人也不傻，她也会穿，一下蹿到了165厘米，反正要压你一头；照此推论，其实穿不穿都无所谓了，大家的相对的高度还是那样。如果大家都穿高跟鞋，变高了的心理暗示就没意义了，结果，不仅心理满足感大大降低，还害得大家的脚都不舒服。

在这个意义上讲，穿高跟鞋是一种集体行动的博弈，哪怕你穿后不能获得心理满足，你也必须穿。这时人已经被高跟鞋绑架了，大家都共同选择了一种不自然的方式。如果你不从众，你不仅相对变矮了，还是一个集体行动的另类。于是，一个不明智的选择，成为集体的选择，愿意的穿高跟，不愿意的则"被高跟"。

高跟鞋本来是源于聪明人的小伎俩，结果，它脱离了人的控制，演化为一种生活美学，最后甚至成为身体规训的手段。无数的小女孩可能都有这种愿望，快快长大吧，长大了好穿高跟鞋。她们可能会迫不及待地穿着妈妈的高跟鞋，试着在家里走来走去。

这是另一种方式的缠足。我们过去一直认为，缠足是封建社会对女性的戕害，可是，一旦它成为一种身体美学和女性对身体规训的自我认同，让她放足比让她缠足更痛苦。这和辛亥革命剪男人的辫子是一样的，有多少男人痛不欲生：天哪，我怎么可以没有辫子呢！

柳芭和她的母亲

　　陪同我们探访奥鲁古雅乡的是永刚,一位在当地出生的艺术家,蒙古族。1980年代初期,他十六岁就担任了第一任奥鲁古雅乡文化站站长。那时候,他和鲁古雅男人一样,成天背着一杆大枪,有时候住在乡政府,有时候就钻进深山,和猎人们在"撮罗子"里喝酒。

　　他在带我们参观奥鲁古雅人定居点时,意外地遇到了一位故人——柳芭的妈妈芭拉杰。

　　柳芭是奥鲁古雅部落里的第一位大学生,她是这个部落的骄傲,也是这个部落的一道伤口。中央电视台1997年播放过一部关于她的纪录片,名字叫《神鹿啊!我们的神鹿》获得德国柏林电视节大奖。

　　当年,柳芭和永刚一起学习油画,参加高考,后来,永刚考入中央美术学院,柳芭考入中央民族大学美术系。大学毕业后,柳芭到内蒙古呼和浩特工作,1992年,她仍然觉得自己不适合城市,于是回到了大兴安岭。回来后,她不停地在定居点和山林部落之间穿梭,始终找不到自己的位置。在族人面前,她是城里人;在城里,她是奥鲁古雅人。有一天她终于离家出走,四天走了三百公里,后来被一个林场工人收留,她就嫁给了他。

　　婚后的柳芭并不幸福,尽管她的丈夫对她很好,但是她仍然酗酒,过着颓废的生活。柳芭的痛苦是一种形而上的痛苦,它是一个缩影,代表了天性自由的奥鲁古雅人在面对现代文明的时候,那种无所适从和进退两难。英国诗人彭斯的一首名作正适合她:"我的心在高原,这儿没有我的心;我的在高原,追踪着小鹿,追赶着鹿群……"

　　2003年,柳芭四十二岁,有一天醉酒后失足,栽在离家不远的水沟里,让水给呛死了。柳芭身后,留下了大量的油画,还有她独创的兽皮画。

柳芭的妈妈芭拉杰带着一个十多岁的少年,见到永刚,非常高兴,忙引到家里。芭拉杰的汉语说得非常好,她说,这是柳芭弟弟的儿子。

这个定居点非常漂亮,全部是整整齐齐用原木筑成的复式房,这是政府在禁猎之后专门请北欧设计师为下山定居的奥鲁古雅人设计的,免费提供给他们居住;屋顶是少见的大斜坡,据说是为了防止雪积在屋顶。为解决他们下山后的生活问题,政府每个月给每个奥鲁古雅人提供二百多至三百多的生活费。

在柳芭家客厅里,看到了她一家的照片,芭拉杰的母亲是奥鲁古雅最后一位萨满,她一生为族人祈神治病,到九十多岁才去世。这天,芭拉杰正在为孙子缝制孢子皮的外衣,她把孙子从外面叫回来,就是想让他试试皮衣的大小。

七十多岁的芭拉杰记忆力惊人,她能准确地回忆起每一次和永刚见面的具体时间,这让永刚自愧不如。我不想放过这个难得的机会,让永刚为我和老人拍合影,也给永刚拍了几张。刚刚拍完,老人起身走进里屋,一会她拿出一个鹿皮做的小袋子,里面居然也装着一个相机,更巧的是,这个相机居然和永刚的一模一样。再仔细看,老人衣袋里,还装着一部手机。

优越的物质生活并不能让奥鲁古雅人快乐,反而,定居让他们失去了自尊。永刚告诉我,如果让他们自己选择,他们会毫不犹豫地重返山林,选择原始的狩猎生活。过去总说,他们一步由原始社会跨入了现代社会,然而对他们来说,并不希望这种"进步"。

根河印象

8月去了一趟呼伦贝尔的根河市，这里是内蒙古最北边的一个行政区，也是中国纬度最高的城市，它距漠河已经很近了。根河有个叫静岭的地方，被称为"冷极点"，是全中国最寒冷的地方。拿去年来说，它最低气温到了零下56度，据说铁路部门测得的最低温度竟低到零下61度。

话说回来，好风景常常就在这种气候极端的地方。

驱车从呼伦贝尔的首府海拉尔到根河，是一次心旷神怡的视觉盛宴，几百公里沿途，是一望无际的绿色草原，连绵起伏，没有间断。路途上有朋友说，当年元蒙帝国为什么能开拓出横跨欧亚大陆的疆域？很重要的原因，是他们的视野不同、空间参照系不同，极目远望，天高地阔，自然心怀远大。

过了额尔古纳市，就进入到根河的地界，在额尔古纳和根河之间，有一片亚洲最大的湿地，是中国目前原生态保持得最完好、面积最大的湿地。站在湿地旁的山冈向里眺望，感觉到一种原始河谷湿地的美，里面草木葱茏，生物种类繁多，额尔古纳河的支流根河蜿蜒曲折，飘逸如带，静静地从湿地穿过。

从根河开始，大草原的风景就过渡到了大森林的风景。根河是大兴安岭的腹地，在它两万多平方公里的辖区内，森林覆盖率达到了75%。根河的无霜期特别短，只有7、8、9三个月无霜，到9月中下旬就开始下雪了，这种气候显然不利于农作物生长。它的产业过去就只有林业，人口百分之七十以上都和林业相关。现在，国家对大兴安岭的森林砍伐有了严格的控制，根河开始探索转变增长方式，向旅游业、矿产业、森林产品的深加工——木制家具、木屋等方面发展。

根河的全部景点几乎都和森林有关,奥鲁古雅驯鹿部落如此,其他景点也都是如此。森林里有什么呢?除了大树、河流、鹅卵石的河滩;还有蘑菇、木耳、蓝莓、野花;森林里可以探险、漂流、赏蝶、观鸟……森林景致虽美,但它的蚊虫之骁勇,是之前没有想到的。走进森林,不断会有蚊虫袭扰,如果搽上驱蚊水会好一点,如果毫无准备,有的人准会叮出大包小包。当然,蚊子也因人而异的,有的人只是有蚊子跟着,围而不咬,我就是属于这一类。埋怨蚊子是没有用的,它为什么这么兴奋?因为它的生命绽放的时间太短了,万类霜天竞自由,它没有理由不把游客的来临变成自己的狂欢节。

砍伐森林的时代过去以后,根河由过去较为富裕地区,一下变得财政相对紧张,但是,让我们想不到的是,在根河市区,这样一个高纬度的偏远城市,街道干干净净,一尘不染,加上湛蓝的天空,纯净的空气,让人一到就会喜欢这里。

走进根河市政府,有一种进入20世纪七八十年代办公楼的感觉,干净、简朴,完全没有任何奢华、铺张的地方,我发现市领导办公桌的油漆都已经脱落了。与当地领导聊天的时候,发现他们非常儒雅,对国内外的各种信息相当熟悉,显得坦诚、睿智、有见识。

来根河之前,我们一直担心喝酒的问题,听说在内蒙古吃饭,不醉不欢,何况这个高寒地区呢?所以大家都有点谈酒色变。结果并不是这样,在根河的那两天,没有出现强喝强劝的情况,反而是我们主动找当地人比拼,不小心就让自己喝高了。

寂寞的"木刻楞"

我对"木刻楞"的想象在很久以前就开始了。

还是在读大学的时候，有一次碰到了一位老师，他北师大毕业后分配到内蒙古满洲里当了十多年中学教师。提到这个城市，他首先说的就是"木刻楞"。这是一种俄式建筑，用大圆木垒起来的房子，冬暖夏凉，满洲里满大街都是这种房子，让这个小城充满了异国情调。

这个神奇的口岸城市，它的"木刻楞"建筑，一直让我神往。今年初秋，终于有机会来到了满洲里。

满洲里目前可能仍然是中国最有异国情调的一个城市，也是国际化水平很高的城市，至少，这里的外国人特别多。在满洲里的街道上，到处可见俄罗斯人，到处可见俄文招牌和广告。这里的商家几乎都会俄语，如果不能说几句，生意恐怕做不下去。那天我在餐馆吃饭，付账的时候，服务员下意识地对我说了一通俄语，让我摸不着头脑，恍惚之间，会感觉是不是到了俄罗斯。

只是，现在满洲里的异国情调不再是"木刻楞"，而是满大街的"欧陆风格"。城市的主要街道都是五颜六色的欧式建筑，显然，这是一种有意的营造。眼前车水马龙、熙熙攘攘的街景，和我过去关于宁静的边境小城，关于"木刻楞"想象相距甚远。于是马上翻开书来，查查哪里可以看到"木刻楞"。

满洲里虽然繁华热闹，但城市仍然不大，它主要有五条纵向的街道，分别是一道（头道）、二道、三道、四道、五道；然后，有几条横向的马路与这五个道交织，其中"中苏路"是最中心的商业街，也是步行街。书上说，头道街和二道街上，还保留了一些"木刻楞"，好在城市不大，马上出发寻找，很快就发现了它的踪迹。

"木刻楞"真的是很有特点，它非常适合这个城市的尺度和感觉。"木刻楞"一般选用大块石料做房屋的基础，中间用粗长圆木叠起，四周有的用长条木板钉成墙壁，涂成黄色；上部的房檐、门檐、窗檐的边缘部位则涂成绿色，房顶是红色，在绿树环绕中既非常显眼，又简单素雅，和四周的环境能融在一起。据说木刻楞的传统方法是垫苔藓，有了苔藓压在底下，尽管冬天零下30℃到40℃，等于是水泥夹在隔缝里一样，冬天非常暖和，而夏天又非常凉快。

满洲里现有的"木刻楞"屈指可数，除了中苏路靠近闹市区的两幢木刻楞改做了旅馆，收拾得还比较整齐；在头道街比较偏的地方，那几幢木刻楞已经显得相当地老旧了。这几幢房子应该也住有人，外墙上也挂了牌子"内蒙古自治区重点文物保护单位满洲里俄式建筑群"。但是，它的门窗凋敝，破败不堪，有一幢门口挂了一个牌子"修理自行车"，另一幢则在房屋边堆满了收来的垃圾。

与闹市区的"欧陆风格"相比，"木刻楞"见证了这个城市，见证了历史，见证了中俄关系……可以说，"木刻楞"的历史，就是满洲里的城市史，从清末俄国人建"东清铁路"开始，就开始带来"木刻楞"。后来，沿铁路线都有建设，其中以满洲里最为集中。听说，有规划部门正在考虑利用"木刻楞"的建筑样式新造一条商业街，如果早知今日，又何必当初呢？拆了真正的宝贝，建了一大批没有多少文化价值的楼房，真是让人感慨！

手机烦恼

周一早上，不小心把手机掉在水泥地上，捡起来一看，外观没事，只是屏幕一片漆黑，怎么摆弄都没有反应。

坏了，一个人没了手机，就像鱼儿离开了水，瓜儿离开了秧，等于和所有人玩起了失踪。第一反应就是赶紧拿去修。当然，买个新的应该更省事，问题是手机上的那些内存资料怎么办呢？

客服中心检查的结果是，这部手机已经没有修的必要了。尽管我一再强调，不惜工本，是抢救资料的问题，不是钱的问题，可检修人员说，主板摔坏了，一动主板，资料就会丢失。

唉哟，怎么就这么脆弱呢？那些电话号码、照片，还有记事本上的信息，明明都在手机上的，怎么说没就没了呢？好像从来就没有存在过。

买个新的吧！好在一年半以前换手机的时候，把储存卡在电脑上做了一个备份，现在新存的号码没了，老号码还在，只要买个同一牌子的手机，拷贝一下，总算还能补救于万一。

此前我就想过，如果再换手机，就买个最简单的，只打电话和发短信，上网、拍照统统不要，而且，要按键的，待机时间长的，不要那种触摸的或者动笔写的。我把这些要求说了，服务员拿出了同品牌的一款手机，非常便宜，只要两百多块钱，我试试，虽然看起来很简陋，像个塑料玩具，但轻便好用，马上就买下了。

用了半天，想着把过去的号码拷进手机的时候，问题出现了，这类手机不是智能的，而且存储量很小，和电脑不能连接，储存在电脑上的号码输不进去。手机这事的纠结在于，如果想买性能简单、便捷好用的手机,意味着档次低,有些基本需要满足不了;而高档一些的手机呢,又附加了太多莫名其妙的功能,根本用不上,还不好操作。

再次去手机专卖店,想买一部和坏掉的那部同样款式的手机,那是一年半以前买的,价格是三千五百多元。店员说,这种按键手机已经不再生产了。怎么办? 店员推荐,有一款既可按键,又可触屏的智能手机,七百多块,还可当场帮我把存在U盘上的号码拷进去。

这时我还看到柜台上摆了一部标价1200多元的按键手机,和坏掉的那部差别不大,就指着要那一部。店员说,抱歉,这是样机,这款手机没货了,也不生产了。我说,样机卖不卖呢? 店员肯定地说,不能卖,这是厂家存放在这里的,还要退给厂家呢。

别无选择,只好买了那部,回去用了半天,不习惯得很。它在查找人名的时候是触屏,要么滑不动,要么就滑过了,加上手指粗,触屏总是不精准,长此以往,那不是折磨人吗?

第二天一早,第三次去了手机专卖店,这次是直奔那部样机去的。如果这家店不肯把样机换给我,那我就退货,到别处去买了。店员还是那位,当我扬言退货时,她有点动摇了,把店长叫出来了。店长电话交涉了一会,说可以卖了;店员正忙着擦拭手机呢,一会又说再等等,可能还是有问题;弄得我就像计划经济时代购买紧缺物资那样,眼巴巴地看着店长打电话,唯恐生出什么变化。

补了差价,终于买到了,和摔坏的那部差不多,不如的地方是,字更小些,机身更光滑些,这不是更容易摔到吗? 我简直不敢再往下想。

秋裤人类学

天冷了,穿不穿秋裤? 过去不是个事,现在成了问题。

一个90后告诉我,在西方人眼里,辫子、小脚和秋裤被认为是中国的三大陋习,而且世界上穿秋裤的只有中国和朝鲜,中国人穿秋裤源于苏联人的计谋。

这个说法倒是很新鲜,在网上一查,果然有个"秋裤阴谋论"的说法,它的背后是地缘政治。据说在1952年,苏联著名遗传学家李森科向斯大林建议,"假如一个国家穿了60年秋裤,就再也没可能脱下它了",李森科发现,农作物栽种于寒冷的气候中,就会锻炼出抗寒的遗传特性;如果置于温室,抗寒性就会越来越差,这是"环境导致基因改变"。人也是这样,给人穿上保暖的秋裤,人双腿和关节的抗寒性就会在几代之后丧失,李森科期望秋裤导致中国人失去在苏联远东地区生存的遗传基础。于是,1950年代初期,中国和朝鲜人穿上了从苏联运来的秋裤,并逐渐形成了习惯。最搞笑的是,这个说法还推衍说,中国足球为什么上不去? 就是因为穿了秋裤,腿部功能蜕化了;为什么朝鲜足球要好呢? 因为他们的经济相对困难,秋裤要薄一些。

显然,编这个段子的人对过去中国人在冬天的穿着基本是不了解的。事实上,过去中国人在冬天穿得比秋裤还要厚得多,一般要穿棉裤,而棉裤的保暖性不是秋裤所能比拟的。我小的时候,在最冷的时候,先穿一条秋裤,再穿棉裤;稍大点出现了毛线裤才取代了棉裤。所以,我估计这个段子是80后、90后编出来的,他们压根就没有见过棉裤,可能连毛线裤都没有穿过。

至于秋裤是不是非穿不可呢? 这又当别论了。中国的说法是,冬天不穿秋裤,老了得关节炎。但医学上一般认为,膝关节炎多与年龄、肥胖、遗传等因素有关,45岁以下的人骨关节炎患病率只有2%,到了65岁以上的人群中,患病率高达68%,这说明,人体关节是有"使用年限"的,就跟汽车的刹车皮会磨损一样,穿不穿秋裤都是如此。

前几天刚从台北回来,12月的台北,阴冷潮湿,捷运上一个窈窕少女,上身裹着羽绒服、围着大围巾,下身是一条牛仔短裤,光腿、光脚,传一双人字形拖鞋。后来我发现"上捂下露"是一种时尚,区别只是,不少美女在腿上套了一条长丝袜,不穿拖鞋。

我们知道,在冰天雪地的季节,俄罗斯、欧洲的女士们穿裙子上街是一种常态;我们还知道,因纽特人甚至可以赤身露体在零下几十度的北极圈内爬冰卧雪,为什么我们要穿秋裤?

由此可见,秋裤最重要的不是防寒保暖的问题,它更是一个文化人类学的问题,它是不同族类的人群在适应自然环境时的文化选择。

关于秋裤,网上还有一种说法说,说穿秋裤的习惯来自北美。1915年12月7日,加拿大的弗兰克·斯坦菲尔德以号称"不缩水"的棉内衣,申请了"秋裤"专利。过去北美地区的室内的取暖条件没有今天完善,许多人穿秋衣秋裤,不过现在的北美人穿秋裤的确很少了。

那秋裤现在到底还穿不穿呢?追随时尚的80后、90后明显是鄙视秋裤的;而对那些早已习惯了秋裤的人,也没办法。既然穿秋裤是一种文化的习得,那么过去长期养成的习惯到现在要改也难。

设计师何为

　　2012年12月，"四城市文化交流会"台北年会有个论题：设计师能为城市做些什么？乍一看，这个问题过于直白，好比问：清洁工能为城市做些什么？理发师能为城市做些什么？这还用说吗，尽职尽责，做他们该做的呗！

　　分配论题的时候，深圳组织方最早准备把这个题目分给我。筹备会上，看着"申都功臣"大侠一副成竹在胸的样子，就顺水人情，把这个题目让给他了，幸灾乐祸地暗想，到时候看你怎么说吧。

　　不按常规出牌是大侠的一贯风格，这次年会发言也是如此。明明论题是"设计师能为城市做些什么"，大侠反过来，把问题变成了"城市能为设计师做些什么"。

　　他的讲题是"从青年设计师之死谈起"，一个二十六岁的年轻设计师经常加班，不堪压力，最终选择了跳楼自杀，这个案例是对整个城市的发问：如何减轻设计师的压力，为他们提供一个更好的工作环境和生活环境？只有在一个有利于让设计师生存、发展的城市，才能指望设计师为城市做些什么。

　　强调设计对一个城市的重要，容易神化设计师。实际上，设计师在设计之前，首先是被设计的：一方面被他的知识、学养、眼界、技能所设计；另一方面被他的城市所设计。设计师的生活质量、工作条件和强度，与城市的设计水准密切相关。设计师不是横空出世，包打天下的英雄，他在为城市做什么的时候，一定是有所凭借和依托的，他只能在被给定、有限制的条件下进行设计。

　　这个论题的香港发言者曾兆贤的演讲也很有新意，他从香港的花牌设计入手,牵出了设计师另一个不被人们关注的作用。

花牌是香港的传统工艺,它用鲜花加各种辅料制作而成,广泛用于店铺开业、婚宴、殡仪等各种仪式和庆典中。花牌在香港有它的历史渊源,而且,每间花店都有自己独特的历史、营运模式、设计造型、承传及发展方向。在花牌这种传统设计的背后,承载了独特的社会功能、与社区的依存关系,这些构成了香港地区独特的花牌文化。

讲者对花牌的关注源于一次旧区重建的逼迁。一家花店因为小区重建,被迫迁离赖以生存的深水埗小区,无奈将花牌部件及工具等暂寄于讲者所在的香港兆基创意书院。

讲者和另一位教师利用这次机会,带领几位学生,就花牌的行业及工艺特色进行了深入的田野考察,他们让学生在学习花牌的基本扎作技术之余,重新审视花牌的工艺美学、花牌与都市发展和空间的关系,并探索在传统花牌的框架下实验创新的可能。

这次教学和研究活动的成果是他们出版了一本名为“花牌”的书,记录了香港传统花牌工艺的历史,书内有精致的插图,解析花牌的部件结构、讲解花店的营运流程及花牌的制作方法等。此书为深入地研究花牌提供了宝贵的第一手资料。

花牌研究为“设计师能为城市做些什么”的问题,提供了另一种解答。

一般而言,人们总是将设计和创新联系在一起。而香港的花牌研究告诉我们,设计师可以不创新,可以选择守旧的立场,做一个本土文化的守护者。他们可以为城市做这么一件事:拒绝遗忘,保护传统,让它们不至于被一波又一波“创新”的浪潮所淹没。

租房困局

在中国,几乎所有聪明的头脑都在思考如何遏制房子的价格,可想来想去,房价上升势头仍然百折不回,这就奇了怪了。

所有的迹象都表明,房价过高的原因肯定是综合性的,有些因素可能还没有引起人们足够重视。

前几天,有个朋友告诉我,她的酒窖马上就要支撑不下去了。她在一个小区租了一个门面,专售自己直接从法国引进的葡萄酒,后来,酒窖门面的房租不断上涨,由刚开始每月几千元,涨到了现在的几万元。房租一年一签,说涨就涨,没有任何道理好讲。现在,快速上涨的房租就像一匹大尾巴狼,终于就要把销售红酒的利润全部吃掉了。

面对此种情形,她说,欧洲有的小店一开上百年都不变,深圳呢,一个店做几年,刚有点起色就因为房租负担太重而关张了。她断言,"像这样,深圳永远不可能有百年老店"。这话我听了之后很是沮丧。"生年不满百",我是不指望活上一百年的,但我特别乐意看到一个小店开上百年甚至更多,它多少可以弥补生命的有限,让它携带曾经的生活信息代代相传。

欧洲的小店为什么能延续百年呢? 就房租而言,这位朋友有比较,她在欧洲也租过房。她说,欧洲房主把房子租出去的时候相当慎重,因为法律保护穷人,一旦遇到真的交不起房租的住户,房主是不可以把住客赶出去露宿街头的,更不用说靠乱涨价把住客轰走。反过来,双方租赁关系形成后,大家都不愿意是短期行为,双方一旦签约,可以签上十年乃至更多。当然,租金也可以根据物价的变动而增长，但都是有依据的，或根据最低工资标准，或根据通胀率的变化来决定。

中国的房价高企，至少有一个原因，房屋租赁问题没有解决好。曾经问过一些生活在北京、深圳的年轻人，为什么不租房，硬是要供楼呢？多苦啊，在没有还清房贷之前，是没有什么幸福感而言的。他们诉苦说，你不知道啊，当房奴也是被逼的。我认识一个年轻人，在北京待了五年，就搬了七八次家，有的房主，只要找到了一个出价高的住户，就想尽各种办法把原住户赶走。为了涨价，他们甚至只肯签半年的租约。这种"有房为大"的不良房东，让那些工资不高的年轻人不堪其烦，所以，他们再苦、再难，也要供一套属于自己的楼，很重要的原因就是免受搬迁之苦。

这种租赁乱象造成了一种恶性循环，有些捷足先登，动手早的人，同时供两套甚至更多的房，自己住一套，其余出租，以租金养房贷，居然很滋润。可以想象，这种人只要有可能是不会放弃任何涨房价的机会的。

目前中国解决房价问题，把主要精力集中在限购政策上，或者放在廉居房、安居房的建设上。事实上，把租赁问题解决好也不失为控制房价过快上涨的一个好办法。对很多手中有房，靠出租营利的人，或者还打算继续购房出租营利的人来说，如果用政策保护租户的利益，用具体的办法，限制租房中的乱涨价，让租户能安心租赁房屋，我相信住房情况会好很多。

如果租房价格和租期相对稳定，谁愿意硬着头皮去当房奴呢？租赁市场搞好了，靠租房投资营利的动机也相应受到被遏制，这样，也会良性地带动房屋价格的理性回归。

旅游购物

据说旅游就是从自己待腻了地方到别人待腻了的地方去。用一句文绉绉的话来说，就是去寻找差异性的体验，到自己不曾看过、不曾玩过、不曾吃过、不曾睡过、不曾感受过的地方去。如果体验是一条河，旅游纪念品呢，不过是河里的一瓢水。如果你去过西藏，你买回来的纪念品再多，怎么能和身处青藏高原时那种全息感受相比呢？

可是现在呢，旅游购物成了许多人的旅游的首要任务。

购买欲望狂飙式的增长，成为改革开放以来，中国人所发生的最大变化：房子不论涨跌，买；黄金不论涨跌，买；名牌服饰，买；……这种以买为主的生活方式一旦进入旅游，对"体验"来说是灾难性的。

我有很多次随团队旅游的经历，还没有到达目的地，车上的人纷纷向导游打探，"奥特莱斯"在哪里？什么时候组织购物？一趟行程下来，究竟到过什么地方，这些地方有什么说头，完全懵懵懂懂地不知情。

旅游购物，可能是旅游教科书上相当重要的内容，这也是旅游经济的重头戏，按说这也应该属于差异性的体验之一，只是根据我多年的经验，所谓旅游购物活动，基本上与当地老百姓的生活无关。说白了，就是划定一块地方，让外来的游客在那里自娱自乐，一惊一乍，好拉高一点GDP的增长。

现在，我的旅游态度是，尽可能地自由行，免得受旅行团的购物之累。如果不得不要跟团一起走，一般也不购物，理由有三点：其一，旅游的目的是体验，是享受，轻车简从最重要，而走到哪里买到哪里，浪费时间不说，拖着笨重的行李到处跑，为物所累，把自己搞得太辛苦,让体验之旅变成了受罪之旅,不值得;其二,现在物流业不同于过去,地方名特产到处都能买到,出产地未必就不忽悠你,譬如在杭州买龙井茶就如此;其三,旅游购物至少有一半都是非理性的一时冲动。在我跟团的经历中,就有把一个手表店某品牌买空的例子。这时候购物不是根据需要,而是因为价格,如果价格比国内便宜一半,心理上便认为自己赚了一半;同时,它还产生从众心理,你买了,我不买就好像亏了,实际回家后一想,我买这玩意干什么呢?

十多年前,我第一次去瑞士,想着买点旅游纪念品送朋友,发现瑞士军刀不错,有名气,好携带,一口气买了三把。回国后送出去了一把,还有两把一时不知道该送谁,就搁下来了,过了几个月,发现再送人似乎理由已经不充足了,莫名其妙送人一把瑞士军刀是什么意思呢? 直到现在,还有两把瑞士军刀包装完好地在我抽屉躺着呢。

后来我琢磨,人在旅途热衷购物,在潜意识里可能是一种占有心理:这地方不错,可它不属于我,既然占有不了你的生活,占有不了你的山川河流、城市街巷,那我至少可以购买你的物品,这样能获得心理上变相的满足。

据我观察,一般人们在旅游时买的纪念品,回来后都没有得到善待。几天新鲜劲一过,便不再会去把玩。

我有个亲戚,单位里有出差兼旅游的机会,她也不愿意去,为什么呢? 给同事带纪念品弄怕了。她说,只要一出去,从头到尾都在焦虑一件事,买些什么带给同事呢? 现在可不同于过去,买几个钥匙扣就算了。

监狱往事

　　监狱是一种惩戒性的集中居所,这种谁都不爱去的地方如果想要出名,就要看它关过谁。上海提篮桥监狱关闭的消息,几乎所有国内媒体都转发了。我读小学就从连环画里知道,革命烈士、工人领袖王孝和就被关在提篮桥。

　　不要说提篮桥这么有名的监狱,就是一些不知名的小监狱,在人们看来也是神秘的。这种神秘感来自人们既有些畏惧,又有些好奇的心理。监狱外面的人和里面的人,构成了一种特殊的想象性的关系:监狱里面是什么样的呢? 被关在里面的人和监管他们的人之间又是怎样的呢?

　　读小学的时候,没有什么特别值得显摆的东西,只好时不时跟同学们讲讲监狱里面的事,这倒成为满足同学的好奇心和我小小虚荣心的一种方式。

　　过去中国的公、检、法总是集中在一个大院子里,法院宿舍斜对过,隔着一个操场,就是公安局看守所的大门。尽管看守所在法律意义上还不是监狱,但它的建筑制式和监管模式和监狱差不多,后来我们家又搬到了有真正监狱的院子里,这是后话。

　　从有记忆开始,监狱就是我的游乐场之一,因为小,站岗的"公安队"(武警的前身)士兵也不阻拦,我可以随进随出。那时候不理解为什么"号子"里的犯人要受到那样的待遇,例如,新人进来之前,要严格地搜身,所有私人物品不仅要交出,还要列队提着裤子,接受摸裆检查。我见过中年女看守检查男犯,当时已经知道了男女有别,觉得很怪,但没敢说,也没敢问。

犯人们生活当然很苦，我估计最大的痛苦是饥饿。粮食定量，一个月二十七斤粮，菜没有油水，还要劳动，常常有犯人看我们小孩捧着四两一钵的蒸饭，羡慕地说，这么小，怎么吃得完啊！他们劳动的时候，送饭的来了，所有人抢着吃菜，三下五除二，把清汤寡水的菜全部吃光了，才慢慢享用属于自己的一钵饭。管教干部为了鼓励他们劳动的积极性，会说，好好干，晚上多加点菜。

在物资短缺的时代，监狱是公、检、法干部的隐形福利，他们早上提一篮脏衣服送过去，晚上，把熨烫得整整齐齐的衣服取回来。犯人还承担了治病、打毛衣、做零活等工作，具体要根据里面的人有什么特长而定。

经常听到管教干部议论关在里面的人，有教师、名医、国军师长、特务、江洋大盗、手艺人，后来知道还有艺术家。著名女画家李青萍被怀疑"特嫌"，在里面关了很长时间，洗衣服、织毛衣。

有一年春节，突然有个人造访，见到我母亲不停鞠躬，他还带来两个咖啡色底部印有"新生塑料厂"字样的塑料碗，母亲不肯要他的东西。这人被错判，关了十二年之后，由我母亲发现并纠正，这件事给我的印象特别深。

从小熟悉监狱，从正面看，或许是个好事，打小就能明白，这辈子千万不要坐牢；如果负面地看，就是部分地造成了善恶观念的混乱。明明大人们说，里面都是"坏人"，可在小孩子眼光里，他们低眉顺眼，外表与常人无异，看不出"坏"在哪里。

"文革"中有段时间，父亲被关，让我"关"和"被关"的概念完全颠倒。改革开放后，许多"犯人"纷纷平反，也让我很疑惑：当年看到的那些人，到底是好人多还是坏人多呢？

零和教育

一年一度的高考和录取已经接近尾声,这是一个几家欢乐几家愁的季节。

前几天晚上散步,在一个公园门口看到红色横幅:"祝贺我校ＸＸＸ同学取得高考总分815分的好成绩。"815分是个什么概念?不了解,只知道现在高考的分数比较复杂,各省的算法还不一样,但无论如何,用横幅打出来,说明一定是个难得的分数。

从心里佩服这些拔尖的孩子,如果说他们某门功课强,这倒没什么,问题是他们门门都强,这就不容易了。前不久媒体报道,今年深圳中考成绩最好的学生,考到了900分,这是不是满分呢?如果是满分,就意味着一个人在考试的时候,必须像钟表一样的精准,不出一点纰漏,这简直太难了。

问题的另一面,当人们为精心选拔的尖子生欢欣鼓舞的时候,教育的竞争逻辑同时告诉我们,在欢乐的背后,必然有一批人在黯然神伤,他们被无情地淘汰出局,成为竞争的失败者。

这就是当前的"零和教育"。这个说法来自零和游戏(也可称为零和博弈),它描述的是一种双方不合作的竞争性关系。例如打乒乓球、打扑克,一方赢意味着另一方输,一方有得意味着另一方有失,双方之和加起来等于零,所以叫零和。

零和教育基于两个前提:第一,在教育资源有限的情况下,人为地设置单一化的培养目标。

由于名校的招生额度有限,要想受到好的教育,必须参与竞争,如果你想胜出,就必须战胜对手,你的成功必须以其他人的失败为代价。

问题是,这种优胜劣汰的教育模式,不是鼓励每个人的健康成长,让每个人都获得合适的机会,而是逐级淘汰、选拔少数人。在网上看到一则学习法的商业广告:"最牛学习法,差生考第一"。这个广告的逻辑就是典型的零和逻辑,差生考第一,势必意味着一个好学生的落马,差生和好生永远势不两立,不可能双赢,不可能人人都好,各得其所。

第二是教育的标准化。既然参与零和游戏,就必须遵守游戏规则,按同一标准竞争。其结果、给禀性不同、口味不同的学生,吃同样分量、同样标准的知识食粮。学生想脱颖而出,必须被动地获得平均分值,这恰好背离了"因材施教"的原则。

零和教育的结果,是选出了一批门门俱优、面面俱到学生,这是否就有利于他们每个人的发展,最后让社会获得最大的收益呢? 这真难说。

1941 年,南开中学毕业生谢邦敏富于文才,物理考试交了白卷,只在上面填了一首词。物理老师魏荣爵赠诗一首:"卷虽白卷,词却好词。人各有志,给分60。"因为特长,老师让他顺利毕业,后来考入西南联大法律系,再后来执教于北大。

民国时期,高校有"破格录取"的传统:大学者钱锺书在清华大学的入学考试中,数学才仅仅考了15分,大历史学家吴晗更惨,数学0分;北京大学的罗家伦和"合肥才女"张允和入学考试数学都是0分;所幸,因为其他成绩优异,这些人没有被清华、北大拒之门外。退一步说,就算"破格录取"中有个别看走眼的,识人不准,但对整个社会而言,仍然从这种有标准又不唯标准的教育理念中,获得了最大收益。

也就是说,教育也可以成为一种非零和的游戏。

旅行指南

有些朋友问我，为什么胆子这么大，敢一个人满世界乱跑？我的回答是，出门选一本好的导游书很重要，有了它就有了胆量。

上个月到意大利看展览，顺便到人们不太去的南部走走。行前，带了一本精心挑选的台湾版意大利旅行指南书，本想在漫长的空中好好做功课，不承想，飞机上的电影挺诱惑人，看了几部片子，睡了几小时，书就压根没打开。

到了米兰火车站，准备乘搭火车到"五渔村"，正要查询目的信息，才发现把放在飞机座椅前排口袋里的导游书给忘了。这可真是让人抓狂，接下来的行程，全靠这本书的指引，这可如何是好？

给航空公司柜台打电话查询，不通；只好给一个刚从意大利留学回国的学生打电话，问在米兰是否能买到中文的意大利导游书。电话那边说，可以到大教堂周边的书摊上看看。火车站离大教堂很近，几步路就到了，除了一两本介绍大教堂的图册，根本没有中文书，旁边有一个很大的书店，也没有中文书。

还是不死心，打车到"中国城"，仅有的两家卖中文书的地方都找到了，书橱上除了几本"意大利语速成"，更多是卖百货、文具、玩具之类。老板说，以前有两家书店，后来办不下去，改行了。

真是奇了怪了，这么大的米兰，中国城里这么多的公司，为什么就不能搞点文化建设呢？难道居住在这里的华人没有这类需求吗？

想到了上网，不过，网上关于意大利北部的经典旅游城市介绍很多，而关于南部，只有只言片语。没有办法，只好买了一张意大利地图，让留学生用短信发来南部值得一去的城市，在地图上标出，然后

——寻访。

这是第一次在没有导游书的情况下，在国外旅游，如果导游书不丢，质量应该是不一样的。

一般来说，台湾、香港发行的中文导游书要好用些，其中有的是从日文翻译过来的。好导游书的标准很简单，就是实用，具有可操作性。反观大陆一些出版社，虚头巴脑讲了很多历史、地理、文化，就是没有多少干货。出现这种情况的原因，就是作者没有亲自去过。现在海外一些出版社，专门请一些旅游发烧友来写导游书，这些人整天就在这些地方晃悠，贴着自己的亲身体验写，针针见血，当然不同。

比方说，写到一个地方，好的要说，不好的也要说，不能光是吹嘘。还有，信息要具体。例如，从机场到市区有几种方式？怎样走最方便？推荐的景点几点开门，几点关门，门票多少……如果只是引用别人的资料，是说不上来的。还有，书中花里胡哨的图片多并不等于好，如果把城市地图、地铁图，公交图附上，就更实在些。

我前些年到欧洲，主要倚仗一本台湾人写的《欧洲自助游》，这本书的作者去了欧洲十多次，每去一次，就修订一版，他还请所有读者随时写信给他，纠正有变化的地方。有一次我到葡萄牙，语言不通，也没有订房，几乎就是靠这本书，把所有事情搞定的。它说出了火车站，会看到电车轨道，沿着轨道走二百米，会看到一座蓝色马赛克的房子，房子一楼有一家民宿，不妨在这里住下，通过房东，可以了解很多事情。后来，书中说的一一验证，感觉非常靠谱。

软幸福

随文联采风团到云南楚雄参加彝族火把节。彝人的火把节如同过年,非常隆重。据说,彝族同胞在火把节里只做三件事:唱歌、跳舞、喝酒。虽然"城里的火把节"稍显尴尬,明显具有仪式感和表演性,但毕竟也能感受到一些彝族文化中那种纵情歌舞的欢乐气氛。

火把节开幕的前一天,市电视演播大厅里有一台大型歌舞晚会,接待来自海内外的客人。其实更吸引人的,是在城市的主干道上,有来自楚雄九县的彝胞,穿着美丽的民族服装,围着一长溜火堆在大街上跳"左脚舞"。细看这些舞者,大多数肤色黝黑,皱纹满面。据说,现在寨子里的年轻人大多数都出去打工了,我想可能还有另一个原因,只有这些中老年人才真正熟悉并从心底里热爱这种祖辈相传的文化。

由于消防的限制,篝火晚会十点多就结束了,消防车很快把一个个火堆浇灭,环卫工人迅速打扫,大街很快就干净了,安静了。这时候,我看到一男一女两个彝胞,似乎余兴未尽,他俩手牵着手,穿着盛装,走在空旷的大街上,有节奏地迈着舞步,大声地歌唱。他俩旁若无人,仿佛脚下的大街就是他们生活的山林,我顿时被这种无拘无束的快乐心情打动了,久久地注视着他们,直到他俩踏歌远去。

无疑这是一种真正幸福的状态,这是一种软幸福,它不是建立在物质基础上的,不是靠财富、时尚、个人成就和生活指数得到的,而是靠自己的心情,靠自己对生活的理解而营造出来的。

在城里参加了两天火把节,第三天我们来到了真正的彝寨,牟定县腊湾乡的"玛咕彝寨"。中巴车翻过了一连串无人居住的绿色山峦,直到简易土质公路的尽头,再往前,机动车就无路可走了。在腊湾,流行着一种独特的舞蹈叫"玛咕舞",也称作老人舞。如果彝族舞蹈以充满青春的活力和动感为主,这种玛咕舞则如同宫廷贵族的舞蹈,庄重而矜持。

腊湾的舞者热情地接待了我们。寨子外,彝胞列成两队,跳舞、奏乐迎接我们;寨门口,热情的彝族姑娘唱着"祝酒歌",拦住每个客人,必须喝三杯酒才让进寨。歌词唱道:"管你喜欢不喜欢,也要喝,也要喝……"客人进了寨门,马上就在场院里跳舞。彝家有一种很独特的礼仪,客人来了,寨子里用松针铺地。绿色的舞场,散发着一阵阵松针的香气,沁人心脾。

在这个彝寨,人人都是舞者,跳舞就是他们的生活,每天早、中、晚要跳三遍。他们说,每天时候一到,只要弦子、笛子声一响,脚就不由自主地动起来了,大家便围在一起跳舞。玛咕舞并不好学,我学了半天,一种舞步都还没掌握,而全套的玛咕舞有二十四种舞步呢。

舞蹈让彝胞开朗、好客,虽然这里地处偏远,但他们一点都没有拘束感,只要见到客人他们都会热情地伸出手,邀请你加入他们的舞蹈行列。据我所知,现在有很多少数民族地区,传统的风习已经淡化成一种保留节目,而腊湾的舞者仍然原生态地生活在自己的方式里。

他们还没有完全脱贫,好多舞者这辈子都只是与大山相伴,连县城都没去过,但这并不妨碍他们日日歌舞升平,幸福地生活。这种软幸福或许是城里人所可望而不可即的。

两个和顺

知道云南腾冲有个和顺古镇至少有十多年了,这个处于"极边之地"的古镇,是一个充满了古老中原文化气息的"书香名里",是一个和谐、宁静,如同田园诗般的地方。崔永元曾经用幽默的口气说,和顺的农民有点不务正业,把牛赶到山上吃草,自己却跑到图书馆看书去了。

的确,和顺有个建于民国十三年的乡村图书馆,延续至今仍堪称全国第一,为它题写馆名的有胡适、熊庆来、廖承志、李石曾。

前不久,终于有机会踏上了和顺的土地,来到这里,马上意识到,已经来晚了。当然,和顺的魅力仍在,但它与那个耕读传家、悠然闲适的和顺渐行渐远;旅游开发以及随之带来的旺盛人气,正催生着一个新的和顺。

在和顺可以看到这样的广告语:"一代哲人故里,翡翠大王家乡",事实上,以哲学家艾思奇为代表的书香气息在这里已经大为减弱,而翡翠大王的传人则遍地开花。

和顺属于旅游开发的"后知后觉"者,直到2005年,和顺古镇被央视评为"中国十大魅力古镇"之首,人们这才惊异地发现,原来在遥远的西南边疆,还沉睡着一个如此美丽的古镇。于是,和顺被蜂拥而来的游客和前来逐利的资本所唤醒。

今天的和顺,如同一个大工地,到处都在盖仿古的新房子,到处都在翻修过去的老房子,和顺的民宿现在已经有三百多家,还将在以每年15%的速度在递增,一些大的连锁酒店也开始在这里大兴土木。

除了星罗棋布的民宿,连片的临街铺面似乎只卖一种东西,除了玉,还是玉;而要买生活日用品则相当困难,这说明,和顺正远离当地居民的生活,演变为一个大的度假村。

在和顺经营民宿和店铺的,大多数是外地人,面对强大的外来资本,和顺本地居民的生活空间在日益萎缩。住在繁华地段的村民,把房子租出去了,而没有条件出租房子的,他们的房屋则依然破旧。

只有在古镇那些相对偏僻,游人和商铺相对稀少的地方,才能看到过去的和顺:绿树掩映的农舍,温和、善良的村民三三两两,操着乡音,说着他们的事情;妇女们依然挽着篮子,到河边洗衣、洗菜。

如果仔细观察,可以在和顺发现一些属于这个古镇的特别细节:例如,古巷的每个巷口,都有一个石碑,上面刻着海外、国内各城市由本巷走出去的和顺乡亲对修缮古巷门楼和道路的捐款数目,它见证着那种血脉相连的乡情;巷子墙壁上"阖巷人订立"的乡约,约束着本巷居民关于卫生、治安的行为,维系着一种乡村自治的古老传统;还有一个个伫立在河边的避雨亭,见证着在外谋生的和顺男人的细心,为体恤留在家中的女人,特用这种方式为她们遮风挡雨,方便她们在河边洗浣;和顺临河的石板路,隔几十米就有一个凸出的半月形的露台,以石栏环绕,中间种植一棵大树,有人说这是望夫台,在我看来,这更像是一个精致的乡村的公共空间……

在将来,旧的和顺或许会被一个新的和顺所取代,尽管大家都认为,和顺最有价值的,是它的过去,但问题在于,没有开发,没有规模效应,就没有和顺的知名度和影响力;而和顺的知名度和魅力指数越高,恰恰又在加速"过去"的消失,这是一个"开发"的悖论。

寸氏豆粉

　　和顺古镇有一些名小吃,听听都馋:大救驾、头脑、稀豆粉、三滴水、酸菜汤、切肉耳丝、松花糕……这些吃食每一种背后都有故事。

　　在和顺,我决心把这些小吃全部过一遍,从哪里开始呢?

　　中国地图出版社新近出了一本《云南》,编撰质量比较高。这本书在介绍和顺小吃的时候,首先介绍"寸氏豆粉":"本地最有名的稀豆粉,可配耳丝或烤粑粑。"我想,和顺就这么大,在一个叫寸家湾的地方找这个小店不是很容易吗?

　　第一天,逛来逛去,尝了两种小吃,就是没有发现寸氏豆粉,直到傍晚,看到路边一个手写的招牌,上书:"寸大官豆粉(寸氏豆粉)",心想,会不会就是这家呢? 半信半疑,随着招牌的指引走进去,越走越不像,拐进一个路口,如果不是一个旧木板上用毛笔写着"寸氏豆粉"指示方向,我都打算放弃了。又拐了两次弯,走进了一户农家的厅堂,真就是大名鼎鼎的寸氏豆粉。

　　一个小姑娘,正在看《美术高考必读》。我问,有稀豆粉吗? 她说,卖完了,现在只有豌豆粉,要吃稀豆粉明天早上来。豌豆粉和稀豆粉有区别吗? 她说,豌豆粉是凉的,稀豆粉是热的。我决定先吃一碗豌豆粉。

　　小姑娘忙碌的时候,和她聊了几句。今年高考她考视觉传达专业,文化课过了三十多分,专业没过,准备复读。她喜欢美术,但读的是普通中学的文科班,没有专业老师辅导,每天只有在晚上六点到七点的时候自己依据教材,琢磨着画画,这怎么能和美院附中和高中美术班的学生相比呢? 家里的墙上,挂着她用铅笔画的四幅宣传画,上面是制作豆粉的四个步骤。

正说着,她姐姐来了。小姑娘说,她姐姐比她画得好,因为家庭困难,初中毕业就辍学了,帮着家里开豆粉店。两年前,自家的豆粉店铺租给了别人,姐姐到昆明打了两年工,一个月以前刚回来,决心从头开始,重振家传的稀豆粉生意。

姐姐说,她家豆粉店,中央台都报道过。我告诉她,《云南》这本书首推就是寸氏豆粉,她很开心。不过,我很纳闷,既然你家豆粉店这么出名,为什么要把店面租出去呢?

姐姐说,寸氏豆粉从外婆的母亲开始,到她已经是第四代了,确实有祖传的制作奥秘,但是,做豆粉利润薄,一年到头辛辛苦苦,也只能挣几万块钱。把店面租给别人,租金远高于自己卖豆粉,所以,她外出打工,妈妈一个人在家里维系着少量的豆粉生意。

第二天一早,我又去了,吃过才知道,所谓稀豆粉,就是加了各种调料的豌豆粉糊糊。它正确的吃法是,把烤出来的江米粑粑像吃羊肉泡馍一样,掰成小块,一层层撒在上面,蘸着稀豆粉吃。这是当地人常见的早餐。

在昆明见过世面的姐姐信心满满,她说,就在家里做,气氛也很好,客人就像在家里一样,会感觉亲切。她还打算在家里开两桌私房菜,"不过,这需要提前预订。"

她第一个在和顺注册了小吃商标:"寸大官豆粉",原来的"寸氏豆粉"注册不了,寸大官是她外曾祖父的名字。她还根据当地皮影造型,亲自设计了小店的标志。我问,你妹妹学视觉传达,为什么不叫她设计呢? 姐姐说:我还看不上呢。

酒后的口述史

　　我在酒桌上听到过很多酒后的口述史，其中，老石的家史印象深刻。

　　老石的老家在湖北黄冈，曾祖父在前清做官，算是有钱人家，却养了一个吃鸦片的儿子，就是他爷爷。爷爷不争气，奶奶就把全部心力倾注在他父亲身上，长大后父亲考入黄埔二期。

　　民国时代，老石爸爸顺风顺水，既在军界办军需，又在商界插一腿，到1940年代后期，已经成为巨富，在好多城市都有产业、房屋。

　　1949年，老石一家住在上海，解放军攻城在即，他爸爸早已把上海的财产转到了香港，并准备带家人撤离到台湾。关键时刻，老石奶奶不干了，她问：你们准备把我带到哪里去？他爸爸说，台湾。老石爸爸拿了一张军用地图，用放大镜指着给他奶奶看。奶奶一看就火了，"这么偏的地方，我是不去的，把我送回汉口，你们走吧！"

　　老石爸爸是个大孝子，奶奶在去世之前，一不高兴就要掌责儿子，儿子则跪在面前，接受母亲软绵绵的巴掌。他怎能抛下老母自己逃生呢？于是，举家迁往武汉，刚去不久，武汉被解放军占领。

　　老石家在汉口租界有三幢洋楼，1949年某天，一个政府机构找到他爸，写了一张借据，借走其中一幢楼办公，这幢楼一直用到现在。"文革"开始后，红卫兵抄家，把这张借据抄出来了。红卫兵问，为什么要藏借据，是不是想变天，想反攻倒算？他爸爸说，不是我要的，是他们给的。红卫兵听不进，他爸爸被反复拷打，不久就去世了。

　　他爸爸死后，外调没有结束。"文革"中某一天，西安一个工厂来了调查组，查他家新中国成立前在西安的产业情况，厂书记亲自带队。见到他母亲后，书记支走其他人，突然在他母亲面前跪下了，然后抬头问了一句："太太，您还好吧？"此举令他母亲惊愕无比，手足无措，定睛一看，原来是西安时期的老工人。老石说，他家抗战时住在西安，有几家工厂，工人都得到了善待，在当时几乎实行了现在才有的福利制度，父母还帮助有困难的工人。正因为如此，才有"文革"中的惊人一跪。

老石的妈妈为大家闺秀，一生侍奉婆婆，相夫教子，极其能干。她一共生了十个孩子，老石是最后一个。1950年代中期，老石出生后，奶奶抱着他笑眯了眼，一面摇晃，一面瘪着嘴说："好啊！好啊！这就全了啊！"过了几天，奶奶去世了，后来给老石取名，就用了一个"全"字。

老石天生就有绘画天赋，能说会道，"文革"后恢复高考，不能报考名校，只能报省里的美院。入学后不久，院内素描作业展览，老石的作品被某名校教授看中，连声惊呼，为什么不考我们学校呢？老石说，报了，没有拿到准考证。

几年后，老石的毕业作品参加全国美展，获得金奖，一举成名。有了名气的老石，到处抢着要，他则选择了出国。

他是从深圳罗湖过到香港去的，母亲和姐姐送他到罗湖桥头。母亲最后叮嘱的一句话是："儿子啊，你一定要记住，到了美国以后，不管谁带信给你，就是说你母亲快死了，让你回来见最后一面，那都是骗你的，我不会这么做，千万不要上当，记住了。记住了！"

一些年后，美籍华人建筑师老石回到武汉。他说，我在大陆一年做的项目，在美国一辈子都做不到。

谁在喊累

一位球星,长年疲于奔命,参加了太多的比赛,终于在一个重要的国际大赛中因腿部抽筋而退出,所有的媒体都在叹息,"她实在是太累了!"

真的很累,想想都替她累,不知道她是怎么挺过来的? 话又说回来,累归累,并没有人逼她。这些年,运动员管理和参赛机制有了一些变化,部分运动员可以选择不用国家包办,而是自请教练,自行参加各种商业性的比赛,以获取奖金报酬为生。

新机制下,运动员终于可以不那么矫情,总是要把自己的血汗功劳与一些宏大的口号挂起钩来,让体育回到个人,首先成为一种实现个人价值和人生目标的方式;然后,他们的运动成绩反映了一个国家的国民身体素质和运动水平,在成就个人的同时,说他们为国家争得了荣誉,也是顺理成章的。

一旦机制变了,体育比赛可以由运动员来掌握密度和节奏的时候,运动员首先应该对自己的身体负责,如果累了,该放弃就要放弃;我们的社会和媒体,也应该以人为本,尊重运动员的选择,而不能给他们施加压力,用各种宏大口号进行道德绑架。

运动员喊累,老百姓一般都是同情的,还有一些经常喊累的,是一些影星、歌星。那些娱乐明星们大多也很累,演出很累,"走穴"很累,拍广告很累,但是他们的付出和得到与运动员相比,要强得多。还有,他们之所以选择这么紧张的工作节奏,无非是解决个人赚多赚少的问题,决不是迫于生计不得不如此。

在镜头面前,娱乐明星们喊累的声音要比运动员响亮得多,更有甚者,听到有明星曾夸张地说,之所以这么玩命,是为了给孩子挣奶粉钱,以此来博同情。结果,恐怕只能让人感到矫情。如果他们累是为了买奶粉,那还有许多真正为了生活所迫不得不起早贪黑的底层劳动者会怎么想呢?

真正累的人没有资格喊累,而一些可以不那么累的人,整天把"累"字挂在口头。看来,对于生活中很累的那部分人群,需要进行清理,分别出不同的类别:有的是奉献型的累,例如军人、教师、医生等;有的是生计型的累,例如大量普通劳动者;还有的是成就型的累,例如运动明星、娱乐明星,还有很大一部分是为了锦上添花,把事业做得更大的企业家、高级白领……

为了追求成就最大化而喊累的那些人,完全是可以放慢脚步,给自己减负的。没有你,地球照样转。我们行业的"劳动模范",一年可以参加几十个展览,把自己弄到疲惫不堪;以前,一年参加不了一两个研讨会,现在,一年几十个研讨会,这些让人眼花缭乱的研讨会都那么有用吗? 还是为了显得自己重要呢?

刘震云在《我不是潘金莲》里写了一个叫老史的人,他原先是个官员,莫名其妙被罢了官,让他领悟了人生。他开了一个"又一村"的饭铺,招牌菜是"连骨熟肉",名气极大,永远都有人排队等着买。可"又一村"一天只煮两锅肉,中午一锅,傍晚一锅,绝不多煮。经常有人问,肉卖得这么好,何不多煮几锅呢? 店主老史说,不能累着自己。

老史说的是对的,"连骨熟肉"又不是什么济世良方,煮多了,没准就不稀罕了;更重要的是,卖"连骨熟肉"不是老史的目的,他还有自己的生活。

"机"的思想

胡兰成在《禅是一枝花》的《自序》中谈到,中国思想从隋唐到明代的千余年间,最活泼的是禅,而禅的思想中,最重要的是"机",它来自于易学和庄子。比较而言,印度佛教讲因缘而不讲阴阳,所以没有"机";西方人讲因果,讲物质的有,而不讲无和生,所以西方思想中也没有"机"。在胡兰成看来,"机"的思想是真正的中国创造。

浙江大学出版社出版了《铃木大拙说禅》,有日本学者介绍这本书的时候,认为:"铃木大拙的禅思想,就是一个'机'字。所谓'机'就在于阴阳变化生生之先端。它承自《易经》卦卜之动和庄子《齐物论》之魂,非印度佛教所有……"以下,他完全把胡兰成的说法引用了一遍,但没有交代出处。

发现"机"的思想,是不是可视作胡兰成在学术上的一个贡献?《汉语大字典》《汉语大词典》在解说"机"的时候,均未提到胡兰成所说的意项。

在中国的语言中,有许多与"机"相关的词:"机锋""先机""随机""机缘""机遇""机会""机巧""机关"……这些词如果与胡氏对"机"的理解联系起来看,显得大有深意。"机"与时间性相关:发展、变化、转化、生发……"机"在性质上具有随机性、偶然性、独特性、不可预测性;但"机"在形态和结果上又具有辩证性、复合性、可控性和必然性(运势)。

以诸葛亮为例,鲁迅说他"近妖",因为他给人的感觉,总是好运连连,料事如神。《三国演义》里,"草船借箭""借东风"的故事似乎一再证明,在诸葛亮的运筹中,该来的都会来,一切都在掌控之中。然而，诸葛亮之为诸葛亮，无非在于他擅长把握"机会"，"占尽先机"，而不能归结为他的运气。诸葛亮的成功既不是"偶然"的，也不是"必然"的；既不是主观的，也不是客观的。中国文化讲天时、地利、人和，任何事情都是多种因素、多种原因的综合性的呈现，它是一种共生的结果，所谓"机缘巧合"，氤氲化生；只有当结果最终呈现的时候，这个"机"的生成过程才最后尘埃落定。否则，永远结果难料、永远充满变数，永远有其他的可能。

"机"作为一种解释系统，最大的好处就是能看到事物的复杂性、多样性、辩证性；而不是用线性的、形式逻辑的、因果关系眼光看事物。就是诸葛亮这样料事如神的人，一定也有把控不住的时候，像"空城计"，几乎就是在赌博。在司马懿退兵之前，诸葛亮一定也不知道最终结果，他并没有胜算的必然性，因为在这个过程中，任何一个偶然的意外，任何一个小小的疏漏，都可能让这出大戏的穿帮。

"机"不是人力可以把握的，在事物的发展中，人可以尽力，但又只能"顺天应人"。例如，诸葛亮可以出无数的好点子，但他仍然要受制于"机"的运势，否则，三国之争，最后取胜的应该是蜀。

胡兰成为什么强调"机"的问题？或许，在有意无意间，他悟到了"机"，是在为自己的人生寻找解释。在"机"的面前，常常因人力不可改变而导致身不由己。对每个个体而言，他的"机"都是唯一的不可复制不可类比的。所谓"时也、命也、运也"。

趣味可争辩

一个学生强烈向我推荐电影《中国合伙人》，让我务必要看。她说，太励志了，看了让人热血沸腾，立刻产生正能量。她有个朋友，电影还没有看完就坐不住了，恨不得马上从电影院冲出来，刻不容缓地开始个人奋斗。

影院档期已过，我在网上看的。这部片子很鲜活，很有现实感和针对性，学外语，考托福，对于当代学子和前学子来说，都是刻骨铭心的经历。新东方的神话和巨大成功，是发生在眼前的活生生的事例。都是草根，他们能行，我为什么不行？相信这就是《中国合伙人》对如今青年学子提出的最具挑战性的问题。它给人这样的暗示：既然"成东青"可以由一个地道的"土鳖"变成"土豪"，那我也应该有希望。

《中国合伙人》选了三位如今在中国极具人气的男演员分饰主要人物，本身就是很厉害的吸金之举，黄晓明还因为这部电影的表演，拿到了年度金鸡奖的最佳男主角。而且，电影最后是一种"无差别境界"，三个人都是可以理解的，三个人都是对的，这种皆大欢喜的和谐结局，也助推了励志的正能量。

前两天，深圳《双城》杂志约我到香港和一个跨界文化人、著名话剧导演对谈，比较两城的文化，他在谈到香港市民的欣赏趣味的时候，恰好也举了《中国合伙人》的例子。他说香港人看《中国合伙人》没有什么特别反应，他不理解这部电影为什么在内地如此受欢迎？在香港人看来，这种草根打拼的故事太普通了，他们在电影里面找不到什么可以让他们兴奋的东西。

我想也是的。《中国合伙人》除了青春、励志，它的背后还有些文化经验是香港人所没有切身体验过的，譬如"拒签"；譬如"千万里我追寻着你，可是你却并不在意"这种千万次的问……也许在香港人看来，如果想留学，又有条件，那就去好了，为什么要那么内心纠结，那么辗转不定呢？

突然想到，像《中国合伙人》这样的电影，在香港都很难有热烈反响，假如打国外市场呢？如果放在国际的电影市场上，国际观众会怎么看，会不会输得很惨？黄晓明还会不会因此拿到国际电影大奖呢？

西方有句谚语，"趣味无争辩"，说艺术欣赏见仁见智，见山见水，都是个人的选择，没有什么道理好讲的。可《中国合伙人》的例子告诉我们，每种趣味的背后，仍然有迹可循，在看起来非常个人化的趣味背后，有文化经验、教育背景、社会状况等各种因素在起作用。一部艺术作品，在这里反应很热火，在那里反应很平淡，这些不同反应的背后是可以找出决定人们趣味的各种蛛丝马迹的。

这位导演还说到了"大黄鸭"。霍夫曼的大黄鸭在香港展出时，颇得市民喜爱。有艺术馆同期展出了一件大型充气作品——一个巨大的黄色粪便，似乎正好恶心一下大黄鸭。出乎意料的是，它并没有引起太多的关注。在香港，市民见怪不怪，你有展"巨屎"的自由，市民有不理会的自由。我想，如果放在内地城市，"巨屎"很可能抢走大黄鸭的风头，成为舆论的焦点。

大黄鸭在北京同样受欢迎，在颐和园展出期间，收入达两个亿。为什么大黄鸭在世界各地都受到了普遍欢迎呢？这说明趣味是可以分析和争辩的。

左力的长征

在五十岁生日的那天,左力郑重宣布,从2014年开始,他要徒步重走长征路。

他的计划是这样的,大约花一年的时间,从江西瑞金走到陕北吴起镇。他会邀请朋友同行,也欢迎愿意参加的朋友在任何中途插入,走自己想走的一段。行进途中,他和同行者将随时通过微信、微博等方式与所有关心这次活动的人互动。

12月1日,左力在欢乐海岸做了一个"左力的25000"的启动仪式,参与者济济一堂。仪式上,他将自己花了一个多月时间开车探路的过程做了一个PPT和大家一起分享。

左力是个摄影师,更是个行者,他说,这已经是他个人的第三次长征了。

第一次是2002年,在尝到了网聊和通过网络交友的乐趣后,他启动了"网瘾之旅",跑遍二十多个省市,会见了数十个异性网友,结果,为此丢掉了工作。

第二次,是2006年启动"花样年发现幸福之旅"。这次是图片摄影和电视纪录片的跟踪拍摄同步进行,他们走遍了大江南北,寻找那些具有典型意义及视觉特征的美好家庭。实际上,是在老百姓的日常生活中的发现不平凡。

第三次就是在他"知命之年"将要发生的"我要长征"。

长征是不可重复的,作为历史,它永远是人们想象、体验和重新解读的对象,而任何对长征的模仿、重走都只能是一种娱乐或者游戏。当然,如果我们不把"娱乐"和"游戏"看成一个坏词的话,马克思说了,历史一般出现两次,一次是悲剧,一次是喜剧。

长征的影响是世界性的,是持续开放的。一些当代艺术家不断地重走长征路;电视主持人崔永元也组织了重走长征路;甚至连外国人,美国的传记作家索尔兹伯里也曾经重走长征路……

为什么长征在许多人心里挥之不去呢?或许,人们未必知道长征背后复杂的历史过程和种种细节,但是,随着时光的流逝,一群意志坚定、九死一生的战士最后终于取得胜利者的故事,使长征成为一个传奇,成为一个令人难以置信的神话。

时间的距离使长征越来越具有普遍的精神性,以至于成为一种精神符号。它代表着忍耐、坚强、牺牲和百折不回的意志,它是理想和信仰的代名词。长征精神的抽象化,又应和了每个人心里都可能潜藏的那个"长征"——渴望冒险、献身,以及体验艰难险阻的冲动。如果一个人因为世俗的功利要求而常常压抑了这种冲动的话,通过"长征"的行为可以对其进行合理的释放。

左力的长征更像是一个公共艺术活动,在1980年前红军走过的路上徒步行走,使这种行走本身具有了一种仪式感,具有了一种象征性;行走过程中的开放和对参与行走的强调,以及行走过程可以通过现代通信手段及时向外界传播,使左力的长征具备了公共艺术的基本特征。

对于深圳这座城市而言,有这么一批人,超越了功利目的,为了每个人内心的一个目标而集体行走,这种行走本身对这个城市都有着特殊的意义。哪怕有的人是为了猎奇,有的是为了健身,有的是为了旅游和探险,有的是为了追思和凭吊……无论如何,走出了这座城市,来到了乡间,来到了大山大水之间,来到了历史的现场,这种行为都将意味着这座城市正在酝酿着的那种新的精神气质已经开始弥散。

玻璃的无限可能

今年在香港举办的四城市文化交流会的主题是"创意城市与博物馆",会上,上海玻璃博物馆引起了与会者特别的关注。

这个博物馆地处宝山,是上海的工业区,到目前,都还没有便捷的公共交通能够直接通达到那里。就是在这样一个既偏僻周边又没有什么旅游和文化实施与之配套的情况下,这个由旧玻璃厂房改造的民营博物馆,仅仅在开馆半年之后,2011年底就被美国有线电视新闻网CNN旗下网站评为与中国国家博物馆、秦始皇兵马俑博物馆并列的"中国三大不可错过的博物馆",创造了业界的一个奇迹。

关于博物馆,文化界似乎都已经形成了一个"共识":这是一个公益的事,也是一件烧钱的事,如果没有政府的财政投入,或者大财团、基金会的赞助,博物馆仅仅依靠自己的力量进行自身循环,无论如何都是维系不下去的。

上面说的"三大不可错过的博物馆"中,国家博物馆、秦始皇兵马俑博物馆都是国家级的重点博物馆,资金相对雄厚不说,其所具有的唯一性国家资源也是这两个馆名闻天下的重要原因。而上海玻璃博物馆,专属性这么强,专业面这么窄,又是由厂房改造而成的低成本中小型博物馆,怎么可能与另两个大馆比肩呢?

这些问题正是我感兴趣的地方。在四城会上,上海玻璃博物馆的总裁和营销推广总监介绍了他们的经验。

他们成功的经验何在呢? 在我看来,首先是事在人为,所有的事情都需要找对人,有了热爱一件事情,又愿意为这件事情竭尽全力的人,是一件事情能够成功的最基本的保障;另外,这些人之所以成功还在于他们的头脑，他们的想法，也就是今天说得最多的两个字——创意。找准了自己的定位，找出了自己的特色，找到了做事的方法，这事就成了。

据统计，目前在中国，平均每天就要出现一个新的博物馆，如此多的博物馆，如何在其中脱颖而出？很重要的，就是明确自身定位和形成人无我有、人有我优的特点。玻璃博物馆对自己的定位是，社区化的互动体验型博物馆，说白了，就是让玻璃最大限度地和公众的生活发生关系，重新定义博物馆的功能，打破传统博物馆功能的边界，让老百姓分享到玻璃世界的无限可能。

在具体的做法上，他们让玻璃和听觉、音乐发生关系，携手国外著名乐团在这里举办玻璃的音乐会；他们充分注意到了少年儿童对玻璃的好奇和喜爱，而家庭是中国人的"宗教"，让城市居民带着孩子一起在创意工坊一家人共同完成玻璃作品，制作自己的礼物，这无疑可以让博物馆成为独具魅力的地方；他们围绕玻璃，在博物馆开展了一系列的活动，包括艺术讲座、同学会、电影派对、帐篷奇妙夜……

他们对玻璃博物馆第二期还有更多的设想，正在筹备的有：玻璃艺术家的工作室、玻璃艺术会所、玻璃创意设计中心；还有玻璃海洋馆，让仿真的玻璃动物制品和真实的海洋生物并置在一起，让孩子们既学习到海洋生物的知识，又感受到玻璃艺术的魅力；他们甚至还建造了一个梦幻般的玻璃婚庆花园，建成后，市民可以在这里举办浪漫神奇的婚礼……

下次到上海，真要到玻璃博物馆去看看。

年终盘点

当代政治哲学家桑德尔说，市场经济不等于市场社会，有些东西是用金钱买不到的。然而，盘点2013年的艺术界，一些引人瞩目的事件似乎都与金钱有关。

2013年1月，陕西省书法家协会换届，产生了十六名常务副主席、十八名副主席。这个结果因"领导阵容庞大"引发了轩然大波。这些候选人究竟是如何确定的？好像没人出来说明。我们只知道，在字画市场上，在主席、副主席帽子下的价格形成机制，倒是有踪迹可寻的。

4月份，四川雅安地震，艺术界和往常一样，用各种方式援助灾区，捐钱、捐画、出力都有。就在这时，一个知名艺术家发微博说，2008年捐赠给都江堰市帮助建美术馆的价值八千万的作品不知去向。接受捐赠画作的红十字会紧急回应，说这批画的确是没有给都江堰，而是改作了其他用途。然而，参与捐赠的艺术家纷纷表示不满，捐赠人有着明确意图指向的捐赠行为是否可以随意挪作他用呢？

四川这边余波未了，河南宋庆龄基金会又"摊上事了"。这个基金会在黄河边建造了一个巨大的宋庆龄像，但愣说是"黄河的女儿"。后来才知道，是建造者花钱把雕塑家的版权买断了。由于雕塑家不能直接参与制作，其雕塑质量可想而知。到后来，出资一亿两千万建造的巨大雕像还没有完工就拆除了，和前面几件事一样，同样不了了之，并没有向公众说明情况。

就在2013年即将结束的时候，12月16日，一则微博又惊动了艺术界，1993威尼斯双年展价值数亿丢失作品居然在香港著名艺术机构汉雅轩离奇找回了。当年,操办人和参展者都没有经验,参展的作品从威尼斯退回后进不了中国海关,于是辗转流落到香港,由汉雅轩代为保管。后来,有消息说,这批作品丢失了很多,慢慢,许多当事人也不抱希望了。谁知到今年,有上海艺术家请到美国律师,经过取证,准备正式为此事打一场官司的时候,这批作品又神奇地出现了。汉雅轩老板说,这些画放在仓库里给忘掉了。当然,网上说什么的都有,实情究竟如何? 到现在还没有一个明确的说法,

此事尘埃没有落定,一则更加震撼的消息又接踵而至。海南工商联副主席、美丽道艺术中心老板沈桂林涉嫌非法吸收公众存款,突然携巨款人间蒸发,警方接报后已经立案。就是在2013年,这个沈桂林和他的"美丽道"俨然如一匹艺术黑马,把展览、收藏、拍卖、典当做得风生水响,给人如日中天的感觉。

今年9月,在苏州博物馆尚扬老师画展的开幕晚宴上,第一次见到沈桂林,他正好坐在我旁边,他给我的名片上写的是海南机构,讲话却是江苏口音。印象很深的是,他不断推荐一种地方野菜,叫"草头",说这个东西好吃。他戴着眼镜,话不多,非常客气,彬彬有礼。

10月份,冷军油画在上海展出,也是美丽道出资办的,其间有个小型的讨论会,沈桂林中途进来了,静静地听了下半部分,他也只是跟大家打了打招呼,会上没说一句话。就这么一个看起来低调、和气的人,怎么突然就成了警察追查的对象了呢?

2013年就是这样,太多故事,眼花缭乱。

老林

办公室里堆满了一年来积攒的各种杂志、画册、印刷品,按照惯例,应该把它们转到隔壁宿舍楼三楼的库房里去。

过去谁来做这件事?——老林。然而,老林已经辞工了。

我们都叫他老林,可他却并不是我们单位的成员,只是保洁公司派驻的清洁工。老林从来没有想过这个问题,干活的时候,从来不拿自己当外人。除了做清洁,其他凡是出力的活他都抢着干,诸如:搬东西上下楼,发送报纸邮件,甚至节假日替代值班等等。

来我们雕塑院之前,老林没有地方住,清洁工的工资只比最低工资线高出一点点,怎么可能租房呢? 他孤身一人在二线关一带的野地里用塑料布、毡子搭个窝棚栖身。看到他这样,管物业的同事就让他在废弃的电梯间里打地铺。

老林居然就有这个本事,很长时间了,没有让人感觉到这里有人住,白天收拾得干干净净,看不出任何痕迹。即便这样,还是让人难以想象,没有空调,一楼蚊虫又多,深圳漫长而又炎热的夏夜他是怎么度过的呢? 到后来,我才发现,他的行李卷上有一个小小电风扇。

日子久了,老林实际成了编外员工,不管是谁,有了什么要搭把手的事,最方便的就是叫一声老林。大家或许没有特别注意到他,但是都离不开他。

老林是湖南人,五十岁左右,长得又黑又瘦,一年四季都穿着公司的工作服,穿便装的时候很少。有几次,在外面参加活动,发T恤衫之类的纪念品,就拿给老林,问他是不是可以穿,有点大哦! 老林说,可以的,我以前在部队当兵的时候衣服都挺大的。

老林特意提到部队，有一点自豪，又带一点羞涩。想起来了，听同事说过，他好像不仅当过兵，还参加过1979年的边境战争。但眼前的老林，已经看不出退伍军人的样子了，除了做事，整天就是在垃圾房翻来翻去，尽可能找出可卖的垃圾。他总是把各种塑料布卷、报纸卷、纸盒卷存放在大楼各个不起眼的角落，有一次卫生检查被发现，老林挨了批评：捡来的垃圾要及时处理，到处藏着不安全，也容易滋生蚊虫细菌。这大概是我见到老林唯一的一次挨批评。

　　老林的节俭到了固执的程度。他总是用公司配制的草酸洗地，我跟他说了几次，草酸味道很刺激，腐蚀性又强，对身体不好，对环境也不好，还是用超市的清洁剂比较柔和一点，可他就是不同意，说草酸洗得干净。

　　这么多年我都不知道老林是怎么吃饭的，但我发现了他的一个小秘密，每当卖掉一批废品之后，老林会犒赏自己，通常是买一瓶可乐，几个香蕉，这大概是他的最爱吧！我见过好几次都这样。

　　老林总是孤身一人在深圳过春节，听说他有一儿一女，儿子已长大在外打工，女儿已经嫁人生子，一家人过年也不在一起，或许是没有在一起的条件吧！

　　年初，老林突然说，已经向公司提出辞工，眼睛被草酸熏坏了，要回老家治疗，医生说不治可能会失明。"还回来吗？""不知道，要看情况。"一时间我有些感伤，也有些后悔。

　　我是一个喜欢听故事的人，老林应该也有他的故事，这么多年，为什么就没有找机会听听他的故事呢？他的身世、经历、家庭……

　　人海茫茫，阴差阳错，以后或许再也见不着老林了。

不上进，又何妨

每年到考研季节，总是能见到一些屡败屡战的"熟面孔"。无须讳言，其中大部分考生都是希望通过考研来改变命运。

如何面对这类考生是一件棘手的事情。有的考生原本就不适合这个专业，就算勉强考上了，也未必会有多大出息。但是，对着他们的热情直接泼冷水，无异断了他们的念想；而鼓励他们继续努力，实际是在害他们。这些话谁也不忍心当面说穿，只能委婉地暗示，对这些考生来说，往往是听不进这种暗示的，他们会把失败归咎于自己还不够努力，发誓来年更加努力。

这种悲催的状况缘于我们的制度设计。

我们的教育制度是宝塔型的，它把一个人的学识、能力层级化了，似乎越往上走，就越优秀。这种基本的制度设计又通过招聘制度、晋升制度把它强化了。它导致了这样的逻辑：一个人如果不能"层级化"地上升，满足不了学历要求，就找不到好工作；同时，一个人在工作职位的晋升过程中，原有的学历、学位也会不断地为他加分。

更重要的是，伴随着"上进"，一个人可以显得体面并得到良好的社会评价。这些东西加起来，就形成了一种"逼迫"机制，逼着一个人必须不断"上进"，考研当然就是一种最典型的上进方式。

对艺术创作而言，长时期的学院教育未必是培养艺术家的最佳方式。从来就没有数据能够证明，一个学生受教育时间越长，他的艺术成就会越高；相反，大量证据表明，许多大艺术家，没有受过正式的学院教育，但这并不能掩盖他们的艺术光彩。

既然如此，为什么还有大量的人痴迷于"考硕""考博"呢？说到底,还是"上进"的制度设计和社会观念。

在一个合理的社会结构中,的确需要一部分人"上进",搞一些高、精、尖的东西,搞一些异想天开的实验性的东西;对大部分人来说,受教育对他们而言,只是素质教育、职业教育、技能教育,并不需要他们个个都怀揣冲刺科学高峰的理想,而是以一颗平常心,找到最适合自己的工作,在自己的可能领域发挥天赋。

早在孔夫子时代,就提出了"因材施教"的先进理念,从理论上讲,每个人一定有最适合他的位置,每个人只要努力都可以在他的领域做到最好。然而现实是,无数的年轻人缺乏更多选项,只能千军万马在"上进"的路上奔跑。

在人人"上进"的背后,说明在我们的社会观念中,等级思想还很严重,缺乏"各美其美"的个性选择。

我有个做教师的亲戚,她女儿从小的愿望就是当个南丁格尔式的护士,这个愿望在作文中披露之后,硬是被她妈妈纠正过来了。到现在,这孩子终于成为美国常春藤大学的博士,问题是,她是完成了妈妈的夙愿,还是实现了个人的梦想?

如果"上进"意味着放弃个性,放弃爱好,忽略个人的性格、气质、禀赋只是一味按照所谓"成功"的模式不断奋斗的话,那么,回到自己,做一个优秀的幼儿教师,做一个技艺高超的厨师,做一个快乐的园丁,甚至做一个全职的家庭主妇又如何呢?

当然,说着容易,做起来难,它需要整个社会价值观念的转换,人才制度的改变,而真正能做到这样,人就不会这么焦虑了。

为何缺了史岩

"煌煌大观——敦煌艺术展"正在浙江美术馆展出,人气超高,它不仅展出了敦煌艺术的重要复制品,还系统地介绍了敦煌学的相关知识和敦煌研究的历史。

然而,这个展览有一个明显的遗漏,在介绍敦煌文化的研究成果和重要学者的时候,似乎有意回避了中国美术学院已故教授、国内美术院校最早的两位博士生导师之一——史岩。

史岩这个名字很多人听起来可能陌生,在美术史领域,他可是个老前辈。仅就敦煌学研究而言,1991年出版的《中国大百科全书》美术卷在"史岩"条目中曾有如下记载:"他从1940年起任金陵大学副教授兼中国文化研究所研究员,1943年任敦煌艺术研究所研究员。"

同在美术卷中,"常书鸿"条目说:"1942年9月,常书鸿出任敦煌艺术研究所筹备委员会副主任……1943年3月24日到达敦煌莫高窟。1944年1月敦煌艺术研究所成立,常书鸿被任命为所长。在十分艰苦的生活和工作条件下,他与该所的十几位同事,在荒凉的莫高窟进行清理、调整、临摹、研究工作。"

这部大百科全书出版的时候,常书鸿、史岩都还在世,应该肯定,史岩先生就是常书鸿先生的十几位同事之一,他在敦煌的这段工作经历应该是确凿无疑的。

以上这些说法,在中国美院出版社2007年出版的《史岩文集》中也可以得到印证。史岩先生在《河西走廊古窟拾遗》一文中写道:"去春,教部筹设敦煌艺术研究所之议,嘱余相助,遂欣然离蓉。……于民国卅二年三月十六日由四川省启程……直至五月廿六日始抵达莫高窟。"

由此可知,史岩先生晚于常书鸿先生两个月,于1943年5月26日到达莫高窟。在莫高窟工作的那段时间,他的主要是抄录各个洞窟的画像题识。

在莫高窟工作了一年半之后,史岩先生从敦煌返回成都,他将此期间的工作成果于1945年7月出版了一本《敦煌石室画像题识》,这是中国美术史学者研究敦煌艺术的最早学术成果之一,为后来的敦煌研究提供了宝贵的基础资料,具有很高的文献价值。

史岩先生在敦煌幽暗的石窟中,寒暑无间,秉烛抄录画像题识,其中的困难可想而知。史岩先生在序言中提到这一点:"此类题识,多在墙根洞口,香客参拜,手抚衣擦,朝渐夕摩,驯至渐灭,或墨矇如迷五里雾中,然匡庐佳处,每在此微茫烟树之境,他如炉香灶烟之熏,染灯油之秽积,流沙之压毁,虫蚁之蠹蚀以及文化暴徒之铲窃如斯之类,未遑偻数,遇此情形,肉眼虽不能洞微,亦必试用种种显像技法,朝夕摩挲,孜孜辨其鲁鱼帝虎,聊尽阙责。"

遗憾的是,这次"敦煌艺术展"对史岩先生在敦煌的工作经历,以及他对敦煌研究所做的工作居然在展览的文献部分和研究成果的介绍文字中竟无一字提及,这是一件奇怪的事情。

1980年代在杭州时隐约听说,史岩先生在敦煌期间,与有的老先生关系不睦,但究竟缘于何事,语焉不详。

老先生那一代人都已作古,作为后学,我们在梳理敦煌研究的历史时,应本着忠实于历史基本事实的态度。即使他们当年有过什么龃龉、矛盾或者误会,也不应该影响我们今天的学术判断,至少不该因此让敦煌研究史留下一些空白。

享受错误

过完春节,好多人又开始后悔:体重增加了,真不该这么不节制。

这种后悔是事先就预料到了的,或者说,这是一种可以前置的悔悟。当这件事还没有发生之前,大家就意识到会出现这种情况,也预先知道,吃过后是要后悔的,可是人就是这样,总是管不住自己。

有的人可能在这方面把自己管住了,例如把胡吃海喝管住了,但可能在其他方面又管不住自己了,譬如抽烟,譬如熬夜,譬如不吃早餐,譬如长时间对着电脑……

这说明,人有一种明知故犯的倾向,明明知道某件事情不好,可就是管不住自己,偏偏要去做,造成了理智和行为的分离。人的身体似乎被一种莫名的东西所驱使,使他背离了正确的观念,选择了非理智的行为。

学术界也是这样,大家都知道,做学问,就得静下心来,"板凳坐得十年冷""不到五十不著书",可是在今天有谁做得到呢?现今学人不是天南海北地赶场子,就是热衷于急就章地出书、发文章。谁都知道,中国学术界的浮躁之风盛行,真正能站得住的学术成果如凤毛麟角。但是,就在每个人都清醒地知道了这些问题的同时,有几个人就此退出名利场,重返书斋,潜心学问呢?

可以说,人在大多数的时候都不同程度地生活在错误中,只是错误的等级有所不同而已。有些错误其后果主要只危及自己,有的则会影响到他人;有的错误属于道德范畴,有的则越过了法律界限。当然,越过道德和法律边界的错误终究还是少数。

有的人在犯下大错后,喜欢推说自己是非不辨,好坏不分,这分明是托词。是非善恶，每个人心里都很清楚。道理很简单，那些大奸大恶之人，往往都是一些聪明人，他们岂能不知善恶？就如同时下众多贪官，他们能不知道"伸手必被捉"的道理吗？只不过是心存侥幸罢了。

那么，不犯错误的完人、圣人有没有？有，只是在书本上，在想象中。人类几千年来一直想超越自身，追求理想完美的人，到头来，终于没有发现。神学时代之后，人们开始对人重新定义，而现代人与古代的神人、圣人的最大区别，就是有限、有弱点、有错误。

在文艺作品中，说一个人个性鲜明，有血有肉，从根本上讲，等于是在说这个人有错误，有缺陷；个性越突出，毛病也越多。前一段，电视剧《亮剑》中的李云龙很火，就是因为他身上的毛病比过去人们熟悉的军人形象要多。

观众在潜意识里有一种和被影视塑造的人物"齐平"的倾向。大家都知道自己是有缺陷的，当他们看到英雄人物的一些毛病，譬如暴力倾向、粗鲁、说脏话、嗜酒、不修边幅的时候，相当于在英雄身上看到了自己，于是获得了一种和英雄齐平的快感。

幸好这个世界上没有完美的人，否则是很可怕的。就说在生活上，按照教科书说法，每天睡足八个小时，锻炼一个小时，多喝水、多吃蔬菜水果，每天一个鸡蛋、一个苹果、五十克瘦肉，不吃辛辣、刺激性食物，不抽烟、不喝酒、不生气、不发愁，每天至少大笑三次……这种正确的生活多没劲啊！尽管我们认为，这些说法的确是正确的。

人的一生其实就这样，一方面在与错误做斗争，另一方面也在享受错误。

伪娘与汉子

回家过年,纠结于伪娘与汉子的问题。

严格地说,我并没有直接感受到伪娘,而是观察到了一些将来可能成为伪娘的男童。

中国的独生子女过于娇宠,如今愈演愈烈,尤其以小男生为甚。在过年这段时间,接触了好几个学龄前的小男生,他们羞怯、敏感、任性、娇贵,动不动就娇滴滴地掩面哭泣。如果响亮地号啕,总算还有些刚气,可他们不号啕,只是百转千回地抽泣和伤心。每到这个时候,爷爷、奶奶、外公、外婆,就会忙成一团,恨不得开膛破肚,拿出心肺伺候……

小男孩的淘气,甚至顽劣一直都是有的,不值得大惊小怪。我关心的是这些小男孩的变化:他们的行为没有什么攻击性,肢体动作也内敛文气,说话并不粗鲁无礼,抢夺食物和玩具的热情也不高……总之,越来越像个小姑娘。

这些孩子的智商都很高,远远比过去的孩子聪明,小小年纪就拥有各种才艺和知识,这既是长辈悉心教育的结果,也是他们深得老一辈喜爱的重要原因。的确,这些孩子一旦和你混熟了,其乖巧可爱的程度也是你难以想象的。

这种变化或许不是孤立的。尽管我们的社会文化心理并不认同"伪娘",而认为男孩就要像男孩,女孩就要像女孩,但是,这个判断系统和标准的变化赶不上社会现实的变化,现实在不知不觉间悄然发生着男孩伪娘化和女孩中性化的变化。

正在这个时候,有人上家里来坐,送了我一本野夫的《乡关何处》，以前不熟悉这个作家，一口气读完，突出的感觉是"汉子"二字。接着，又看了他的《身边的江湖》《80年代的爱情》。

野夫的民间立场，他对江湖的重新定义，对地域史和家族史的重新梳理让我们对百年中国有了新的认识，其中的江湖道义、书剑恩仇、诗酒豪气、游侠精神恰好与如今的世风形成了鲜明的对比，对我们这一代人来说，仿佛重拾旧日的记忆。

例如野夫写1980年代初的大学，那真是有趣极了，什么人都有，各路好汉聚在了一起，焉能不产生故事？

我1980年代中期到浙江美院读研究生，听说有个"跛王"刚刚毕业，是个矮墩墩的天津人，好勇斗狠，伤痕累累。他不仅打遍美院，打遍杭州也无对手。

当时在校的还有一位西安市业余拳击冠军，一次在龙翔桥市场打架被送到派出所，处理这事的美女警察恰好是美院子弟。后来，拳手被学院保回；再后来，警花成了拳手的妻子。

这些至今还在校园流传的故事很符合野夫笔下的理想：光会喝酒不会写诗不行，光会打架不会画画也不行。

"伪娘与汉子"的命题纠结了我一个假期：路见不平，拔刀相助，除暴安良，见义勇为，这是游侠的传统，倡导的是生命的豪气和激情；可现代法治社会教给人们的是理性和秩序，遇到危险首先要自保，在自身安全有保障的前提下，才考虑报警或帮助别人。

江湖好汉重义轻利、千金一掷、潇洒人生、快意恩仇；而现代市场经济，讲的是效益的最大化，是投入产出比，是投资理财和生活品质……

男孩像女孩，女孩趋中性，甚至男女无差别，或许是社会发展的未来趋势？而那个充满了男性荷尔蒙的时代，也许最终只能成为一个审美意象，满足人们对往日的感叹和怀想？

石跪人

上个月在潮州博物馆石刻陈列室里意外地发现了一件不可多见的石雕,这就是放在玻璃柜子里的"清光绪圆雕跪石人",它是1981年博物馆从民间征集来的。

用图像证史的眼光看,这件雕塑最有意义的地方正是它的社会学价值,同时也是一件难得的古代法学史料。

它记录了一个真实的故事。光绪元年,海阳县有个举人叫袁镇,不知怎么却养了一个不争气的儿子,这儿子居然勾结江洋大盗打家劫舍。案发后,袁镇得知是儿子所为,为了保全自己的声名,竟指使家奴将自己的儿子杀了。儿子死后,他又反过来嫁祸于家奴,向官府告发,致使这位家奴冤死在狱中。家奴死后,这位袁举人还不放过,将他刻成石雕跪像,放置在儿子的墓前,让他长久地向儿子谢罪。

这个故事是一个很好的小说或者电视剧的题材。通过石像故事来分析袁举人的心理,一方面他无疑是一个心理极其阴暗、残忍、虚伪的家伙。他指使家奴杀人,让其顶罪含冤致死,最后还要让其变成石像永远跪在一个罪人的墓前。如果雕塑是一门永久性的艺术,那么,对这位不知名的家奴而言,这座雕塑就是他无尽冤屈的永久证明。

另一方面,袁举人这种极端的行为背后,也体现了巨大的内心矛盾,即骨肉之情和面子声誉的矛盾。指使家奴杀死儿子对他无疑也是自残,相当于自己亲手杀掉了儿子,这种痛苦也是可想而知的。他既是一个阴谋的制造者,又是这个阴谋的受害者。于是,袁举人的痛苦越大,家奴的冤屈也就越深,他只会用更加变态、更加冷血无情方式,来表达自己的丧子之痛,以另一个无辜者的牺牲来缓解内心的绝望。

这座石雕像高约五十厘米,头大身小,头部似乎戴着孝,抬起平视,身子成匍匐状。石像雕凿手法古朴,是典型的中国传统雕塑的表现方式。头部刻画相对细致,手、足、衣服则用线刻方式表现。从人像雕刻的技能和水平来看,只是一般,但是它记载了一个真实故事,所以它的价值不可小看。

为罪人造跪像放置在被害者的墓前是一种传统的方式,其中最著名的有杭州岳王庙秦桧等四人跪像,这是岳王庙的一景。不过,现在看到的四件铸铁像是1979年重铸的。岳王庙的跪像从明代开始,起初是秦桧夫妇二人跪像,后来加了两位奸臣,变成四人跪像。有意思的是,跪像从明代到现在,一共铸了十二次,每次都是被愤怒的人们打坏了,有一次是被人沉到了西湖,有一次是在"文革"中不翼而飞。秦桧跪像其实远不止西湖边的这一处,有人统计,国内至少有七处秦桧跪像。

另一个广为人知的跪像是汪精卫夫妇像,据不完全统计,江苏南京,浙江的绍兴、海门、泰顺、温州,河南陕州均有汪精卫夫妇跪像。泰顺的汪精卫夫妇跪像就在阵亡将士纪念碑前。这些跪像并没有统一的形制,陕州的汪精卫着西装,南京梅花山的汪精卫夫妇跪像则是裸体。

潮州晚清的这件石跪人像沿用了古代建造跪像的传统,但是它的道德方向是反过来的,该跪的人没跪,不该跪的人被丑化了。不过,也幸好有这件雕像,用直观的方式见证了历史,让这段奇冤得以为后人知晓。

营老爷

初春时候,参加了"乡村曲艺进深圳"的潮州采风活动,赶巧了,正好碰上当地的"营老爷"活动。

到达当天,下了高铁就紧赶慢赶,直奔一个叫赖厝的村子,据说营老爷在11点结束,如果晚了,就看不到了。

"老爷"是潮州地方性的叫法,意指神,就是当地的保护神。潮州地区保留了大量的古代风俗,其中之一就是老爷崇拜。在潮州,老爷只是个统称,它并不是一个统一的、一元化的神祇,而是多元的、泛神的一种称呼。也就是说,老爷不只是一个,而是有许许多多个,不同的村镇有不同村镇的老爷。例如赖厝,它和周边七个村子共同崇拜一个老爷。

营老爷活动大致是这样的,赖厝周边的七个村子轮流坐庄,每年到正月的某天,当值的那个村把老爷从庙里请出来,在七个村子里巡游,巡游的日子在潮州地区并不统一,都在正月十五到正月底之间,这样,巡游的活动此起彼伏,大家可以四处看热闹。

营老爷是一个盛大的节日,其热烈红火的程度要超过正月新年和十五。到了营老爷的日子,巡游从凌晨子时就开始了,巡游队伍古装打扮,载歌载舞,抬着老爷,簇拥着出来。那个隆重的场面自然是彩旗招展、鼓乐齐鸣,鞭炮声震耳欲聋。当地风俗,老爷路过家门的时候,谁家的鞭炮放得响,时间长,谁家这一年就更有福气。于是,营老爷就成了鞭炮的大比拼,谁都不愿落后。不过,按照风俗,老爷在中午前又必须归位,所以整个活动只能从凌晨到中午,既隆重,又紧凑。

我们赶到赖厝的时候,营老爷已经进入尾声,满地都是厚厚的鞭炮屑,空气中散发着浓郁的硝烟味道。营老爷不仅是让神出来活动一下,视察它的领地,保佑一方百姓,同时对村民来说,也是祭祀、狂欢、改善伙食的机会。赖厝的村口,搭出很大一片凉棚,里面围起了一个篮球场大的案子,上面摆满了每家每户送来的鸡鸭、鱼、猪肉、水果、点心等各种食品,用托盘和大的器皿装着,这些心爱的食物是向老爷的献祭。

老百姓永远是最讲实惠、最能推己及人的,他们把自己对口腹之乐的向往也设身处地地投射到了老爷的身上。活动结束了,各家各户派人来取回他们的祭品,每个祭品下都有纸条,写着供奉者的名字,一些帮忙的人则在里面按照取祭品人的指引,把一盘盘祭品递给他们。整个场面熙熙攘攘,忙而有序。

营老爷是一条无形的纽带,把七里八乡的村民联系在一起,通过营老爷,巩固着他们共同的精神信仰和认同,寄托着对未来生活的愿望。活动费用来自乡亲们的捐助,庙门口的红纸上,写着每家捐款的数目。其中也有在外地工作的乡亲和海外归侨。

我问当地人,为什么是营老爷,不是迎老爷呢?有人解释说,这个字随方言写成这样,没有人深究;还有人说,"营"跟"迎"并不一样。我理解也是如此,"营"的主动性更强,它包含了迎、送、让老爷出来活动等等更为丰富的意思。

两天以后,我们在潮州市区目睹了停办了六十四年的"营老爷"。市区的老爷是有几百年历史的青龙庙的龙王,市区更多是说"恭迎圣驾",但也有说营老爷的。不管怎样,和而不同,离地三尺有神灵,这就是潮州。

潮州手艺人

多年前，一位潮籍朋友说，你们要改变对潮州人的印象，不要以为他们只会经商，其实潮州文风极盛，男人会在家吟诗、绣花。

真去了潮州，发现此言果然不虚，用"郁郁乎文哉"来形容潮州是最合适不过的。

仅就传统手工艺而言，潮州就很了不起。我们参观了"铁枝木偶""潮绣""潮州木雕""潮州泥塑""潮州手拉壶""灯草画""麦秸画""竹编灯笼""剪纸"……在目不暇接之时，深感这个城市文化积淀的深厚。

潮州手工艺有一个难能可贵的地方，也是它最突出的特点，就是它的民间性，它们始终活跃在民间，传承在街巷，基本都是以个体的方式在市场中求生存。

我们参观的这些"厂""坊""博物馆""研究所"基本都在居民区里面，除了个别规模大一些的有单独厂房外，大多数实际都是家庭作坊。它们甚至连"前店后厂"的模式都不算，只能算是"亦家亦厂""亦家亦店"。

手艺人的客厅里摆着功夫茶茶具，博古架上陈列着手工制品，常常客厅也兼做工作间，里面散落着各种日常的生活用品，他们的工作和日常生活是一体的，边喝茶、边工作、边接待客人。

也有一些劳动密集型的手工作坊，例如潮绣、灯草画，它们不过也就是在居民楼的某间居室，里面密密地坐满了人，大多是中年女工。她们头也不回地回答着客人的提问，手一刻都不肯停下来。

看着她们手工劳作，心中颇多感慨。拿我们参观的那家潮绣博物馆来说，里面陈列着"文革"期间的两件潮绣嫁衣，五色斑斓，璀璨夺目，上面真镶有金线、银线。这是过去潮绣作品的标本，博物馆的主人就是当年参与过这两件嫁衣织造的女工。她说，那个时候，潮绣是街道小集体厂，年轻姑娘们加班加点，每天的工作报酬只有八角钱，可她们绣品在广交会上深得国外客商的喜爱，能卖出很高的价钱。她们当时只有一门心思，如何能为国家赚取更多的外汇。

当然，日复一日，随着这繁密的一针一线，她们的青春也在流逝，在一件件美丽的嫁衣背后，又有多少青春的代价呢？

长期的手工劳动，让她们不仅成为技艺精湛的绣工，也成为色彩专家。我发现她们拿到的《百子图》画稿只是单色的线描稿，每个小孩的细部处理，皮肤、衣饰的纹样肌理，配什么颜色、如何搭配，全靠每个绣工现场发挥。

这种做法的好处自然是明显的，由于是在刺绣过程中的即兴处理和搭配，它们会显得更加随性、自然、生动，整体的色彩关系也会更加协调，只是，它对绣工的要求很高。

巧夺天工的潮州木雕也是如此。它密密麻麻、叠床架屋般的镂空处理，要照顾到不同层次的空间关系和形体的协调，这些都不太可能是事先完全设计好的。所以，一个好的雕刻师傅要具备非常全面的空间想象力和造型能力。对他们来说，这不是在学校可以学来的，而是要在动手实践中不断地摸索、体会。

欣赏之余，也替潮州手艺人有点担心。在一个机器复制的时代，大家都知道手工的魅力和价值，只是，这种坚守太困难了；何况，他们的付出和回报是那么不对等。未来，是否还能吸引年轻人继续将这些手艺当作专业传承下去呢？

握手302

深圳城中村是个引人瞩目的城市公共话题。过去,规划师、建筑师、人文学者、艺术家们对它议论得比较多,不过,除非有城中村改造项目的委托,大多数人都停留在"说说而已"的阶段。

近年来,这个情况发生了改变,一些艺术家开始用艺术和文化活动,实际介入城中村居民的生活,"握手302",就是其中的一个代表。

302是城中村白石洲上白石二坊49楼的302室,楼下是一个拖鞋店,它一共才二十多个平方。之所以租这么小一间房子,是因为租这间房子的艺术家们本身的经济能力就有限,房子大了,他们的支付能力就有问题了。

不要看房子小,有了房子,就相当于在白石洲有了一个行动据点,相当于一个楔子就此嵌入了城中村。他们为自己起了一个惊悚的名字叫"城中村特工队",而活动的名称则是温馨的,叫"握手302"。"握手"在这里是个双关语,他们所租的这栋楼,本身就是"握手楼";从介入城中村而言,"握手"也意味着交流、对话和沟通。

这个活动源于这样一个契机:白石洲作为深圳最大、人口最为密集的城中村之一,列入了今年"城市改造"的计划,2000多幢农民房将被推平重建,白石洲的几万租户将面临搬迁的问题。拆迁在即,白石洲并没有马上出现大撤离的迹象,毕竟这里的区位优势太明显了,它比邻华侨城,和深圳高新区只隔着一条深南大道,交通四通八达,这些对于在城区上班,又没有房子的人来说,真是一个便利的地方,住在里面的居民自然愿意坚持到最后一刻。

白石洲是一个相对完整的小社会,里面乱哄哄,但生气勃勃,应有尽有,不出村就基本上可以满足全部的生活需要:从臭干子、鸭脖子到网吧、银行、邮局、诊所……

当白石洲的拆建正在进行的时候,握手302呈现出了一种"重返城中村"的意向,这是一种逆向的行动,无论是作为怀旧也好,告别也好,白石洲对曾经在那里生活过的人来说,都是一段抹不掉的城市记忆。

当然,握手302改变不了白石洲作为城中村终将要逝去的命运,它本身也并非社会抗争运动,它试图通过文化、艺术来讨论、关注城中村现象,倾听对于城中村的不同的意见,与城中村的居民一起互动。

从今年3月开始,每个周日下午,302室都举行"纸鹤茶话会",小房间里里外外布满了纸鹤,代表着希望。屋子里有一个小茶几,上面几杯清茶,不同身份、不同观点的人就在这里侃侃而谈,讨论城中村。

他们更多的时候是关注代表城市未来的下一代。"特工队"利用室内和室外空间和城中村的孩子们一起玩,做游戏。他们组织了白石洲儿童戏剧工作坊,排练了话剧《物恋白石洲》,大人和孩子们一起演剧;他们组织音乐会,还组织了儿童算术比赛,比赛的内容与城中村的生活有关,例如,计算房租;他们举办了"白石洲超级英雄"的展览;他们还让孩子们制作了"白石洲趣图"……

多年以后,参加过这些游戏的孩子们回忆起白石洲的时候,都会觉得在那里过了一段最有趣的日子,用刚刚去世的作家马尔克斯的表达方式来说:"握手302"让这些孩子们在未来的日子里,回忆起他们在城中村的过去。

灵商与隐疾

最近去北京参加研究生毕业答辩,学了一个新词叫灵商。

有个女生的论文写得比较跳跃,读起来很累,隐约似乎明白了,但总是抓不住,刚有点眉目,又跳走了。就是这么一篇文章,她的指导老师却大加赞赏,说这是认识她以来写出的最有条理的一篇文章。马上,有其他老师也附和这个说法。

这个学生的本科、研究生都在这里读的,老师比较了解,可是照我看来,在十几篇毕业论文中,她的论文即使不是最杂乱的,也是相当杂乱的。可她的老师并不觉得这有多么可怕,理由是,她的灵商高。

最初还以为灵商是杜撰出来的一个词,他们说网上还真能查到,指的是一个人的直觉和顿悟的能力,它是人的创造力中的最难以把握的那个部分,灵感得以产生的潜能。

话说到灵商这个份上,那就要另说了。

我也认为衡量艺术院校的学生的水平恐怕应该另立标准。写文章主题突出,中心明确,层次清晰,表达准确只是对常规智力的要求,用来衡量艺术院校的部分学生,就有问题了。曾经问过学艺术的学生,是不是为了显得自己有个性,故意把文章写得天马行空? 他们说不是的,有些人的确是不认真,不愿意训练,不喜欢写;另一部分其实很努力,但当自己觉得明白的时候,别人就是看不懂。也曾经有学生跟我反映,阅读有障碍,一些理论文章读不懂,一旦读不懂,就产生拒斥心理,写文章的时候就只能自说自话。

但是,这些学生在进行创作的时候,就会发现他们的优势。他们中一些人的确是没有按某个理论的引导来思考作品,也没有想过太多的意义和高度,而是凭"灵商"、凭自己的身体感受来做作品,他们在这方面确实有过人之处。

这样问题就来了,"灵商"的事太复杂,在目前的知识架构中,很难有一套有效的检测灵商的方式。拿艺术毕业生来说,我们无法知道具体的某个学生在学习期间,"灵商"到底是提高了,还是降低了,只好拿通用的标准,要求他们一律写毕业论文,外语都要通过四级,这些要求对艺术学院的学生来说苦不堪言,可说是避长扬短。

当然,学艺术的人当中,也有灵商、智商兼具的,作品做得好,文章也写得漂亮,这样的人往往容易出名,这在于他们能左右逢源,一方面会做,另一方面又能巧妙地阐释推介自己。不过我认为,真正的旷世奇才,最终还是那些用"右半脑"思维,灵商达到极致的人。

灵商当然并不能完全描述从事艺术工作的人,用以解释他们的所作所为。对于有些艺术大家、明星而言,他们和世人的格格不入,他们的种种怪癖,恐怕还不是灵商的问题,而是由于他们心理的隐疾。例如性丑闻、吸毒、挥霍、暴力、自杀等等。德国的精神病医生班德洛在《隐疾》一书中,认为超级明星的变态性格、追求成功的野心、感染大众的能力以及其绝望、恐惧和自我毁灭之间,有着令人惊讶的关系。这是由于他们的精神分裂型的人格障碍所导致的。这些既成全了他们,又毁灭了他们。他们是杰出的,又是饱受困扰的。

对于那些狂热追星的人们而言,其实应该感到庆幸,好在你没有成为他们。既然如此,不如做回自己,过常人的生活。

多巴胺的力量

巴西足球世界杯开赛,对众多球迷而言,是一个欢乐的节日,同时,这也是一个自我折磨的时刻。在不看球的人看来,这些球迷通宵熬夜看球,白天还要上班,何苦来呢?

球迷一定不这么认为。如果熬夜是一种必要成本,那么,一个人通宵不眠所得到的补偿,一定大大超过了它的付出,它换来的巨大快乐是不看球的人所无法体会的。

球迷们这种巨大的驱动力,实际是多巴胺的力量。

多巴胺这个词在这些年出现得越来越频繁,在我们的生活中它已经不再让人感到陌生了。科学家的解释是,多巴胺是人的大脑中所分泌的一种化学物质,它是一种重要的神经递质,传递人的感觉和情欲,以及兴奋及开心的信息。多巴胺通过传递快感,影响人对事物的欢愉感受。

人们在日常生活中之所以成瘾,就是因为让人成瘾的行为能产生快感,而所有快感的产生都源于人的脑垂体分泌了多巴胺,例如,香烟中的尼古丁会让人上瘾,是由于尼古丁刺激神经元分泌多巴胺,使人产生快感。因此,这些年来,一些关于戒烟的研究开始以针对多巴胺来进行。过去,戒烟仅仅只是从吸烟影响健康的角度来规劝,这种努力常常不能奏效。有哪个吸烟成瘾的人不知道吸烟这件事又花钱,又影响健康呢? 可他还是控制不住要吸,这不是在理智范围内所能控制的事情,而是生理上被多巴胺控制了。

那么,为什么对同一件事,不同人之间有那么大的差别呢? 例如有的人看球成瘾,有的人则相反;有的人吸烟有瘾,有的人偶然吸吸却并不上瘾呢？研究表明，作为一种神经传递物质，多巴胺与基因有着密切的关联，因而，它与人的个性、性格有关。

科学家的实验表明，有的基因携带者可以复制出较长的多巴胺受体，这类人好奇心广泛，还有较强的参与意识。所以，与基因相联系的多巴胺往往能决定一个人的心理类型，是快乐或郁闷、积极或消极、聪明或迟钝、开朗或保守；甚至在精神信仰方面，例如是相信唯物主义还是更信仰宗教等方面，都起着很大的作用。

由于当人们经历新鲜、刺激或具有挑战性的事情时，大脑中就会分泌多巴胺。所以，用多巴胺解释的现象越来越多。

前不久，在一个会议上遇到了一个已经移民到国外的哲学家，他体格强壮，精神抖擞，一看就是一个热衷身体锻炼的人。据他说，跑步是这样的，开始练跑步的时候，又苦又累，一旦适应了，跑着跑着，就有了快感，一天不跑就难受。还有恋爱、购物狂，极端的艺术行为也都可以用多巴胺来解释。

塞尔维亚有"行为艺术之母"之称的阿布拉莫维奇，就是一个奇人，她不断挑战生理与心理的极限：她和骷髅睡在一起；在公众面前赤身裸体十二天，当众大小便，允许观众任意伤害她的身体；她置身于火灾现场，烧伤至昏迷；她现场用刀在她的肚皮上划出一个鲜血淋漓的五角形；她将七十二件器具置于观众面前，他们可以任意用这些器具摆弄她，其中包括鞭子、铁链和枪……

她是闻名世界的艺术家，她的精神是正常的。她的种种行为在生理上只有一种解释，这就是多巴胺。她需要不断挑战极限，获得更大的刺激，释放出更多的多巴胺以得到快感。

可爱的老人

1980年和1984年，美国学者艾凯两次集中采访梁漱溟，根据录音整理出的口述史《这个世界会好吗》《吾曹不出如苍生何》先后出版，两本书加在一起，拼接出一幅晚年梁漱溟的图画，一个可爱、可敬的老人。

在《这个世界会好吗》里面，老人家很认真，又绘声绘色地说，如果他和其他人有什么不同，那就是他远远地看到了王阳明，看到了孔子，并且还不能很清楚地看见，好像天有雾，在雾中远远地看见了孔子是怎么回事，王阳明是怎么回事。

他的可爱就在这里，说事自然，一点不装。从1893年出生，1988年去世，他几乎见证了在此期间20世纪中国的所有重大时刻，重大事件。和一般的读书人还不一样的是，梁漱溟一生对政治和社会事物倾注了极大的关心，他几乎结交过20世纪所有重要的政治人物、军事人物；也见过各式各样从事社会改革的代表人物；1953年，他敢在政协大会上当面顶撞毛泽东，问他有没有雅量？

老人家在"文革"当中的表现尤其可圈可点，在中国恐怕很少有人可以做到。"文革"前几年，红卫兵批斗他，给一叠白纸让他交代，结果他写出了《佛儒异同论》《东方学术概观》。1970年恢复参加政协学习，讨论宪法，他指着林彪的名字说，虽然接班人很重要，但个人的名字是不应该写进宪法的。1974年"批林批孔"，让他做"批孔"的发言，结果他利用这个机会，做了《今天我们如何评价孔子》的长篇发言，大讲中国文化如何离不开孔子……

经历了所有的荣辱毁誉、坎坷艰辛，在见到艾凯，接受采访的时候,他的学识主张、人生经历都化成了内心的淡定和从容。他谈个人、谈学术、谈历史、谈人物……娓娓道来,不炫耀、不夸张、不附和、不从众,永远保持自己独立的看法。

采访者艾凯1979年在美国出版了他的传记,题目叫"最后的儒家"。事实上,简单将梁漱溟归于某一家比较困难。他说,我是一个佛教徒,把什么事情都看得很轻,什么都没有什么。我总是把我的心情放得平平淡淡,越平淡越好。我的生活也就是如此。比如我喝白开水,不大喝茶;比如素食,不吃任何动物有七十年了。

艾凯跟梁先生解释,如此冠名是因为他身上体现了标准的儒家传统。对此,老人家似乎也不反对,认为称他为儒家也可以。后来,纠结的艾凯还是自己想通了,"这种可以融合多种相互矛盾的思想,正是典型中国传统知识分子的特质"。

对中国知识分子来说,贴什么标签不重要,例如陈寅恪,可能人们会给他贴上文化保守派的标签,但他提出的"独立之精神,自由之思想"却成为20世纪中国思想的旗帜。时下"新儒家"很多,也很时尚,但是他们和梁漱溟相比,缺的正是梁先生的那种"原儒"精神,那种表里如一、知行合一的担当。

前几年爆出一个丑闻,一位新儒家的重要学者,每次出国居然会以婚姻的名义,带出一位女性,帮助她们非法移民,以谋取利益。所以,余英时特别不愿意被人误以为是新儒家,他说,"我对新儒家在理论上陈义高远,而实践中却和常人差不多,不免感到失望。"

还是像梁漱溟这样以"不容自昧"作为底线,亦儒、亦释、亦道的老人家要可爱得多。

地主

最近,留意到两个大学问家谈地主问题。

一个是梁漱溟,他在《这个世界会好吗》里面说,中国太大了,据我了解,地主和农民这个问题,很不相同。有的地方农民和地主是两个阶级,有的地方完全不是。梁漱溟1930年代在邹平搞乡村建设,他发现,邹平的农民几乎每个人都有少量土地,有的人替土地多的人耕种,但关系很平等,耕种之后按比例分成,交租的时候,地主要请替他种地的人吃饭,给他敬酒。

还有一个人是余英时。他在《我的治学经历》里说,1937年抗战爆发,他七岁被送回老家,在安徽潜山一个叫官庄的村子住了九年。他说,这段经历对他很重要,他知道了中国社会的很多事情,例如拿阶级斗争来解释乡间的宗法社会,往往解释不通。他说地主压迫农民的事情,在官庄从来就没有发生过,有的农民是长辈,虽然他给你种地,但你照样要给他磕头,要尊重他。

可是,有一种东西从小就在我们心里埋下了种子,那就是对地主的仇恨。

不是我们要仇恨地主,是无数的歌曲、电影、故事、连环画教会我们仇恨地主。

有一首歌,《听妈妈讲过去的事情》,开头几句,旋律缓慢,抒情;唱着唱着,曲调变了,短促、悲愤、激昂,妈妈开始声声控诉,控诉万恶的地主。从阶级教育的角度讲,这个歌曲是成功的,妈妈讲过去的故事,小孩听起来会特别入脑入心。

这类歌曲有一大批,当时家喻户晓,有的现在都还在唱。当孩子们一起唱这些歌的时候,无意中造成了一个假象,假设大家都有共同的家庭出身,共同的阶级仇恨。事实上当然不是这样的,在班上,至少有三分之一的同学家庭里并不是贫苦出身,但是,通过唱歌,大家能得到认同感。就算是出身不好的同学,在唱歌的过程中,也能暂时体验到都是自己的人的感觉。

除了唱歌,还有电影《白毛女》呢,还有动画片《半夜鸡叫》呢,总之,在那个时候,对一个孩子来说,不恨地主是一件很困难的事情。而地主的典型形象,又是那么容易辨识:头戴瓜皮帽,长袍马褂,不是肥头大耳,就是尖嘴猴腮;不知道为什么,地主的太阳穴上,总是会贴一块膏药。

对地主仇恨归仇恨,但是跟我有限的生活经验对不上号,我见过的几个真正的地主和电影里、连环画里的地主反差太大,简直找不到一点点可以痛恨他们的理由,除了他们身上的地主标签之外。

这个问题一直让我很纠结,这也是一个难以启齿,很难跟老师、同学讨论的问题,为什么面对一个具体地主的时候,就恨不起来呢?

《雷锋日记》写道,有一次和战友们在一起议论,觉得南方的地主要和善些,北方的地主要凶悍些;马上,雷锋就意识到,不对,天下乌鸦一般黑,天下的地主都是黑心肠。看雷锋日记的时候,这几句话当时让我很是震撼,难道地主还真有较好的地主和更坏的地主之分吗?

从1979年开始,在中国延续了几十年的地主成分取消了,但地主这件事在我们这一代人心里曾经产生的影响和疑惑,并不是一纸文件就能马上消除的。

地主这件事,今天为什么还要提到它呢?因为它告诉了我们一个道理,生动的生活现实,从来就不是用简单的概念就可以描述的。

生死城市

城市有各种死法。

有自然的原因,有人为的原因,有的表现为物质空间的消失,有的表现为城市人口的消亡。

小时候听过文泉县的故事。说的是在烟波浩渺的洪湖,湖心底下有一座县城,叫作文泉县。一天,文泉县的县官做了一个怪梦,说是如果县衙门口的石狮子哪天口中出血,就会有大难临头,洪水会淹没整个县城。于是,县官就让丫鬟经常出来看石狮子,盯着它的口有没有变化。一个杀猪的屠夫发现了其中的蹊跷,就问丫鬟,为什么天天要出来盯着石狮子呢?丫鬟说明了事情的原委。屠夫想,何不吓唬一下丫鬟呢?晚上,他抓一把猪血涂在了石狮子口里,第二天一早,丫鬟看到石狮口中的血,大惊失色,赶紧报告县官,县官闻讯,吓得大声呼叫,让大家快跑,结果都还没有跑出城,洪水就来了,顿时,县城埋进了水底,形成了一片湖泊,叫作洪湖。据说,天气好的时候,乘船从湖心经过,隐隐约约还能看见水中的城池。

这个故事长期以来都被当作一个无稽的传说,然而,在传说的背后,有没有隐藏一个城市的生死密码呢?或许,在传说的背后,间接地说明了一座县城的死因。

这些年,不断有民间考古人士在湖底发现古村落遗址和各种古砖瓦和古陶瓷片,这些古代遗迹从六朝一直延续到明清。一些渔民甚至说,在洪湖最深的地方,有一条很宽的青石板路,天气好的时候,他们透过清澈的湖水都看到过。

事实上,清顺治年间的确是设有文泉县,对此,一种解释是,随着地质运动，这座真实存在过的县城被洪水淹没，沉入到湖底。

和文泉县不同，龙应台母亲的故乡，浙江淳安县城，则是因为人为的原因也是沉入水底。因为修建新安江水库，淳安城的居民做出了巨大的牺牲，一座古老的县城和周边一座座古老村庄沉入水底。龙应台在《大江大海》中，用含泪的文字，写下了淳安人对消失了的城市的思念。

直到现在，淳安古城依然完好，静静地躺在水底，政府为了开放旅游，派水下摄影队去拍摄水下的县城，制作成录像片，告慰那些饱受思乡之苦的人们。

城市之死除自然和人为原因外，城市也能死而复生，或者换可以多次生死轮回，交替循环。前者如华沙，二战时，华沙城市的86%被德军摧毁，之后，波兰人硬是凭着两百多吨的图纸，一点点，让华沙修旧如旧，还原了古城；再如长安，从公元前11世纪到公元10世纪左右，先后有周、秦、西汉、隋、唐等十三个朝代或政权在长安建都及建立政权，历时一千一百余年。在长达千余年的历史中，长安城一方面有空间的延续性；但是，不同时代，它的城池又经历了许多次的兴衰废替，生死轮回。

城市因人口消亡而死的典型则有被称为"天府之国"的成都。清初张献忠屠蜀，成都首当其冲，全城人几乎被杀光，整个四川省就只剩下六万人，正因为此，才有后来的"湖广填四川"。

于是，问题来了，今天成都人的乐天和闲适来自哪里？是古亦有之的民风传承，还是新移民生成的城市性格？成都说它拥有近三千年历史，但它在屠蜀时毕竟死过，那么，屠蜀后新生成都如何跟古代成都建立联系呢？它真的有一条三千年绵延不断的城市文脉吗？

设计的智慧

在微信上看到一组日常物品的设计图片,深深地被设计师的想象力和奇思妙想所打动,从创造性而言,它们丝毫不逊色于任何艺术创作,尽管它们只是一些与人们日常生活有关的最普通的设计产品。

例如打破常规的卧室桌椅,它的造型可以方便主人进行各种组合和配搭,加上床,它们完全像搭积木一样,可以随意构成卧室空间的丰富变化,居室的主人可以根据自己的心情,很方便地就组合成一个新的居室空间;再例如中间有凹槽,可以卡在阳台边缘的花盆,它们永远不会担心花盆会掉下去砸到楼下的人;还例如放置在城市街道边,一边装有独轮,另一边装有把手,可以随意拖动的长条座椅;还有令人意想不到的各种杯子、茶具的造型,它们可以是拟人、拟物的,也可以是斜放的,甚至是幽默的——在咖啡杯口的外缘,上釉彩,让人感觉杯中咖啡已经溢出……

观看这些富有设计感的日常用品,给人一种创意无极限的启示,人的任何日常生活都是可以被设计的。通过设计,让人使用起来更有效能,更加方便,同时还能产生愉悦感,而这种愉悦感的产生就在于它突破了生活的常规,超越了过去的习惯,用一种更经济、更合理、更符合人体工程学的方式,让人们在使用中唤起想象力的共鸣,在日常物品的使用中发现人类的智慧。

二十年前,设计专业在美术学院还被称为"工艺美术",当时热爱艺术、报考美术专业的考生,第一志愿往往是选择诸如国画、油画、版画、雕塑之类的"纯艺术"专业。许多考生是因为考试成绩不理想,选择了第二志愿"工艺美术",但他们内心里仍然向往"纯艺术"。

仅仅只有二十年，这种风气完全改变了，真可谓是物换星移、阴阳反转。现在，设计专业成为最火爆最抢手的专业。

设计学科的地位日益凸现，和近二十多年来社会重心的转移，市场经济的崛起，人们生活观念的变化息息相关。过去，实用性被认为是设计学科"短板"，现在恰恰成了设计学科的优势和重要的驱动力，社会、产业、生活的实际需要，促使设计学科不断地要面对问题，解决问题。

有需求才有创新，有创新才有进步，设计就这样恰逢其时，成为当今创新性文化的代表。

反观传统的"国、油、版、雕"，尽管这些年来，它们也有进步，但是，它们小幅度的进步与现实社会的大幅度的跨越相比，显得相对落后。"纯艺术"遇到的问题是，要不要走向当代？这是很令他们纠结的问题。

就是那些跨出了学院窠臼，走向了当代艺术的艺术家们，还要面临着一个尖锐的问题，即艺术市场的问题。

当代艺术的市场化和设计的市场化问题迥然不同，当代艺术悖论在于，它们需要以一种反市场的姿态来获取市场的承认，要以一副抵制消费主义、抵制拜金主义的面孔来获得成功，然后又被冠以高昂的价格成为艺术商品、艺术投资品、艺术的金融产品……

当代艺术面临的悖论是设计所没有的，在市场的问题上，设计的迅速兴起本来就是市场化的产物，它本来就是来服务市场、推动市场的。设计和市场这种天然融洽的关系，使市场源源不断为它注入正能量，成为它创新和智慧的源泉。

置换

常听到人感叹,深圳为什么不能多一点类似北京798、上海红坊、深圳华侨城OCT那样的艺术园区呢?最近,有一个新的艺术区也一直在紧锣密鼓的建设中,这是深圳艺象iD TOWN国际艺术区,它位于东部海滨的葵冲。

2014年,这里将迎来一个主题为"置换"的展览。

事实上,这里2012年就开始了国际艺术家的驻村计划,几位国外从事多媒体艺术创作的艺术家在这里生活了一段时间,每个人分配了一个白色的小房子。他们的作品就呈独立单元的方式,在这些小房子里展出。

园区还没有建成,艺术活动却启动了,这种一边建设,一边举行艺术活动的方式,颇似当年新中国工业建设中的"边建设、边生产"的模式。

这个以"置换"为主题的艺术展是一个以本土青年艺术家为主的展览。展览首先要探讨的是,当艺术面对这个独特空间的时候,它如何改变对象,改变空间?

除此之外,当艺术面对这个特定的空间,它如何改变自己?如何才能更好地激活空间,在空间的功能转换中起到更积极的作用?也就是说,当代艺术可以"泛泛"地出现在各种空间的时候,面对艺象国际艺术区,它如何实现自身的专属性?对当代艺术而言,这是一次难得的实践机会。

深圳艺象国际艺术区的前身是1989年建成的深圳鸿华印染厂,由十九栋旧工业厂房构成。后来由于环境保护等多种原因,工厂停止了生产,已经闲置多年。今天,当它由深圳改革开放前期兴建的工业园区向创意文化园区转变的时候,这种空间功能的置换,印证了城市发展的逻辑,它既体现了具有普遍性的工业文明向后工业文明转型的特点,也具有深圳乃至葵冲这个区域的地方性特点。

更重要的是,如果仅仅从经济效益出发,将它拆掉重建可能是最省力、省钱的做法。而目前的这种保护和再造并重的"置换"方式,是对改革开放以来的工业文化遗址的保护性的开发,改造之后,它仍将留下这个地区的发展痕迹和历史肌理,留下这个地区的工业记忆。而当代艺术在这里出现,既是对这种置换的视觉证明,它本身也将参与到这种置换中。

艺象国际艺术区藏身在葵冲山凹,它三面环山、一面临海,是一个融合了山海生态元素,具有绿树蓝天美景的园区。一般而言,目前由老工厂改建的艺术园区,一般都在较为拥挤的老城区内,只是因为不再适应城市发展需要而搬迁走了。艺象国际艺术区的不同在于,它相对独立地存在于美的自然环境之中,这使它不同于一般意义上的城市空间。

面对这种得天独厚的空间环境,如何彰显它的特点,探索"生态型"创意文化园区空间形态,是这个展览需要探讨的课题。

展览主张打破艺术的门类界线,有效调动各种艺术资源的共同加入。对参展艺术家而言,它是一次跨界的空间实践的机会,它可以不再拘泥于某种艺术形态,而是采用复合的、多样性的艺术方式介入园区空间,实现更多的空间可能。

这个展览的作品形态将比较丰富,它有雕塑、装置、新媒体等各种方式;对于参展艺术家而言,从过去熟悉的都市空间,转移到一个新型的另类空间,是一种别样的体验。对于期待这个展览的观众而言,则是一个不小的悬念。

合适就好

这些年用了好多个手机,每个手机的功能都只用了不到30%。不过,手机的生产商从来都是把100%的功能全部打包卖给我们的,绝不会因为你只用三成的功能,就三折卖给你。

信息的不对称比比皆是,我们永远没有手机生产者知道得多,我们总也搞不清楚,手机里面到底有什么。

艺术也是这样。什么是最好的艺术? 天晓得。在艺术面前,公众实际上跟绝大多数用手机、电脑的用户一样,最多只弄明白了其中的30%,其余的70%是不去深究的。

艺术无极限,一个艺术家可以求深、求精,尽力追求充分的表达。而有的艺术,例如公共艺术则不相同,它要和公众一起前进。当公众只需要30%的时候,它们能做到40%,适度超前一点就可以了。它们完全没有必要像一部新款手机那样,总想着外形最时尚、功能最齐全。

德国电影大师维尔纳·赫尔佐格有一句名言,电影不是文人的艺术,而是文盲的艺术。当然,对这句话可以进行不同的解读,但起码说明,电影应该是没受过教育的人也能看懂的,这些能懂的部分应该是人与人之间最大的公约数,人人都可以明白的东西。

问题是对于公共艺术,一般城市并不这么想。每个城市都希望杀鸡用牛刀,无论什么项目,都希望请到最好的专家,特别是国际大师来操刀。每个城市都追求"高大上",不管自己城市的规模、定位和经济实力,哪怕它的背面和角落是如此脏乱不堪,都要竭力追求某个局部的灿烂辉煌。每个城市都渴望当全国第一,哪怕只是在某个方面当个"鸡头"也好,就是不愿量力而行,做一个快乐的"中、小",做最合适的自己。

很少听到哪个城市公开地说,我们不求最大,但求匹配;不求最新,但求合宜;不求最快,但求适度……大家都愿意发宏愿、说大话。事实上,纵观时下中国城市的公共艺术事与愿违的比较多,广受赞誉的比较少。

为什么现实的结果总是和当初的宏愿豪开玩笑呢?

什么是一个最好的城市?其实它并没有放之四海而皆准的标准,如果它的身段和高度和这个城市最合适,就是最好的。衡量一个城市的公共艺术是不是最好,也要看它与这个城市的匹配度是不是最高,是否能够最大限度地适应城市大众的需要。

所谓纯艺术应该是另一种标准,它有自己的系统,它要讲艺术史的上下文关系,它以是否创新、是否独到、是否能承上启下而获得自身的肯定。并不以适合大众、满足大众为唯一标准。

公共艺术和所谓纯艺术,应该是两种"好",它们有时候有重合,更多的时候,在不同眼光和标准下,各好其好。

由此,对于城市的公共艺术建设而言,人们可不可开启另外一种思路呢?尽量从城市的条件和现实需求出发,最大限度地争取艺术与公众的信息对称。合适就好。

当我们在某个县级城市,发现某个小局部酷似北、上、广、深的某一角,而它的大部分地方则满目疮痍的时候,我们没有理由替它骄傲,而是替它悲哀,为什么不安心做一个宁静、安逸、合适的小城市呢?

公共艺术是量力而行,只承担有限的责任的艺术。如果它是一只鞋,评判它的唯一标准,就是鞋里面的那些脚丫子是不是舒服。

跋

从2004年到2015年，我为《深圳商报》"文化广场"写了十一年专栏，这些文字先前结集出版过两本书：《广场操练》和《十年而已》。这是第三本，也是最后一本，起名《处处尘埃》。

我身边不少人天天念叨：佛啊，道啊，养生啊，吃亏是福啊，难得糊涂啊……感觉个个超凡脱俗，飘飘欲仙。

纳闷的是，当这个社会上大多数人都在讲超脱、讲放下、讲清净的时候，现实的走向却恰恰相反：房价是哗哗地往上涨，奢侈品价格也是哗哗地涨，伤风败俗的事情时有发生，争名夺利的事情也不绝于耳……说好的超脱呢？放下呢？清净呢？

写了这么多年的专栏文章，也看了别人写的各类专栏文章，发现我一直不擅长风花雪月，闲情逸致；也不会写修身养性，心灵鸡汤；写来写去好像总是在讲一些问题：社会的问题，文化艺术方面的问题，日常生活的问题……总之，始终围绕"问题"打转。

为什么老是要谈问题呢？

拿佛家的观点看，你心里有尘埃，你就看到了尘埃；心里没有，尘埃就没有。

不知道我的心是怎么了，确实看到了尘埃。

总不能为了心灵纯洁，装着什么都没看见吧！

最后要感谢我的挚友刘淳，是他张罗着为我出了《十年而已》，今年又张罗着为我出《处处尘埃》,见面就催,比我还急。

感谢《深圳商报》,感谢胡洪侠,陈溶冰。

感谢北岳文艺出版社。

感谢每一个看到这本书的人。

孙振华

2017年6月4日于深圳上梅林雕塑家园